W0184938

Kriminalroman von Gaby Kaden

Küsten Haie

Ostfriesland Verlag - SKN

A.S.

Zu diesem Buch

Wieder einmal muss Tomke Evers in ihrer ostfriesischen Heimat ermitteln. Wer ist der Tote vom Strand?
Wer hat den Direktor der dubiosen Immobilienbank erschlagen.
Wer hat eine dritte Leiche an einem derart ungewöhnlichen Ort platziert? Die Ermittlungen erstrecken sich im Dreieck Wilhelmshaven-Wittmund und Carolinensiel-Harlesiel und lassen Tomke und ihre Kollegen in Abgründe von Hass, Gier und Skrupellosigkeit blicken.
Aber auch Nebenschauplätze machen Tomke zu schaffen; darf sie einen jüngeren Mann lieben?
Oma leistet sich eine Peinlichkeit bei Harry, dem Frisör und Tant' Fienchen hat wie immer Haare auf den Zähnen.
Einzig Carsten Schmied, ihr Kollege, macht ihr keine Sorgen.
Hat er endlich eine neue Familie gefunden?

Der zweite Krimi der Autorin Gaby Kaden

Kriminalroman von Gaby Kaden
KÜSTEN
Haie
Ostfriesland Verlag - SKN

1. Auflage 2014
ISBN 978-3-944841-07-6

Bibliografische Information der Deutschen Nationalbibliothek:
Die Deutsche Nationalbibliothek verzeichnet diese Publikation in der Deutschen Nationalbibliografie; detaillierte bibliografische Daten sind im Internet über http://dnb.dnb.de abrufbar.

Verlagsanschrift:
Stellmacherstraße 14, 26506 Norden
Internet: www.skn.info, E-Mail: verlag@skn.info

Lektorat: Hildegard Schepker
Umschlaggestaltung/Layout: Carina Rewerts
Produktion: Charlotte Basse
Titelfoto: Martin Stromann

Grundschrift: Adobe Caslon

Druck und Gesamtherstellung:
SKN Druck und Verlag GmbH & Co. KG
Printed in Germany

*Entspannung durch Spannung;
zurücklehnen und doch gefesselt sein;
mit dieser unwiderstehlichen Formel macht Gaby Kaden
die Leser neugierig auf die Ostfriesen und Ostfriesland.*

Walter Faupel
Stellv. Landrat des Ennepe-Ruhr-Kreises

Auch in ihrem zweiten Kriminalroman geht die Carolinensielerin Gaby Kaden wieder auf spannende Spurensuche und beschreibt die dunklen Geheimnisse ihres Ortes.

Kai Koch
Kurdirektor Nordseebad Carolinensiel-Harlesiel

Ein Wort Vorweg

*„Küsten-Haie" ist ein Krimi, den ich frei erfunden habe.
Ähnlichkeiten in jeglicher Art sind rein zufällig.*

Dennoch: Ist es nicht gruselig, wenn einem das Leben plötzlich über die Schulter schaut?

*Ich danke Harry, Esther, Marcel, Gurken-Herbert und einigen anderen Cliensielern, die ich erwähnen durfte.
Für Form und Genauigkeit danke ich Jürgen, Irina und Kerstin.*

Ich sage: „Tschüss Heinz, mach´s gut da oben."

Und zu Werner: „Ich liebe dich."

Nur noch zwei Stunden bis zu dem vereinbarten Treffen. Der obligatorische „Elf-Uhr-Tee“ war getrunken und Hinni holte die Schnapsbuddel sowie zwei Gläser aus dem Schrank und schenkte wortlos ein. Sie hoben die Gläser, nickten sich zu und warfen den Kopf in den Nacken. Alles wie immer. Sie verstanden sich ohne Worte, hatten immer die gleichen Gedanken und Ideen, wie eineiige Zwillinge, doch sie waren nur ganz normale Brüder.

„Blifft dat dorbi? Oder hast du deine Meinung inzwischen geändert?“, fragte Hinni ohne aufzublicken.

„Nein, ich habe meine Meinung nicht geändert und ich werde sie nicht ändern. Wo kummst du dorto?“

„Tja, man hört so dit un dat.“

„Mensch Hinni, lass dich von den Geldsäcken nicht verrückt machen. Ik verkoop nich. Keinen Quadratzentimeter, und du hoffentlich auch nicht. Waren wir nicht schon immer so?“ Karl hob die Hand und kreuzte Zeige- und Mittelfinger.

Hinni nickte. „Ich verkaufe schon zweimal nicht, das ist so sicher wie Ebbe und Flut. Ik gah nich weg.“ Hinni Harms nahm die Schnapsbuddel wieder zur Hand und goss die beiden Gläser noch einmal tüchtig voll. „Wenn wir nicht zusammenhalten, wer dann?“ Er hob sein Glas. „Weg mit dat Tüüg un up de Familie! Und dass das alles erhalten bleibt.“ Er machte mit dem Glas in der rechten Hand eine weit ausholende Bewegung.

Hinni und Karl waren sich einig. Die beiden Brüder besaßen jeder gut 10 000 Quadratmeter große Grundstücke in einem Areal von fast 400 000 Quadratmetern, das eine Immobilienbank als Bauland auserkoren hatte. Schon lange und immer wieder machte man ihnen Angebote für dieses Land. Den beiden jedoch war diese Bank sehr suspekt, denn dort konnte man weder Geld einzahlen noch abheben; also konnte das keine richtige Bank sein und folglich waren es „Gauner“, wie sie meinten.

Schon mehrmals hatten sie Besuch von Mitarbeitern des Unternehmens, und jedes Mal hatte man ihnen horrende Summen für ihren Grund geboten. Auf Karls Grundstück stand das alte Bauernhaus, in dem er lebte. Weil es auch das Elternhaus der beiden war, hatte man das Angebot für ihn noch um etliches erhöht. Einen kleinen Teil des Landes bewirtschaftete Karl noch selbst, besaß ein paar Hühner und fünf Schweine für den Eigenbedarf, den Rest hatte er verpachtet. Hinnis Teil war komplett verpachtet und wurde von einem Bauern aus dem Ort bewirtschaftet. Alle anderen Besitzer von Grundstücken in diesem Areal hatten schon an das Unternehmen verkauft, nur die beiden Brüder blieben standhaft – stur, wie man ihnen vorwarf. Ohne ihre Grundstücke war eine sinnvolle Bauplanung nicht möglich, lagen sie doch an strategisch wichtigen Punkten. „Ein Segen für den kleinen Ferienort“, argumentierten die Mitarbeiter der Bank, und dass mehr Gäste kommen würden, um gutes Geld im Ort zu lassen. Sie seien die beiden einzigen, die sich diesem Wohlstand entgegenstellen würden. Doch das zählte für die Brüder nicht. Sie amüsierten sich königlich über die Umstimmungsversuche der „jungen Schnösel“, die immer wieder bei ihnen auf der Matte standen.

„Laat de Kerls man komen, de maken bi uns keen Schnitt“, prostete Karl seinem Bruder zu.

„Nu stell die Buddel weg, wir brauchen einen klaren Kopf“, forderte Hinni, der jüngere der beiden, seinen Bruder auf. „Und denk daran: Wir wollen mal hören, wie viel sie heute bereit sind zu bezahlen, um dann dankend abzulehnen. Ich freue mich jetzt schon auf die blöden Gesichter. Was wollen wir mit dem Geld? Wir haben beide unser Auskommen und weder Kind noch Rind – wo man so seggt. Brauchst du ein größeres Auto oder etwa zwei? Auf Weltreise wollen wir nicht gehen, heiraten schon gar nicht und Nutten, na, die können wir uns auch so leisten. Kerle wie wir sind regelrecht dazu verpflichtet, am Erhalt des Alten und ...“

„Nu halt mal die Luft an, Hinni ich weiß, dass dich dieses Bauvorhaben auf den höchsten Mast treibt. Mi ok. Aber wir dürfen es nicht übertreiben, mit denen ist nicht zu spaßen. Als Lars so lange stur blieb, hat plötzlich sein Stall gebrannt. Das waren die, da bin ich mir sicher, er hat es gewaltig mit der Angst bekommen und dann doch verkauft, du weißt …“

Hinni griff hinter den alten Küchenschrank, der schon ihrer Mutter gehört hatte und zog ein Gewehr hervor. „Sollen sie mal, die werden schon sehen, was sie davon haben“, rief er und schüttelte die Waffe heftig.

„Is ja good, stell dat oll Ding weg un set di daal. Ein Auto fährt auf den Hof, sie kommen früher als gedacht.“ Karl beobachtete, wie zwei Männer ausstiegen und stellte fest, dass es dieselben waren, die schon mehrmals auf seinen Hof gekommen waren. Jedes Mal fand das Treffen hier bei ihm statt, denn Hinnis Hof lag zu weit entfernt, ganz hinter Wittmund. Dorthin hatte der Bruder vor über 30 Jahren geheiratet, aber seine Doris war schon vor vielen Jahren gestorben. Nun trafen sich die Brüder oft hier bei Karl im Elternhaus.

Zwei Männer in dunklen Anzügen und mit Krawatten kamen auf das Haus zu. Karl konnte beobachten, wie ein dritter, der weniger korrekt gekleidet war und wohl am Steuer gesessen hatte, ebenfalls das Auto verließ und nach rechts hinter dem Seitenflügel verschwand. „Hinni, das Gewehr, schnell!“

„Warum? Was ist?“

„Da verschwindet einer hinterm Haus. So ein bulliger Typ, der sieht nach nix Gutem aus. Schnell, das Gewehr!“

Hinni nahm die Flinte in Anschlag und entsicherte sie in dem Moment, als die beiden Männer eintraten.

„Was soll das?“, riefen beide erschrocken.

„Köhler! Du heißt doch Köhler, wenn ich mich recht erinnere? Ruf euren Pitbull zurück, aber schnell! Oder soll ich euch eine

Portion Schrot verpassen?“ Hinni deutete auf einen der beiden und presste den Gewehrkolben schnell wieder fest gegen die Schulter. „Mach schon, aber schnell!“

Köhler drehte sich mit erhobenen Händen um, pfiff durch die Zähne und rief: „Henry! Henry, komm zurück!“

Sein Kollege hatte vor Schreck seinen Aktenkoffer fallen lassen und stand mit erhobenen Händen und zitternd im Türrahmen. Durch das Küchenfenster konnte Karl sehen, dass der angesprochene Henry um die Ecke kam und fragend zum Haus blickte. „Setz dich ins Auto, aber schnell!“, rief ihm Köhler zu.

„So ist es brav“, meinte Hinni, als die Autotür zuschlug, und ließ den Gewehrlauf sinken.

Karl ging auf die beiden Männer zu. „Wir wissen, was ihr bei Lars gemacht habt. Uns könnt ihr nicht drohen. Wir jagen euch vom Hof wie zwei räudige Hunde. Wenn ich ihn“, er deutete zum Auto, „oder einen von euch hier nochmal sehe, gibt es eine Ladung Schrot, von der ihr lange etwas habt. Ist das angekommen?“

Köhler senkte die Arme und sah Karl drohend an. „Das wirst du bereuen, du alter Bauernarsch, das wirst du bereuen! Wir haben noch immer alles bekommen, was wir wollten. Und wenn Direktor Jannssen seinen ‚Pitbull‘ losschickt, beißt er. Und dich wird er auch beißen oder deinen Scheißbruder hier!“ Er deutet auf Hinni, der noch immer das Gewehr im Anschlag hatte. „Oder euch beide, ich verspreche es dir. Übrigens, ab sofort ist die Zeit der Angebote vorbei.“ Er deutete auf die Waffe: „Das können wir auch.“ Köhler drehte sich um, schlug seinem noch immer zitternden Kollegen gegen den Kopf und meinte kurz: „Komm endlich, oder hast du dir in die Hose gemacht?“ Ohne sich noch einmal umzudrehen stiegen die beiden in das Fahrzeug und der bullige Fahrer fuhr mit quietschenden Reifen vom Hof.

Drei Tage später hatten die Feuerwehren an der ostfriesischen Küste einen Brand zu löschen. Die steife Brise, die an diesem

Tag herrschte, fachte das Feuer immer wieder an. Eine Brandwache musste die ganze Nacht dafür sorgen, dass Glutnester gelöscht wurden. Erst am nächsten Tag konnten sich die Brandermittler einen Überblick verschaffen. Das Elternhaus von Hinni und Karl Harms war nur noch eine verkohlte Ruine.

ZIRKA EIN JAHR SPÄTER (SEPTEMBER 2013). DER PLAN. DONNERSTAGVORMITTAG

Jan Jannssen, Direktor der Wilhelmshavener Tourist-Immo-Invest-Bank, tobte: „Seit zwei Jahren arbeiten wir nun an diesem Projekt, meine Partner in Düsseldorf wollen es und ich will es. Unsere Investoren werden langsam nervös. Aber was tun Sie? Nichts außer Ihre Hinterteile in meinen teuren Ledersesseln breit sitzen. Hier geht es um Millionen, meine Herren, und ich lasse mir dieses Projekt weder von irgendwelchen sturen ostfriesischen Bauerntölpeln noch von euch unfähigen Idioten kaputtmachen. Wie kann es sein, dass keiner von euch überbezahlten Schwachköpfen“ – er fuhr mit einer weit ausholenden Geste über den Konferenztisch – „in der Lage ist, mir diese beiden Grundstücke zu beschaffen? Fast 400 000 Quadratmeter freies Land gehören bereits uns. Uns!! Warum seid ihr Tölpel nicht in der Lage, den Rest zu liefern?“

Auf seiner Stirn, die in einen dicken, kahlen Schädel überging, hatten sich große Schweißperlen gebildet. „Einzig die Verbindung zum Wasser fehlt, und ausgerechnet dort liegen diese Grundstücke, dieses verdammte Ackerland und die alte vergammelte Ruine!“, tobte er mit hochrotem Kopf weiter. „Genau dort, an der einzigen Stelle, an der eine Verbindung zu fließendem Wasser möglich ist. Mit diesem Projekt könnte ich unserem Haus ein Denkmal setzen! Wie soll ich es verwirklichen, wenn ich keinen Zugang zum Wasser habe? Wie können die geplanten Wasserwege und Kanäle umgesetzt werden, wenn nicht über diesen Weg? Die Nordsee können wir wohl kaum anzapfen! Ich brauche diesen Zugang!"

Sein Gesicht hatte die Farbe eines frisch gebrühten Hummers angenommen. „So soll es aussehen, so!" Er schlug mit seinem Zeigestock wieder und wieder auf den Tisch in der Mitte des imposanten Konferenzraumes. Hier lag ein überdimensionaler Plan, auf dem Häuser, Wege und kleine Wasserstraßen eingezeichnet waren. Die Männer, durchweg Immobilienkaufleute und Manager der Tourist-Immo-Invest-Bank blickten betreten ins Leere. Bloß keinen Blickkontakt zum Alten, wenn dieser tobte. Das war gefährlich. Dann suchte er sich nämlich einen heraus, an dem er seinen Frust auslebte. So kam es dann auch.

„Jojo, Sie machen das." Er deutete mit seinem Zeigestock auf einen smarten jungen Mann, Johannes de Vries, der versuchte, sich unsichtbar zu machen. Aber es half nichts. Jannssen funkelte ihn an, dass es Jojo eiskalt über den Rücken lief. Warum hatte er ausgerechnet ihn ausgesucht? „Ich will, dass Sie die beiden alten Bauern auftreiben. Ich erwarte zwei unterschriebene Verträge, das kann ja wohl so schwer nicht sein. Es handelt sich doch nur noch um Ackerland. Das alte Haus ist abgebrannt. Wer, außer mir, kann also damit etwas anfangen? Ich erwarte nur positive Nachrichten", wetterte er weiter. „Sie haben acht Tage Zeit. Beschaffen Sie mir dieses Land, koste es was es wolle. Egal, was Sie tun, aber tun Sie etwas und zwar schnell. Ich sehe Sie in einer Stunde in meinem Büro, dann will ich Vorschläge hören und die müssen sehr gut sein. Meine Herren, die Sitzung ist beendet." Er schmetterte seinen Zeigestock auf den Tisch und verließ mit großen Schritten den Raum. Inka Petersen, seine Sekretärin, hatte Schwierigkeiten ihm zu folgen.

Während des Wutausbruchs ihres Chefs hatten alle still auf ihren großen Lederstühlen gesessen. Fast hatte es den Anschein gehabt, als wäre ein jeder noch etwas tiefer in seinen weichen Sitz gerutscht. Keiner hatte sich für das atemberaubende Südstrand-Panorama von Wilhelmshaven interessiert, keiner hatte den fantastischen Ausblick auf die Nordsee wahrgenommen. Allerdings kam jetzt, da der Alte den Raum verlassen hatte, wieder Leben in die Runde. Warum hatte es ausgerechnet Jojo getroffen? Alle anderen Mitarbeiter waren skrupellos und profitorientiert genug für diesen Auftrag, bereit, für ihren Job und die Provision alles zu tun. Aber Jojo? Manch einer vermutete einen Grund, doch keiner wagte es, ihn auszusprechen. Alle waren sie froh, dass der Kelch an ihnen vorübergegangen war. Behäbig standen sie auf und blickten zum Teil mitleidsvoll, zum Teil aber auch schadenfroh auf ihren Kollegen. Hatten sie sich bisher nicht alle die Zähne an diesem Auftrag ausgebissen? Sie gingen an ihm vorbei durch die breite Tür des Konferenzraumes, mancher mit gesenktem Blick, der eine oder andere klopfte Jojo aufmunternd auf die Schulter.

Keiner sagte etwas, nur Bernd Köhler, der als letzter ging, flüsterte im Vorübergehen leise, sodass nur Jojo es hören konnte: „Jojo, vergiss es, daran beißt du dir die Zähne aus. Die alten Kerle sind stur. Geld wollen sie nicht, und Henrys Feuerzeug hat auch nicht …“

Da drehte Jojo sich um, holte aus und schlug dem Flüsterer mit der geballten Faust mitten auf die Nase. Köhler ging zu Boden, rappelte sich aber schnell wieder auf. Mit der einen Hand hielt er seine blutende Nase, die andere ballte er zur Faust und drohte: „Das wirst du noch bereuen, du Loser. Wenn der Alte dich nicht fertigmacht, dann tue ich es, das schwöre ich dir.“ Er suchte in seiner Hosentasche nach einem Taschentuch, das er sich auf die blutende Nase drücken konnte und verließ fluchend den Raum.

Jojo wunderte sich über sich selbst. Er war kein gewalttätiger

Mensch, aber diesen Bernd konnte er einfach nicht leiden. Außerdem provozierte der ihn schon seit Wochen, machte blöde Bemerkungen über ihn und Heike, und er schnappte ihm auf sehr unfaire Weise so manchen Deal vor der Nase weg. Die Andeutung mit dem Feuerzeug hatte ihn in Rage gebracht. Das hatte er nun davon. Innerlich musste Jojo lachen. Hat ganz schön blöd geschaut, der Arsch. Hoffentlich war die Nase gebrochen. Geschähe ihm recht, dachte er.

Er ging in die Kaffeeküche und drückte auf den Cappuccino-Knopf der monströsen Kaffeemaschine, blickte sich sorgsam um und holte aus seiner Brusttasche einen silbernen Flachmann. Rasch goss er einen ordentlichen Schluck daraus in die Tasse und steckte das gute Stück wieder weg. Heike hatte es ihm vor ein paar Jahren zu Weihnachten geschenkt. Eigentlich, um es in die Vitrine zu stellen, denn es war ein mit einer edlen Gravur versehenes Erbstück aus ihrer Familie, das sie von ihrem Vater, dem schwerreichen Adrian Hoffmann, bekommen hatte. Aber Jojo fand es sehr praktisch, dass der Flachmann ganz wunderbar und ohne aufzutragen in die Brusttasche seines Sakkos passte. Er trug ihn fast immer bei sich. Seit er hier bei der Immo-Invest arbeitete, verging kein Tag ohne dieses kleine Beruhigungsmittel, seine „Hoffmannstropfen", wie er sie immer nannte. Er nahm die Tasse und stellte sich etwas abseits an einen der Bistro-Tische.

Was sollte er nur dem Alten sagen, fragte er sich. Er und auch einige seiner Kollegen hatten in den letzten zwei Jahren schon alles versucht, doch die Besitzer dieser beiden Grundstücke waren stur. Irgendwie aber auch verständlich. Selbst Bernd Köhlers rabiate Methoden zogen bei ihnen nicht. Seit das alte Haus abgebrannt war, waren die beiden zudem wie vom Erdboden verschluckt. Keiner kannte ihren Aufenthaltsort, keiner hatte mehr Kontakt zu ihnen gehabt. Einer der zwei besaß einen Hof in einem kleinen Ort in der Nähe von Wittmund, aber der war seit knapp einem

Jahr verpachtet. Die Brüder hatten ihren Wohnsitz in einem kleinen Nebengebäude des Hofes angemeldet, wo sie allerdings nie anzutreffen waren. Die neuen Pächter wussten angeblich nichts vom Verbleib der beiden. Das so sehr umworbene Ackerland in Küstennähe war inzwischen auch komplett verpachtet. Die beiden Brüder hatten alles geregelt und waren verschwunden.

Jojo konnte es nachvollziehen, dass man Land, Haus und Hof nicht so einfach verkaufte. Er besaß selbst ein kleines altes Haus im Westen von Carolinensiel, geerbt von seiner Großtante, an dem sein Herz hing und von dem er sich niemals trennen würde. Eine ganze Weile hatte er in diesem Haus gelebt, bis er Heike kennenlernte und heiratete. Nun stand das Haus mehr oder weniger leer, er benutzte es nur manchmal als Rückzugsort, wenn ihm alles über den Kopf wuchs und er seine Ruhe brauchte. Oder wenn ihm die kalte Pracht in Heikes Anwesen zu viel wurde. Nur wenige Menschen wussten davon.

Das Projekt, das der Alte da vorhatte, war in Jojos Augen mehr als fragwürdig. Wer brauchte es? Als gebürtiger Ostfriese kämpfte er schwer mit sich, alle diese Projekte, die von den Maklern, Banken und Investoren immer wieder auf den Tisch gelegt wurden, umzusetzen. Er stammte aus sehr einfachen Verhältnissen. Sein Vater war früher als Fischer hinausgefahren, seine Mutter saß an der Kasse in Scheidemanns Supermarkt in Carolinensiel und vermietete in ihrem Haus eine kleine Ferienwohnung. Thorsten, sein jüngerer Bruder, arbeitete in Wittmund bei der Polizei. Die ortsgebundene Familie, vor allem seine Mutter, hätte kein Verständnis für seine Arbeit gehabt. Dass er damals die extravagante und reiche Heike Hoffmann geheiratet hatte, konnten sie alle ebenfalls nicht begreifen. Gut, dass sie nicht wirklich wissen, was ich hier tun muss, sagte Jojo sich häufig. Sein Bruder ahnte es wohl, denn er hatte den Kontakt zu ihm schon vor längerer Zeit abgebrochen.

Nun ging es um ein Areal von fast 400 000 Quadratmetern mit Bettenburgen für mehr als 2000 Menschen. Es waren Kanäle und Grachten geplant, die sich durch dieses Gebiet zogen und letztlich als Touristenattraktion dienen sollten. War das sinnvoll für diesen kleinen idyllischen Küstenort? Gab es überhaupt Bedarf dafür? Einige Wochen im Sommer eventuell, aber davor oder danach, außerhalb der Hauptsaison? Und erst im Winter? Schon jetzt schien der Ort ausgelastet, mehr Touristen konnte er schwerlich verkraften. Und warum auch? Es hatten sich schon Bürgerinitiativen gegen das geplante Objekt gebildet, und in den sozialen Netzwerken wurden immer mehr ablehnende Stimmen laut. Interessant und für Jojo erfreulich war, dass sich viele junge Anwohner gegen das Objekt stellten und eher nach bezahlbarem Wohnraum für junge Einheimische verlangten. Sylter Verhältnisse waren hier nicht gefragt. Viel lieber wollte man die Idylle des wunderschönen Küstenortes bewahren. Wo sollten weitere 2000 Menschen hin? Weder die Straßenverhältnisse noch die Infrastruktur waren dafür ausgerichtet. Auch der Strand würde die Masse an Urlaubern gar nicht fassen können. Hier könnte man viel Sinnvolleres tun: Erneuerung des Strandes, Grünanlagen und neue Häuser entlang der Harle oder auch Hausboote konnte er sich vorstellen.

Mit dem neuen Kurhaus, das in den nächsten Wochen eröffnet werden sollte, hatten die Tourismusväter schon einen sehr guten Anfang gemacht. Von Häusern auf Stelzen, halb ins Wasser gebaut, war einmal die Rede gewesen. Hier hatten zwar diverse Umweltverbände Bedenken gehabt und ihre Zweifel angemeldet, jedoch hätten sie eher in das Bild des idyllischen Küstenortes gepasst. Was jedoch sollte solch ein monströses Bauvorhaben? Warum beschränkte man sich im Ort nicht auf Erneuerung und Modernisierung im verträglichen Rahmen?

Sicher müsste investiert werden, aber die Dimensionen, welche den Investoren vorschwebten, waren völlig unangemessen.

Den Geldgebern, die aus ganz Deutschland kamen, war das gleichgültig. Ihnen ging es darum, Geld zu investieren und zwar so, dass es reiche Ernte brachte – wenn nicht über Rendite, dann über steuerliche Abschreibung. Ob das bebaute Areal dann irgendwann als tote Wüste endete, scherte sie nicht. So etwas passierte vielerorts. An einigen dieser Projekte war er, Jojo, beteiligt gewesen – leider, sagte er sich. Auch Jan Jannssen war das egal. Er wollte dieses Projekt, koste es was es wolle. Dafür mussten eben Ansässige weichen.

Jannssen ging über Leichen, das war Jojo klar. Wenn die Leute nicht verkaufen wollten, konnte man sie doch nicht zwingen, oder? Aber das konnte er dem Chef nicht beibringen, das wollte der nicht hören. Er wollte die Grundstücke, und das schnellstens. Legal ging da gar nichts, überlegte er weiter und war sich sicher, dass bei dem Brand des alten Bauernhauses ein gewisser Henry, ein skrupelloser Laufbursche des Alten, seine Finger im Spiel gehabt hatte. Hatte Bernd Köhler nicht gerade so etwas angedeutet? Nein, legal ging hier nichts.

Es widerstrebte Jojo zwar gewaltig, aber er wusste, es gab Mittel und Wege, das zweifelhafte Bauprojekt zu verwirklichen. In einer anderen Gemeinde an der Küste hatten sie etwas Ähnliches auch geschafft. Er war damals für eine Investorengruppe tätig gewesen, die unbedingt ein küstennahes Projekt namens „Blaue Lagune“ umsetzen wollte. Auch dort war ein Anwohner, ein betagter Landwirt, nicht bereit, das Feld für ein Großprojekt zu räumen. Jojo und sein damaliger Kollege hatten die zuständigen Stellen mit ein wenig „Beihilfe“ davon überzeugt, dass der alte Mann dement und unbeholfen sei. Für die passenden Pannen im und um das Haus hatte jener Henry gesorgt, ein ganz übler Geselle. Nach drei Monaten wurde der alte Besitzer in ein

Pflegeheim eingewiesen, und der Sohn war aufgrund der hohen Pflegekosten gerne bereit, Haus und Grundstück zu verkaufen. Bingo, das war's.

So oder so ähnlich müsste es hier doch auch klappen. Allerdings drehte es sich um zwei Grundstücke und zwei Besitzer, da war es nicht so einfach. Zweimal dement und Pflegeheim, das könnte auffallen. Nein, er würde sich etwas anderes einfallen lassen müssen. Außerdem musste man die beiden Brüder erst einmal auftreiben. Das hatten die ganz clever gemacht, dachte Jojo, die waren einfach abgetaucht. Vielleicht auf Weltreise? Oder sie besuchten Verwandte irgendwo, möglicherweise in Amerika? Nein, er vermutete sie eher hier irgendwo in der Nähe. Zwei so alteingesessene Ostfriesen konnten nicht lange fern ihrer Heimat leben.

Die „Blaue Lagune" war übrigens inzwischen zu einem Schandfleck verkommen.

Als erstes musste ihm der Alte einen größeren finanziellen Spielraum geben, überlegte Jojo. Zusätzlich zum Grundstückspreis benötigte er wieder eine gewisse Summe als „Beihilfe". Die musste diesmal aber erheblich höher sein, denn monetäre Überzeugungsarbeit war nicht ungefährlich, und für ihn musste dabei auch noch etwas abfallen. Der übliche Bonus reichte hier nicht aus, das musste er Jannssen als Erstes klar machen. Dann konnte er Heike endlich verlassen und mit Bella ... Jojo träumte ein wenig vor sich hin und mahnte sich kurze Zeit später zur Vernunft. Er musste das ganz vorsichtig angehen, der Alte und Heikes Vater waren nämlich dicke Freunde; da durfte nichts bekannt werden, sonst wäre er weg vom Fenster.

Es war kurz vor elf Uhr, die Stunde fast um. Er stellte seine Tasse ab, nahm ein Pfefferminz aus der Bonbonschale auf dem Tisch und richtete sich auf. Jetzt mit starken Schultern zum Direktor und mit fester Stimme überzeugen, sprach er sich selbst Mut zu. Gleichwohl wusste er, dass das nicht leicht war. Wenn man dem alten Jannssen gegenüberstand, fühlte man sich sofort wie ein Mäuschen, der hatte so eine Art ... Mit festem Schritt marschierte er durch den langen Gang auf das Vorzimmer seines Chefs zu. Die Tür vom Sekretariat stand offen. Er warf Inka Petersen nur ein „Moin" zu und klopfte an die Tür des Direktors. Als er keine Antwort bekam, schaute er unsicher zu Inka, die ihm mit einer ungeduldigen Handbewegung und hochgezogenen Augenbrauen zu verstehen gab, doch hineinzugehen.

Als Jojo das Büro des Direktors betrat, saß dieser hinter seinem ausladenden gläsernen Schreibtisch und schaute aus dem riesigen Fenster auf die Nordsee. Die Aussicht war wirklich phänomenal, aber er bezweifelte sehr stark, dass das dem Alten überhaupt auffiel. Jojo war schon einige Male hier gewesen und doch immer wieder beeindruckt. Der Raum hatte sicher 120 Quadratmeter und war nur spärlich, aber sehr edel eingerichtet. Rechts erstreckte sich eine teure hölzerne Schrankwand mit Tür, hinter der sich noch ein weiterer Raum befand. Eine Konferenz-Sitzgruppe aus grauem Leder nahm die linke Hälfte des Raumes ein.

Jannssen fragte nur: „Und? Welchen Vorschlag haben Sie mir zu machen?"

Jojo nahm die Schultern zurück, reckte den Hals und versuchte, seiner Stimme einen festen Klang zu geben. Attacke, überlegte er, Frechheit siegt. „Wenn Sie mich anschauen, Herr Direktor, können wir reden."

„Was fällt Ihnen ein, Sie ..." Der Alte hob die Hand und drohte Jojo mit dem Zeigefinger, ließ sie dann aber wieder fallen, grinste und meinte: „Respekt, in welchem Selbstfindungskurs haben Sie das denn gelernt?"

Jojo nahm allen Mut zusammen und fragte: „Wollen wir über Selbstfindungskurse diskutieren oder wollen Sie meinen Vorschlag hören?"

Der Direktor verzog spöttisch den Mund, zeigte aber gleichzeitig auf den Sessel vor seinem Schreibtisch und bedeutete Jojo, dort Platz zu nehmen. Er griff zum Telefon und bestellte bei seiner Sekretärin zwei Espresso. Oh, das hatte es auch noch nicht gegeben, wunderte sich Jojo und setzte sich. Hatte er etwa die richtige Strategie an den Tag gelegt?

Während sie auf den Kaffee warteten, sprach Jannssen kein Wort. Er fixierte Jojo mit unbewegter Miene, aber spöttischen Augen und machte ihn damit schon wieder unsicher. Bloß nicht kleinkriegen lassen, sagte er sich. Der Kragen seines Hemdes wurde immer enger, und die Krawatte drückte ihm schier die Luft ab. Die Spannung wurde unterbrochen, als Inka Petersen die bestellten Espressos brachte. Sie stellte das Tablett ab, warf einen mitleidigen Seitenblick auf Jojo, verließ das Büro und schloss die schwere Tür hinter sich. Draußen wartete schon Bernd Köhler auf sie.

„Und, Inka?“, flüsterte er erwartungsvoll. „Hast du etwas mitbekommen?“

„Wie denn? Die haben kein Wort gesprochen. Das ist die Strategie des Alten, er macht das immer so, das kennst du doch auch. Schweigend, sein Gegenüber am ausgestreckten Arm verhungern lassen und dann zuschlagen, darin ist er Meister. Warum interessiert dich das denn eigentlich? Sei froh, dass er dich nicht ausgesucht hat.“

„Mich doch nicht. Der weiß, was er an mir hat.“

„Von wegen“, lachte sie auf. „Du hast das mit den fehlenden Grundstücken schließlich auch nicht auf die Reihe bekommen.“

„Lass mal, ich habe einen Spezialauftrag bekommen. Wenn du willst, könnte ich dir heute Abend davon erzählen. Ich habe zuerst noch etwas zu beenden, aber dann …“ Er legte seinen Arm um sie, setzte sich halb auf ihren Schreibtisch und deutete auf die Telefonanlage: „Kannst du nicht hier über deine …“

„Bist du verrückt, Bernd? Das kann ich nicht machen. Wenn er mich erwischt, fliege ich. Dieses Risiko gehe ich nicht ein, und für dich schon gar nicht.“ Sie schob seinen Arm grob von ihrer Schulter.

Köhler grinste: „Als wenn du das nicht schon des Öfteren getan hättest.“

„Ich glaube es ist besser, wenn du jetzt gehst.“ Sie kniff die Augen gefährlich eng zusammen und deutete mit ausgestrecktem Zeigefinger zur Tür. „Verschwinde und mach die Tür hinter dir zu, ich habe zu tun.“

Kaum hatte er das Büro verlassen, drückte sie auf einen der Knöpfe der Telefonanlage und hörte die durchdringende Stimme ihres Chefs. Als sie den Kopf hob, sah sie Bernd Köhler grinsend in der Türe stehen. „Wusste ich's doch, du falsches Luder!“

Erschrocken ließ sie den Lautsprecherknopf los und schrie: „Raus, Scheißkerl!“ Sie musste vorsichtiger sein, überlegte sie, viel vorsichtiger. Der Kerl könnte ihr gefährlich werden. Das durfte nicht passieren, wenn sie ihr Ziel erreichen wollte. Vielleicht sollte sie sich wirklich für kurze Zeit auf ihn einlassen, nur um ihn abzulenken. Der Schreck saß ihr jetzt doch so heftig in den Gliedern, dass sie nicht mehr wagte, weiter zu lauschen. Nun, spätestens wenn etwas Schriftliches vereinbart wurde, erführe sie es ja sowieso.

Kaum hatte sie sich wieder ihren Schreibarbeiten zugewandt, hörte sie aus dem Büro ihres Chefs laute Stimmen und Geschrei, Wortfetzen wie: „Verrückt ..., Erpressung …, nicht mit …, bereuen …, Finger von meiner …, ich warne Sie …, nicht wagen …“ Jetzt schlachtet er den armen Kerl, dachte Inka Petersen. Na, ihr konnte es egal sein. Hier hatte jeder einzelne sogenannte Manager Dreck am Stecken, einer wie der andere. Alles eine Schweinebande. Sie konnte ein Lied davon singen, ein trauriges Lied. Allen voran Jannssen, dieser gierige, rücksichtslose alte Sack. Erinnerungen und unbändige Wut kamen in ihr hoch und Tränen schossen ihr in die Augen. Auch wenn dieser Jojo noch einer von der harmloseren Sorte war und an der größten Schweinerei des Alten, wie sie es sah, nicht beteiligt gewesen war, wirklich leid tat er ihr nicht.

Sie nahm den Telefonhörer auf und wählte die Büronummer von Bernd. Mit zuckersüßer Stimme verabredete sie sich mit ihm zu einem Treffen und versprach, ihm dabei genau zu erzählen, was sich im Büro des Alten abgespielt hatte. Dort war es wieder ruhig geworden. Sie konnte nichts mehr hören, die Lauschtaste wollte sie nun nicht mehr drücken, schließlich konnte sich die Tür jeden Moment öffnen. Die Stimmen wurden wieder lauter und die Tür flog tatsächlich auf.

„So nicht!“, schrie Direktor Jannssen, „so nicht! Wer mich über den Tisch ziehen will, muss früher aufstehen, viel früher. Ein solcher Grünschnabel wie Sie schafft das schon gar nicht, Sie Jungspund. Verschwinden Sie und kommen Sie erst wieder, wenn Sie die Grundstücke haben. Und lassen Sie die Finger von der Politik. Kümmern Sie sich um das Fußvolk, das passt besser zu Ihnen.“

Plötzlich kam er ganz nahe an Jojo heran und flüsterte gefährlich leise: „Noch etwas: Finger weg auch von Bella, sonst erfährt Ihr Schwiegervater mehr über Sie, als Ihnen lieb ist, haben Sie mich verstanden?“ Ohne Jojos Antwort abzuwarten, wandte Jannssen sich um und zog die schwere Eichentür mit einem lauten Knall hinter sich zu. An seinem Schreibtisch griff er wütend nach dem Telefonhörer und wählte eine Kurzwahl. „Sie muss weg. In spätestens zwei Stunden holst du sie ab, wohin, sage ich dir noch. Und vergiss nicht die silbernen Knöpfe“, bellte er in den Apparat und warf den Hörer auf.

Mit hochrotem Kopf marschierte Jojo an der verdutzten Sekretärin vorbei. „Wow“, rief sie ihm nach, „da müssen Sie ihm aber gewaltig auf die Zehen getreten haben. So viele Worte verschwendet er sonst nicht an Leute, die ihn ärgern. Na, der Kopf ist ja noch dran“, gluckste sie. Doch Jojo war schon aus der Tür, er wollte nur raus, raus hier. Das sollte er ihm büßen, das sollten sie ihm alle büßen, der Alte, Bernd Köhler und die Schreckschraube im Vorzimmer auch. Wartet nur ab. Er hatte nicht die Geduld, auf den Fahrstuhl zu warten, sondern verließ das Gebäude über das große offene Treppenhaus. Indem er zwei, manchmal drei Stufen auf einmal nahm, versuchte er, sich abzureagieren. Viel half es nicht.

Als er vor dem gläsernen Gebäude stand, nahm er sein Handy aus der Tasche, wählte, fauchte ein paar Worte in den Apparat, setzte sich in sein Auto und fuhr mit quietschenden Reifen vom Parkplatz. Der alte Hausmeister, der in der Grünanlage beschäftigt war, schaute ihm kopfschüttelnd nach.

BELLA. DONNERSTAG GEGEN MITTAG

20 Minuten später traf Jojo vor Bellas Haus im nobelsten Wilhelmshavener Wohnviertel ein, parkte am Straßenrand und fuhr mit dem Fahrstuhl in die Penthouse-Wohnung im vierten Stock. Bella stand mit erwartungsvollem Blick in der Wohnungstür und streckte ihm die Hände entgegen: „Mein Liebling, schön dass du …“ Zu mehr kam sie nicht. Er stieß sie so gewaltig vor die Brust, dass sie nach hinten in die große Diele torkelte. Sie verlor das Gleichgewicht und fiel auf den harten Marmorboden. Er stürmte auf sie zu, zog sie hoch, schlug sie brutal ins Gesicht und schrie immer wieder: „Scheißkerl! Scheißkerl! Ich bring ihn um!“

Mit einer Hand packte er Bella am Arm, zerrte sie gewaltsam ins Wohnzimmer und warf sie auf die Couch, mit der anderen Hand riss er ihr das Kleid vom Körper. Ihr war klar, was jetzt kam. Nur nicht wehren, wusste sie, dann war es schneller vorüber.

Nichts fragen, nichts sagen, nicht wehren – wie immer, wenn er von ihm kam. Sie ließ es geschehen, schaltete innerlich ab. Warum tat er das? Warum tat er ihr nur so weh? Immer und immer wieder. Sie musste etwas tun, schoss es ihr durch den Kopf, das konnte so nicht weitergehen … Doch sie wusste, wenn es vorbei war, tat es ihm unendlich leid. Was war nur wieder geschehen?

Nach fünf Minuten war der brutale Übergriff vorüber und Jojo lag heulend und wie ein Häufchen Elend neben ihr auf der ausladenden Couch. „Es tut mir leid, bitte entschuldige", jammerte er. „Ich liebe dich, es tut mir so leid! Der Alte, der Alte ist schuld", schluchzte er.

Sie strich ihm über den Kopf: „Schon gut, mein Liebling, schon gut, ich liebe dich auch. Ich weiß doch, dass er schuld ist." Sie streichelte ihn so lange, bis er sich beruhigt hatte.

Plötzlich sprang er auf. „Ich muss etwas tun, das geht so nicht weiter, das muss endlich ein Ende haben ..."

„Was hast du vor? Bitte, bleib, ich muss dir etwas sagen, lass mich bitte nicht alleine. Bitte, Jojo, es geht mir nicht gut, und du musst wissen, dass ich …", flehte sie ihn an.

„Später, Liebes, später", unterbrach er sie. „Jetzt habe ich etwas zu erledigen. Bleib liegen und ruhe dich aus. So etwas wird nicht wieder passieren, glaube mir. Ich muss dem endlich ein Ende machen." Er nahm sich eine Jeans aus seinem Fach in Bellas Kleiderschrank, schlüpfte hinein, zog ein frisches Shirt über, gab ihr einen sanften Kuss auf die Stirn und strich ihr übers Haar. „Ich muss weg, ich melde mich bei dir."

„Bitte, Jojo …"

Doch er beachtete sie nicht mehr. Entschlossen nahm er seine Autoschlüssel vom Fußboden auf, warf sich sein Sakko über und verließ ohne ein weiteres Wort die Wohnung. Bella hörte, wie die Wohnungstür ins Schloss fiel.

Nach einigen Minuten erhob sie sich vorsichtig und schleppte sich durch die Diele ins Badezimmer. Der ganze Körper tat ihr weh, sie blutete und erschrak, hoffentlich war nicht … Mein Gott, wenn sie es nun verloren hatte … Gerade heute hätte sie ihm sagen wollen, dass sie ein Baby bekommen würden. Hoffentlich hatte sie es durch den brutalen Überfall nicht verloren. Ihr Unterleib schmerzte entsetzlich. Sie setzte sich auf den breiten Badewannenrand und spürte instinktiv, dass es vorbei war. Zum zweiten Mal war er vorbei, der Traum von einem Kind. Sie hatte das Gefühl, als würde ein glühendes Eisen in ihr toben, so entsetzlich brutal, so schmerzhaft und doch endgültig.

„Nein!", schrie sie gequält auf. „Nein, ich will es nicht verlieren! Bitte, bitte nicht. Das ist nicht fair!" Immer lauter, immer hysterischer jammerte, heulte und schrie sie: „Nein, das ist nicht fair, nein, nein, nein! Das wirst du mir büßen!" Sie sprang auf, trommelte mit den Fäusten gegen die Wand, schlug ihren Kopf immer wieder gegen die harten Kacheln, bis sie kraftlos, so als hätte alle Energie sie verlassen, wie in Zeitlupe an der Wand heruntierglitt und nackt auf dem kalten Boden liegen blieb.

IM FAHRSTUHL. DONNERSTAG GEGEN 13 UHR

Als Bellas Wohnungstür hinter ihm ins Schloss fiel, lehnte Jojo sich kraftlos gegen die Wand. So ging das nicht weiter. Warum nur ließ er all seinen Frust immer wieder an Bella aus? Das hatte sie nicht verdient. Die Wut, die in den letzten Wochen immer wieder in ihm hochkam, hatte ihren Höhepunkt erreicht. Mehr ging nicht, jetzt war Schluss, das war ihm klar. Er musste etwas tun. Es gab nur eine Möglichkeit, wusste er, es gab nur diese eine Möglichkeit, und nun musste er es tun. Koste es was es wolle. Er war bereit. Entschlossen drückte er den Rufknopf des Fahrstuhls. Wenn sich die Tür in den nächsten zehn Sekunden öffnete, würde er es tun, entschied er ... Zehn, neun, acht, sieben, sechs, fünf ... Weiter kam er nicht. Mit einem leisen Summen bremste der Fahrstuhl ab. Es war entschieden, er würde es tun. Leise öffnete sich die Fahrstuhltür; in Jojos Kopf hämmerte es. Er würde den Alten ... Doch als er den Fahrstuhl betreten wollte, lief er gegen eine breite Männerbrust. Als er nach oben blickte und das Gesicht erkannte, erschrak er: „Scheiße, Henry, was ..."

Im selben Moment hatte er das Gefühl, seine Ohren würden explodieren, und ihm wurde schwarz vor Augen. Jojo sackte zusammen, fiel aber nicht zu Boden, denn zwei sehr kräftige Arme fingen ihn auf, versetzten ihm einen weiteren Schlag gegen den Kopf und zogen ihn tiefer in den Fahrstuhl hinein. Ohnmächtig lehnte er gegen die Fahrstuhlwand, die Beine weit von sich gestreckt. „Zur falschen Zeit am falschen Platz, sorry", murmelte Henry. „Ich kann keine Zeugen brauchen." Er drückte im Fahrstuhl den Knopf für die Tiefgarage.

VORBEI. DONNERSTAG GEGEN 13.30 UHR

Als Bella wieder zu sich kam, wusste sie im ersten Moment nicht, was geschehen war. Ihr war kalt. Sie lag auf den Fliesen des Badezimmers, hob langsam den Kopf und schaute sich um. Das Blut, das an den weißen Fliesen herunterlief, der brennende Schmerz in ihr ließen die Erinnerung zurückkommen. Es war vorbei, sie würde es verlieren, oh, Gott, sie würde es verlieren. Sie griff sich an den schmerzenden Kopf, und als sie ihre Hand betrachtete, war auch diese voller Blut. Ihr Blick fiel auf ihre Armbanduhr; seit Jojos Überfall war knapp eine Stunde vergangen.

„Er ist schuld", flüsterte sie gefährlich ruhig, „er ist schuld. Ich hasse ihn und ich werde ihn töten. Wenn ich es nicht tue, tötet er mich auf seine herrische und brutale Art, so, wie er auch Mutter getötet hat. Ich habe keine andere Wahl. Dann ist Jojo auch wieder so wie früher, so wie ich ihn kennengelernt habe.“ Sie kroch auf allen Vieren zur Tür und zog sich unter Schmerzen am Türrahmen hoch.

„Jojo“, rief sie zaghaft Richtung Wohnzimmer. „Jojo, komm bitte, ich kann nicht ...“

Aber Jojo meldete sich nicht. Natürlich, fiel ihr wieder ein, er war ja gegangen. Was hatte er nur vor? Sie griff vorsichtig nach dem Smartphone auf dem kleinen Flurtisch neben der Badezimmertür, drückte mit zittrigen Fingern eine Taste. Nach kurzem Klingeln meldete sich die Mailbox. „Jojo, wo bist du?“, murmelte sie halb ohnmächtig. „Komm ... bitte … gleich…“ Sie brach im Türrahmen wieder zusammen.

Eine gefühlte Ewigkeit später hörte sie, wie sich ein Schlüssel im Schloss ihrer Wohnungstür drehte. „Jojo“, rief sie, „Jojo, bitte hilf mir, ich muss ins Krankenhaus, sonst verliere ich unser Baby.“ Als Bella den Kopf hob, sah sie, dass in der Tür nicht Jojo, sondern ein großer, wuchtiger Mann stand, und sie erschrak. Sie nahm instinktiv die Arme vor den Körper und schaute ihn überrascht und gleichzeitig angstvoll an.

„Henry, du? Was willst du hier? Wieso hast du einen Schlüssel?“

Ohne auf ihre Frage einzugehen, stieß er wütend hervor: „Nun zu dir. Pack ein paar Sachen zusammen, du wirst verreisen.“ Er zerrte sie auf die Füße.

„Wie bitte? Was soll das? Ich werde nicht verreisen!“

„Das entscheidest nicht du. Zieh dich an und packe. Ansonsten nehme ich dich so mit.“

„Was soll das? Was willst du?“, rief Bella angstvoll. Sie deutete auf seine Hand. „Hast du Jojos Schlüssel? Was ist mit ihm? Warum hast du gesagt ‚nun zu dir‘? Ich habe es genau gehört! Was hast du getan? Halte dich endlich aus meinem Leben raus!“, schrie sie, und ihre Stimme überschlug sich.

„Was passiert, wenn ich mich raushalte, sehe ich.“ Er deutete mit der Hand ins Badezimmer. „Der große Zampano hat mich geschickt. Er bezahlt und sein Wort gilt. Tut mir leid für dich und deinen Stecher, selbst schuld …“

„Nein, er ist schuld, dieser böse alte Scheißkerl ist schuld und sonst niemand. Und du bist sein blöder Laufbursche. Mein Gott, ist das erbärmlich. Lasst mich endlich in Ruhe!“ Sie hob die Hand und wollte nach ihm schlagen. „Du Schwein …!“ Zu mehr reichte ihre Kraft nicht. Sie brach zusammen und blieb auf dem kühlen Boden liegen.

Henry zuckte mit den Schultern. „Dann eben nicht.“ Er sah sich in der großen Wohnung um und begann, ein paar Kleidungsstücke aus dem Schrank im Schlafzimmer zusammenzupacken. Wenn sie ihn nicht hätten … Er war wieder mal der Aufräumer für die feinen Herrschaften, dachte er. Er warf einen Blick auf Bella, die noch immer ohnmächtig auf dem Boden lag. „Auch gut, dann sabbelst du mir wenigstens nicht die Ohren voll“, brummte er und beseitigte die Spuren in der Wohnung. Zwei daumennagelgroße Knöpfe aus Wohn- und Schlafzimmer nahm er auch mit. Der Alte hatte es befohlen.

IM KOFFERRAUM. DONNERSTAG GEGEN 14.30 UHR

Langsam kam Jojo zu sich und stellte erschrocken fest, dass seine Hände auf dem Rücken gefesselt und sein Mund geknebelt und zugeklebt war. Das Atmen fiel ihm schwer. Sein Kopf schmerzte. Seine Füße waren ebenfalls gefesselt, was er zwar nicht sehen konnte, aber er spürte ein festes Band um seine Knöchel. Es war dunkel und er befand sich in einem engen Raum. Panisch versuchte er sich zu bewegen, was wegen der Fesseln nur bedingt möglich war. So wand er sich hin und her und versuchte seine Hände zu befreien, zog die Beine an und stieß mit den

Knien gegen einen harten, metallenen Deckel über sich. Das war wohl ein Kofferraum, in dem er sich befand.

Langsam kam die Erinnerung zurück. Was sollte das? Was hatte dieser bescheuerte Henry vor? Warum hatte er ihn zusammengeschlagen und hier eingesperrt? Sein Kopf schmerzte und am rechten Ohr spürte er ein warmes Rinnsal. Er zog und zerrte weiter an seinen Fesseln, konnte sich aber nicht befreien. Der Knebel im Mund gab ihm das Gefühl, ersticken zu müssen. Zunge und Mundhöhle waren ausgetrocknet, schreien war unmöglich. Er musste hier raus, dachte er, dieser Typ war zu allem fähig. Langsam hatten sich seine Augen an die Dunkelheit gewöhnt, außerdem war ein ganz schmaler Lichtstreifen rechts über ihm zu erkennen. Er versuchte seine Umgebung zu erkunden.

Ruhig bleiben, sagte er sich, wenn er überleben wollte, musste er ruhig bleiben. Vielleicht gab es hier ein Werkzeug oder ähnliches, das er greifen und womit er seine Fesseln lösen konnte. Ablenken, nachdenken, ruhig bleiben, sonst würde er durchdrehen. Immer wieder tastete er mit den gefesselten Fingern, aber außer einem teppichähnlichen Belag konnte er nichts erfühlen. Jojo vermutete, dass es sich um ein größeres Auto handelte, da er bequem in den Kofferraum hineinpasste. Er riss und zog, um sich zu befreien, bis er nachlassen musste, weil seine Schultern höllisch schmerzten. Konnte es sein, dass die Fesseln etwas lockerer geworden waren?

Plötzlich horchte er auf, Schritte waren zu hören. Sollte er sich bemerkbar machen, damit ihn jemand hören konnte? Oder war es etwa dieser Henry? Egal, er musste es riskieren, er wollte hier raus. So gut es ging, strampelte er in seinem Gefängnis hin und her, schlug abwechselnd mit den Knien, dem Kopf und der rechten Schulter gegen den Kofferraumdeckel. Schreien war wegen des Knebels unmöglich, so gab er nur unartikulierte Laute von sich. Besser als nichts, dachte er. Als sich der Kofferraumdeckel öffnete, konnte er nur schemenhaft erkennen, wer über ihm stand.

Grell trafen ihn das helle Neonlicht und gleichzeitig ein weiterer Schlag. In Sekundenbruchteilen erkannte er noch, dass Henry eine leblose Frau über der linken Schulter trug. Bella, schoss es ihm durch den Kopf, bevor er erneut das Bewusstsein verlor.

Henry schlug den Kofferraumdeckel zu, öffnete eine der hinteren Türen des Wagens und warf die leblose Bella wie eine Puppe auf den Rücksitz. Er nahm sein Handy aus der Brusttasche, wählte eine Nummer und sagte, als der Teilnehmer sich meldete: „Ich hab sie. Beide. Nein, das ging nicht anders, er ist mir in die Arme gelaufen, und einen Mitwisser kann ich nicht gebrauchen. Wohin soll ich sie bringen?" Er lauschte auf die Antwort und meinte: „Schwanger? Er blickte entsetzt auf die Rückbank. „Sören-Klaas-Klinik? Wo ist denn die?" Er bekam die Adresse und meinte: „Okay, Chef, und was mache ich mit ihm?" Wieder lauschte er. „Klar, ich kümmere mich darum, aber das kostet extra. Ihre beiden kleinen Freunde habe ich auch verschwinden lassen", antwortete er knapp und warf sein Handy auf den Beifahrersitz.

„Scheiße", brummte er vor sich hin, „das war nicht vereinbart. Gut, dass ich in der Wohnung schon klar Schiff gemacht habe, das wird eine längere Fahrt." Er gab die angegebene Adresse in sein Navi ein und startete den Wagen.

DIE ANKUNFT

Nach einer fast zweistündigen Fahrt kam Henry mit der schlafenden Bella vor der Sören-Klaas-Klinik an. Sein Navi hatte ihn über die A28 und die A31 ins Emsland, vorbei an Papenburg, geführt. Er kannte die Gegend gut, denn vor einigen Jahren war er noch Arbeiter auf der Werft in Papenburg gewesen, bis Jan

Jannssen ihn durch Zufall entdeckt und vom Fleck weg für seine ganz speziellen Dienste und Aufträge engagiert hatte. Während der Fahrt hierher hatte er einen weiteren Auftrag erhalten, was bedeutete, dass er nach Erledigung seines Auftrags sofort zurück nach Harlesiel musste. Seine saubere Arbeit und vor allem seine Verschwiegenheit hatten sich in den Kreisen des Alten herumgesprochen und so wurde er weiterempfohlen. Es war nicht zu fassen, wie viel Dreck sich in den feinen Kreisen sammelte, den er dann beseitigen musste.

Den kleinen Ort, in dem sich die Klinik befand, kannte er nicht, aber auf sein Navi war Verlass. Nobel, dachte er mit Blick auf das Haus, sehr elegant und teuer. Das weiße Gebäude stand in einem parkähnlichen Areal mit Bäumen, Büschen und unzähligen Kieswegen, die sich durch die weite Landschaft schlängelten.

Ein Blick auf die Rückbank ließ ihn erkennen, dass Bella noch immer fest schlief. Während einer kurzen Pause auf einem Parkplatz hatte er vorsichtshalber ein Schlafmittel in Mineralwasser aufgelöst und der benommenen Bella zu trinken gegeben. Um Jojo wollte er sich später kümmern. Er stieg aus, öffnete die Wagentür und hob Bella auf seine Arme. Als er sich über den weißen Kiesweg in Richtung des Hauses bewegte, wurde die Eingangspforte geöffnet und zwei in Weiß gekleidete Männer sowie eine junge Frau in Schwesterntracht kamen ihnen entgegen. Man hatte sie wohl schon erwartet. Der Alte hatte das süße Töchterlein also angemeldet, dachte Henry.

Einer der Männer nahm ihm Bella ab und trug sie zum Haus, der andere steckte ihm einen dicken Umschlag zu und bedeutete ihm, wieder zu fahren. Die junge Krankenschwester lief, den Puls der Schlafenden prüfend, neben Bella und ihrem Kollegen her. Henry ging zu seinem Auto und als er sich nochmals umdrehte, sah er, dass der Überbringer des Umschlages noch immer breitbeinig und mit verschränkten Armen an seinem Platz stand, um sicherzugehen, dass Henry das Gelände auch wirklich verließ.

„Wo bin ich denn hier gelandet?" brummte der vor sich hin. Er schob den weißen Briefumschlag in seine Jackentasche und stieg ein, wendete den Wagen und verließ das noble Klinikgelände.

Nach ein paar Hundert Metern hielt er in einer Parkbucht und nahm sein Smartphone vom Beifahrersitz. „Wollen wir doch mal sehen, wo wir hier sind." Er gab den Namen der Klinik in die Suchmaschine ein. Sören-Klaas-Klinik, sieh mal einer an, eine Privatklinik für Menschen mit Alkohol-, Drogen- und psychischen Problemen, las er. Na, da war die liebe Bella ja richtig. Er fuhr los und hielt gleich darauf wieder an. Er wollte doch erstmal nachschauen, was Bellas Stecher im Kofferraum machte. Für den musste er sich auch noch etwas einfallen lassen und danach gleich zurück nach Harlesiel fahren, um den anderen Fall zu lösen. „Scheiß-Weiber, nichts als Ärger", fluchte er und stieg aus. Er ging um den Wagen herum zum Kofferraum, öffnete ihn und blickte mit weit aufgerissenen Augen ungläubig hinein. „Mist, verdammter Mist aber auch!", schrie er, sah sich um und warf den Kofferraumdeckel schnell wieder zu. „Ruhe", sagte er sich zu selbst, „ganz ruhig. Du findest eine Lösung, wie immer. Jetzt erst den anderen Auftrag erledigen."

ZUR SELBEN ZEIT

Sie telefonierte täglich mit ihm - eigentlich. Das war ihr sehr wichtig. Nicht, dass sie große Sehnsucht hatte, seine Stimme zu hören, nein, aber so wusste sie immer, wo er sich gerade befand und ob er sich nicht doch kurzfristig überlegte, nach Hause zu kommen. Das wäre fatal. Nun aber hatte Heike schon seit gestern Vormittag nichts mehr von ihrem Mann gehört. Das war unüblich, sehr unüblich. Sie überlegte, ob sie sich Sorgen machen musste. Was sollte sein, beruhigte sie sich selbst, er würde wohl wieder für die Immo-Invest auf Tour sein. Wäre etwas passiert, hätte sie es schon längst erfahren. Dass er nicht an sein Handy ging, war jedoch merkwürdig. Sie versuchte es erneut. Es klingelte so lange, bis die Mailbox ansprang. Zum wiederholten Mal sprach sie darauf, inzwischen ärgerlich und fordernd, sich doch endlich bei ihr zu melden. „Jojo, du Mistkerl, wo bist du? Melde dich endlich!", schrie sie zum Schluss und warf ihr Handy aufs Bett.

Bernd hatte wieder einmal angerufen und gefragt, ob sie Zeit für ihn hätte. Aber wenn sie ihn heute in ihr Bett ließ, könnte es, falls Jojo unangemeldet auftauchte, mit einer bösen Überraschung enden. Sie brauchte den fordernden und manchmal brutalen und zynischen Bernd, aber genauso auch ihren Mann, der in den Augen vieler ein Waschlappen war, aber im Bett unheimlich zärtlich und anschmiegsam, fast wie ein scheuer Junge. Sie brauchte beides – obwohl sie schon lange nicht mehr miteinander geschlafen hatten, dachte sie. Egal, der brave Jojo war das solide Aushängeschild, das in ihren Kreisen wichtig war. Schließlich waren ihre Sturm- und Drangjahre offiziell vorbei. Im Moment allerdings verzehrte sie sich nach dem anderen. Sie nahm ihr Handy auf und wählte Bernds Nummer. „Bist du schon unterwegs? Wir können uns nicht bei mir treffen. Er hat sich noch immer nicht gemeldet, und ich erreiche ihn auch nicht. Er kann jeden Moment in der Tür stehen. Weißt du, wo …" Sie lauschte kurz auf die Antwort und nickte glücklich: „Okay, dann treffen wir uns im Appartement. Gut, dass es nicht vermietet ist, aber es sind ja nicht mehr viele Urlauber im Ort. Vergiss den Schlüssel nicht. Bis gleich."

Heike schaute auf ihr Ehebett. Spannender ist es ja hier, mit einem anderen Mann in unserem Bett, überlegte sie. Aber heute besser nicht. Es war früher Nachmittag. Sie hatte noch Zeit, schnell unter die Dusche zu springen, überlegte sie und ließ das Sommerkleid aus leichter edler Seide von den Schultern gleiten. Darunter trug sie nichts außer einem winzigen Tanga, den sie ebenfalls abstreifte und wie einen kleinen Gummiring über zwei Finger in Richtung Wäschetonne schnippte. Die Dusche war eine Wohltat an diesem heißen Spätsommertag und sie genoss den Luxus ihres exklusiven Badezimmers. Vor dem riesigen Spiegel cremte sie anschließend ihren schlanken und leicht gebräunten Körper mit einer teuren Körperlotion ein und stieg wieder in ihr Seidenkleid. Mit einem Griff zog sie die Spange, mit der sie sich während des Duschens die Haare hochgesteckt hatte, heraus und ließ ihre blonden Locken mit einem kräftigen Schütteln auf die Schultern fallen. Sie warf sich einen dünnen Seidenschal um, zog sich vor dem Spiegel ihres antiken Schminktisches im Schlafzimmer die Lippen nach und steckte einen frischen Slip in ihre Handtasche. Sie schaute sich suchend um, nahm den Schlüsselbund vom Haken und verließ das Haus.

Während der Fahrt setzte sie ihre Sonnenbrille auf, denn das Verdeck ihres kleinen Sportflitzers war geöffnet und die Sonne stand im Südwesten, als sie von ihrem Haus in Harlesiel Richtung Carolinensiel fuhr. Es war ein wunderbarer Septembertag mit - wie ihre Mutter immer sagte - allen Sonnen am Himmel. Ihr Handy, fiel ihr nun ein, hatte sie im Schlafzimmer vergessen. Egal. Voller Vorfreude auf das kommende Abenteuer trat sie aufs Gas und fuhr Richtung Möwenweg. Nach nicht einmal zwei Minuten kam sie in dem kleinen Wohngebiet an und parkte, wie immer, auf dem Wendeplatz hinter den Appartementhäusern. Hier stand zwar ein Parkverbotsschild, aber das war ihr egal. Es war ein gutes Versteck, hierher würde Jojo nie kommen. Fremdgehen war für sie in Ordnung. Bernd war nicht der erste und auch nicht der einzige. Sie liebte eben die Abwechslung. Aber Jojo musste das nicht wissen. Sie hatte sich in ihrer Ehe schließlich ganz gut eingerichtet. Das sollte auch so bleiben.

Heike stieg aus, schob die Sonnenbrille ins Haar, nahm ihre Handtasche und ging Richtung Appartement. Bernd hatte hier eine Ferienwohnung, die er jedoch nur selten vermietete, denn sie war teuer und elegant eingerichtet. Er sammelte moderne Kunst, überall standen Plastiken und Statuen, die Wände schmückten abstrakte Bilder. Die Couch war aus naturweißem Leder, wie auch die beiden Sessel rechts und links davon. Der Glastisch davor wurde von einer bronzenen unbekleideten Dame getragen. All das aber war kein Vergleich zu dem Haus, in dem sie mit Jojo lebte. Ihr Vater hatte es ihr zur Hochzeit geschenkt. Ihr, wie er damals betonte, denn von Jojo hielt er nicht viel. Adrian Hoffmann hatte ihn zwar in die Firma seines Freundes und Geschäftspartners Jan Jannssen vermittelt, betonte aber immer wieder, dass er kein Kaufmann und für den Handel mit Immobilien schon gar nicht geeignet sei, und dass er es zu nichts bringen würde, weil er zu weich sei.

Aber Heike hatte sich nicht davon abbringen lassen, Johannes de Vries zu heiraten. Er sah gut aus und war so ganz anders, als die Typen aus ihrer Clique. Nicht so ein überhebliches und abgehobenes, braungebranntes Söhnchen aus gutem Hause. Er gehörte nicht dieser Erbengeneration an, wie all die Typen aus ihrem Umfeld, die fast alle – wie sie selbst übrigens auch – von Papas Geld oder dem Erbe ihrer Großeltern lebten. Dieses Andere an Jojo hatte ihr eine Weile imponiert. Irgendwann war ihr dann klar, dass ihr Vater Recht hatte. Eine Summe in Höhe des Gehalts ihres Mannes gab sie so nebenbei für Kleidung oder kleine Trips nach Ibiza, Cannes oder auch Sylt aus. Nun, das Haus gehörte ihr, die monatliche Zahlung von Papa war großzügig. Sollte Jojo die paar Tausender, die er verdiente, doch für sich behalten. Sie hatte durch ihn ihren soliden Hintergrund und tat, was ihr Spaß machte.

Gerade als sie auf die Klingel drücken wollte, summte der Türöffner, Bernd hatte sie wohl schon kommen sehen. Sie schaute sich noch einmal um und schlüpfte durch die gläserne Eingangstür des Sechs-Parteienhauses. In der rechten Wohnungstür im Parterre stand Bernd und erwartete sie schon mit einem Glas Andalö Splish on the Rocks, ihrem aktuellen Lieblingsgetränk, in der Hand.

„Das nenne ich mal einen Empfang", freute sie sich, nahm sich das Glas, schlüpfte an ihm vorbei und ließ sich auf den weißen Ledersessel im Wohnzimmer fallen

„Schön, dass ich dir damit eine Freude machen konnte, liebe Heike", meinte Bernd mit einem Tonfall in der Stimme, der sie hellhörig werden ließ. Sie richtete sich auf, nahm einen Schluck und schaute zu ihm hoch.

„Was ist los? Und was ist denn mit deiner Nase passiert? Das sieht ja nicht gut aus."

Die Frage nach seiner Nase gab ihm einen Stich, doch er überging sie, hob sein Glas, prostete ihr zu und meinte süffisant: „Zum Wohl. Genieße es, denn es wird die letzte Freude sein, die ich dir mache."

„Wie bitte? Spinnst du?" Sie stellte ihr Glas ab und stand auf. „Was soll denn das? Willst du etwa Schluss machen?" Sie lachte laut auf. „Nicht mit mir. Schluss mache ich, damit das klar ist."

„Dann machst du heute eine neue Erfahrung, liebe Heike." Er setzte sich in den weißen Sessel, deutete auf den zweiten und meinte: „Aber setz dich doch wieder, meine Liebe. Weißt du, es ist einfach so, dass ich keine Lust mehr habe, die Frau eines Losers zu vögeln, das macht mich einfach nicht mehr an."

Heike hatte sich nicht gesetzt. Sie stand einen Meter seitlich von ihm und schaute sprachlos und gleichzeitig voller Verachtung auf ihn herunter. „Du arrogantes Arschloch!", fauchte sie ihn an. „Was fällt dir denn ein? Wofür hältst du dich? Und glaubst du tatsächlich, du könntest mich beleidigen? Solch kleine Emporkömmlinge wie dich hatte ich schon zur Genüge. Nur, dass das klar ist!"

„Nun reg dich wieder ab, meine Süße. Ich weiß ja, dass du es mit deinen Liebhabern nicht so genau nimmst. Kein Wunder, wenn man mit Jojo verheiratet ist. Für ein paar Monate war das ganz interessant mit dir, aber jetzt langweilst du mich." Bernd grinste sie von der Seite an und sah, dass Heike nach Luft schnappte. „Außerdem", legte er nach, „habe ich beschlossen, mich zu verändern, beruflich und räumlich. Ja, und in Sachen Weiblichkeit wird es auch Zeit. Deine Zeit ist vorbei, und eigentlich tust du mir leid, und das törnt mich ab, weißt du."

Heike lief rot an und schnappte nach Luft. So hatte noch keiner mit ihr gesprochen. Sie suchte nach Worten, aber seine Unverschämtheit hatte sie sprachlos gemacht.

„So, das war's, und nun verschwinde, ich bekomme gleich Besuch. Ich habe neue Pläne. Dafür muss ich etwas baggern und dabei störst du", meinte er ohne sie anzusehen, lehnte sich nach links zum Tisch, griff mit der einen Hand wieder nach seinem Glas und deutete mit der anderen abfällig an, dass sie nun gehen möge.

Noch bevor er das Glas fassen konnte, nahm Heike wie in Trance mit der rechten Hand eine schwere, raue Bronzefigur von der Fensterbank, holte aus und schlug sie Bernd gegen die Schläfe. Als sie begriff, was sie getan hatte, ließ sie die Figur fallen und flüsterte, als könnte sie jemand hören: „Nicht mit mir, mein Lieber, nicht mit mir." Langsam drehte sie sich um und ging in Richtung Wohnzimmertür. Kurz davor blieb sie stehen und wandte sich wieder um. Bernd lag im Sessel und war, wie sie erkannte, zweifellos tot. Ein dünnes rotes Rinnsal lief ihm von der Schläfe über den Wangenknochen zum rechten Mundwinkel. Die Augen waren geöffnet und blickten leer zur Decke.

Fingerabdrücke, schoss es ihr durch den Kopf. Sie schaute sich im Raum um, ging zurück, hob die Figur wieder auf und nahm den Rock ihres Kleides, um sie abzuwischen. Mit zitternden Händen stellte sie das schwere Teil wieder auf die Fensterbank zurück und griff nach Bernds Handgelenk. Nichts. Kein Puls. „Selbst schuld, du Arschloch", murmelte sie und suchte in ihrer Handtasche nach dem Handy. Mist, das hatte sie ja zu Hause vergessen. Vor allem musste sie hier weg. Er hatte erwähnt, dass er Besuch erwartete. Man durfte sie hier nicht sehen, obwohl sie schon gerne wüsste, welches Flittchen er sich da an Land gezogen hatte. Das Glas würde sie mitnehmen, die Türgriffe musste sie abwischen. Ihr Gehirn arbeitete auf Hochtouren. Was sonst noch? Was hatte sie noch angefasst? Nichts, stellte sie fest. Sie warf noch einen Blick auf den toten Bernd, zog die Schlüssel aus dem Schloss und die Tür hinter sich zu. Bevor sie das Haus verließ, setzte sie ihre Sonnenbrille auf und schlang sich ihren Schal um den Kopf. Nach ein paar Schritten fiel ihr ein, dass sie ja so viel mehr auffallen würde. Also nahm sie den Schal wieder ab und ging in Richtung Auto. Sie musste nach Hause und telefonieren. Die mitgenommenen Schlüssel warf sie ins Handschuhfach.

Wo wohl Jojo war? Vorsichtig und langsam, um nur nicht auf sich aufmerksam zu machen, fuhr sie vom Wendeplatz der kleinen Wohnsiedlung.

Zu Hause nahm sie sofort ihr Handy vom Bett, wählte eine Nummer und sagte: „Du musst für mich aufräumen. Im Handschuhfach meines Autos liegt ein Schlüsselbund, Adresse steht drauf, Auto steht vorm Haus." Sie wurde unterbrochen. „Nein, jetzt! Sofort!", schrie sie hysterisch in den Apparat. „Was heißt, du hast schon einen Auftrag? Dann machst du eben einen Umweg und erledigst das mit, hast du mich verstanden?" Ihre Stimme überschlug sich, und sie war völlig aufgebracht. „Jetzt, habe ich gesagt, sofort!", schrie sie nochmal und drückte das Gespräch weg. Sie schloss die Augen, atmete tief durch, legte das Handy auf die Bettdecke, ging ins Bad und ließ sich Badewasser in die große Wanne laufen.

DIE LEICHE BERND. DONNERSTAG GEGEN ABEND

Henry gab Gas. In Gedanken war er noch immer bei Jojo. Wie hatte das geschehen können? Wie und wann war es passiert? Das konnte Ärger geben, das konnte gewaltigen Ärger geben, wusste er. Aber erst einmal zu dem anderen Auftrag, lenkte er sich ab, er durfte jetzt keinen Fehler mehr machen. Er kam gut voran, die Autobahn war nicht sehr stark befahren. Auf der A31 war er zeitweise alleine unterwegs. Lediglich in Richtung Süden kamen ihm einige Autos entgegen. Er nahm auch diesmal wieder die A28 und dann die A29, statt über die Dörfer zu tuckern. Das waren zwar mehr Kilometer, aber es ging schneller. Auf der A29 war mehr Betrieb, die Pendler fuhren nach Hause. So war er kurz nach 19 Uhr in Harlesiel.

Das Auto stand, wie angekündigt, vor dem Haus. Henry beugte sich über das teure Cabriolet, öffnete das Handschuhfach und fand dort den Schlüsselbund. Inzwischen war es dunkel geworden, so dass er nicht unbedingt befürchten musste, gesehen oder gar erkannt zu werden. Touristen waren zu dieser Zeit fast keine mehr unterwegs, und die wenigen Anwohner saßen sicher vor dem Fernseher. Trotzdem schaute er sich immer wieder vorsichtig um. Er nahm die Schlüssel, warf sie hoch, um sie mit der anderen Hand aufzufangen. Heikes Haus lag im Dunkeln. Am Schlüsselbund war ein Schild, auf dem er nur schwach die Adresse lesen konnte. Sein Auto hatte Henry knapp 100 Meter entfernt geparkt – sicherheitshalber.

Der Weg zu der angegebenen Adresse in dem ruhigen Wohngebiet von Carolinensiel war menschenleer. Niemand sah ihn.

Er parkte auf der schmalen Straße vor dem Haus, obwohl dort Halteverbot war. Es war niemand zu sehen, der Einwände hätte haben können. Zur Sicherheit kontrollierte er nochmals die Hausnummer. Auf dem Weg zum Haus zog er sich Latexhandschuhe über. Der Bewegungsmelder schaltete automatisch das Licht an, sodass er das Schlüsselloch der Haustür gleich finden und aufsperren konnte. Mit einem Blick über die rechte Schulter vergewisserte er sich, dass niemand ihn beobachtete und er unerkannt im Haus verschwinden konnte. Das Nachbarhaus lag verlassen. Unten rechts. Der zweite Schlüssel war für die Wohnungstür, doch bevor er sie aufschloss, klingelte er – zur Sicherheit. Schließlich wollte er keine böse Überraschung erleben und jemandem in die Arme laufen.

Es war nichts zu hören, so konnte er aufschließen und die Wohnung vorsichtig betreten. Abwartend lehnte er sich gegen die Wand in dem kleinen Flur.

In der Wohnung war es dunkel, und er tastete nach einem Lichtschalter, der sich gleich rechts neben der Tür befand. Die Lampe erhellte nur den Flur und Henry blickte sich um. Links konnte er hinter der halb geöffneten Tür die Küche erkennen, rechts fiel der Schein des Lichtes ins Badezimmer und geradeaus ins Wohnzimmer. In höchster Anspannung sah er sich weiter um. Im Wohnzimmer war eine große Fensterfront zu erkennen, die ihn davon abhielt, dort auch das Licht einzuschalten. Vorsichtig tastete er sich um einen Tisch herum zum Fenster, an dem er einen Rollladen vermutete. Richtig. Er setzte den Rollladenmotor in Bewegung. Nun konnte er Licht machen, ohne von außen gesehen zu werden.

Er drehte sich um und fuhr zusammen. Auf dem Sessel lag Bernd Köhler. Das Rinnsal, das von der Schläfe über die Wangenknochen zum Mundwinkel führte, war inzwischen eingetrocknet und dunkelrot, fast schwarz. Die toten Augen waren zur Decke gerichtet. Da hat sie aber saubere Arbeit geleistet, staunte Henry. Er berührte den Arm des Toten, um zu prüfen, ob die Totenstarre eingesetzt hatte. Den Arm konnte er noch bewegen, allerdings bemerkte er, dass das Gesicht des Toten schon eine gewisse Starre angenommen hatte. Na, wenigstens konnte er ihn noch bewegen und musste ihn nicht als steifes Gerippe durch die Gegend tragen. Er schaute sich im Wohnzimmer um, griff eine der Wolldecken, die über der Armlehne der weißen Ledercouch lagen, und legte sie über den Toten. Mehr aufzuräumen gab es wohl hier nicht, stellte er fest. „Wenigstens hat das verwöhnte Flittchen sonst nichts herumliegen lassen“, murmelte er, vergewisserte er sich aber trotzdem noch mit einem Blick in jeden der anderen Räume.

Auf dem Fußboden im Flur lag - was er vorher übersehen hatte - ein Zettel, auf dem etwas geschrieben stand. Er hob ihn auf und las: *Wo bist du? Warum gehst du nicht an dein Handy? Ich habe eine halbe Stunde im Treppenhaus gewartet. Ruf mich an. I.* Den hatte wohl jemand unter der Tür durchgeschoben, überlegte Henry, faltete den Zettel sorgfältig zusammen und steckte ihn ein. Bad, Schlafzimmer und Küche waren sauber, keine Rückschlüsse auf seine Auftraggeberin, also konnte er mit dem Toten verschwinden.

Im Wohnzimmer wickelte er die Wolldecke einmal komplett um die Leiche, warf sie sich über die Schulter und löschte das Licht. Als er die Wohnungstür öffnete, fiel sein Blick auf einen Sicherungskasten im Treppenhaus. Er öffnete ihn und schob die Schalter nach unten, sodass der Hausflur ohne Strom war und auch der Bewegungsmelder vor der Außentür nicht ansprang. Sicher ist sicher. Der Tote hing schwer auf seiner rechten Schulter und begann zu rutschen. Mit einem kurzen Schwung beförderte er ihn wieder in die sichere Position zurück, zog die Wohnungstür zu und verließ das Haus.

Noch bevor Henry sein Auto erreichte, öffnete er mit der Fernbedienung den Kofferraum, warf den toten Bernd hinein und schloss die Klappe. Wohin jetzt mit der Leiche? Plötzlich funkelten seine Augen, und ein teuflischer Plan nahm von ihm Besitz. Er griff in seine Jackentasche und fühlte nach Smartphone und Schlüsselbund, die er dem ohnmächtigen Jojo abgenommen hatte. Es war doch gut, immer über seine Mitmenschen informiert zu sein, grinste er in sich hinein. Wollte er doch einmal sehen, was das für ein alter Kasten war. Voller Vorfreude auf den kommenden Coup gab er Gas und verließ das Wohngebiet. Als er die breite Hauptstraße erreichte, war klar, was er tun würde.

Nach nur wenigen Minuten hielt die schwere Limousine vor einem kleinen alten Backsteinhaus in der Seitenstraße des alten Dorfkernes im Westen von Carolinensiel. Alle Fenster waren dunkel, denn es war unbewohnt. Er nahm eine Taschenlampe aus dem Handschuhfach und ging vorsichtig um das Haus herum, leuchtete in die Fenster und lief um das Nebengebäude. Alles schien ruhig und verlassen; es war keiner da und das war gut so. Er blieb vor der niedrigen Haustür stehen, holte Jojos Schlüsselbund aus seiner Hosentasche. Nach dem dritten Versuch passte ein Schlüssel und die niedrige Holztür sprang auf. Geht doch, grinste er. Leise betrat er das Haus, das Licht wollte er nicht einschalten, die Taschenlampe tat ihren Dienst. Die Decken der kleinen Räume waren sehr niedrig, sodass er sich bücken musste, um nicht an die niedrigen Deckenbalken zu stoßen. Er leuchtete in jeden Raum, stieg gebückt die enge Stiege hinauf ins Obergeschoss, drehte sich aber auf halber Höhe wieder um, als er sah, dass sich dort nur ein leerer Dachboden befand. Für seine Größe viel zu niedrig.

Das Haus war komplett mit alten Möbeln eingerichtet, was Henry aber nicht auffiel. Er suchte vielmehr nach einer Möglichkeit, die Leiche verschwinden zu lassen. Hinter der Stubentür entdeckte er einen Haken, der aus einem Deckenbalken ragte. Er nickte. Zufrieden verließ er das Haus und ging über den kleinen Hof. Das angrenzende Nebengebäude, ein alter Schuppen, war ihm schon bei der Ankunft aufgefallen. Er war nicht verschlossen. Hier fand er im Schein seiner Lampe, wonach er suchte: An einer Wand hing ein dickes Seil. Er nahm es, warf es im Vorbeigehen in den Hausflur und lief weiter zu seinem Wagen, um den Toten zu holen. Er war genial, freute er sich teuflisch. Mit einem kräftigen Schwung hob er die Leiche wieder auf seine Schulter und trug sie ins Haus. Achtlos ließ er sie in der Stube wieder heruntergleiten, so dass sie hart auf den Boden aufschlug. Henry nahm ein Ende des Seiles, schlang einen Henkersknoten und warf das andere Ende über den Haken. Nun zerrte er den toten Bernd heran, steckte dessen Kopf durch die Schlinge und zog sie zu. Langsam zog er am anderen Ende des Seiles den Toten hoch in Richtung Deckenbalken. Als es nicht mehr höher ging, knotete er das Seilende an die hintere Türklinke. Das gespannte Seil hielt die Tür offen, sodass man nicht sehen konnte, was sich dahinter befand. Hier würde die Leiche so schnell keiner finden. Und wenn, so dachte Henry, käme Jojo gewaltig in Erklärungsnot, wenn ich ihn nicht vorher finde und erledige.

Zufrieden verließ Henry das Haus, zog die Tür hinter sich zu, atmete tief die klare Nachtluft ein und überlegte, wie er wohl die Sache mit dem verschwundenen Jojo lösen könnte. Er blickte zurück zu dem kleinen windschiefen Haus und war sich sicher, auch dafür eine Lösung zu finden. Kurz bevor er sein Auto erreicht hatte, traf ihn ein heftiger Schlag am Hinterkopf und er fiel neben seinem Fahrzeug zu Boden.

DREI TAGE SPÄTER.
SONNTAGNACHMITTAG BEI ABLAUFENDEM WASSER

Ihr Urlaub war fast vorüber, und Tomke genoss diesen wunderbaren Septembernachmittag am Strand von Carolinensiel besonders. Der Himmel hatte wieder einmal ein Blau, wie man es nur hier an der Nordsee sehen konnte. Die sommerliche Temperatur erinnerte eher an Juli oder August, und der auflandige Wind machte die Wärme erträglich. Die Wellen schlugen noch immer leicht und mit einem sanften Schmatzen gegen den Strand, obgleich schon zu spüren war, dass sich das Wasser langsam zurückzog. Die Schwimmer hatten das Wasser verlassen. Am rechten Horizont war deutlich die Insel Wangerooge zu erkennen, und wenn man den Blick leicht nach links lenkte, sah es aus, als würde sich der östliche Zipfel Spiekeroogs mit dem äußersten Westen von Wangerooge vereinen. Wie zwei ausgestreckte Zeigefinger, die kurz davor waren, sich sanft zu berühren. Weit dahinter, am Horizont, waren vorbeiziehende Schiffe zu erkennen.

Tomke liebte diese Zeit. Es waren nicht mehr viele Urlaubsgäste am Strand, denn die Ferien waren in den meisten Bundesländern zu Ende. Sie hatte gerade eine dreimonatige Hospitation in Sachen Fallanalytik beim Schleswig-Holsteinischen Landeskriminalamt in Kiel absolviert, und morgen musste sie wieder in Wilhelmshaven zum Dienst erscheinen. Ihr Chef, Christof Gerdes, hatte sie zu diesem Lehrgang verdonnert. Was das wohl sollte? Viel lieber wäre sie für ein Jahr in die Staaten gegangen, um dort von den Profilern zu lernen, aber das hätte sie auf eigene Kosten machen müssen. Außerdem: Realistisch für ihre Arbeit hier auf dem Land wäre eine solch aufwändige Ausbildung nicht gewesen. Die brächte nur etwas, würde sie in einer Metropole wie Frankfurt am Main, München oder Berlin arbeiten. Dafür jedoch hätte sie ihre geliebte Nordsee verlassen müssen und das wollte sie nicht. Nicht mehr.

Auf dem Kommissariat in Wilhelmshaven herrschte im Moment Flaute, und so hatte sie sich ein paar freie Tage genommen, die sie bei Oma und Tant‘ Fienchen in Carolinensiel und vor allem hier am Strand genießen wollte. Sie hatte sich einen Strandkorb gemietet, einen Piccolo und ein Buch eingepackt, und ihre beiden Lieben hatten ihr ein paar Brote geschmiert. „Du isst einfach zu wenig, Kind“, hatte Oma mit erhobenem Zeigefinger gemahnt. Nun genoss Tomke diesen wunderschönen Tag hier fast alleine - mit Blick auf die Inseln.

Postkarten-Feeling, fast irreal und so wunderschön. Die Sonne stand hinter ihr, und das war auch gut so, denn die Stunden im Strandkorb hatten sie doch einem gebrühten Hummer ähnlich werden lassen. Egal, das war heute ohne Bedeutung. So selten wie sie in die Sonne kam, würde das schon keine Folgen haben, redete sie sich gut zu. Aber ihre Haut spannte schon etwas. Tomke griff noch einmal zur Sonnenmilch und trug eine dicke Schicht auf. Besser ist besser.

Aus den Augenwinkeln beobachtete sie den kleinen dicken Jungen, der schon den ganzen Tag mit seinen ebenfalls wohlbeleibten Eltern in einem Strandkorb und darum herum, unweit von Tomke, verbracht hatte. Er trug eine quietschgrüne kurze Hose, über die sein dicker Bauch hing. Babyspeck war das nicht, dafür war er schon zu alt. Seit Stunden grub er Löcher und füllte sie mit Wasser, baute wackelige Sandburgen und - aß. Er stopfte Unmengen von Butterbroten, Kuchen, Schokoriegeln, die schon fast in flüssige Schokolade übergegangen waren, in sich hinein und holte sich zwischendurch noch Pommes bei Adys Fischwagen. Seine Essensration hätte locker für eine vierköpfige Familie gereicht. Und er trank Cola. Wie so ein kleiner Kerl - Tomke schätzte ihn auf höchstens acht oder neun Jahre - solche Unmengen von Cola in sich hineinschütten konnte, war ihr ein Rätsel. Aber er schien zufrieden. Mit jedem vernichteten Bissen strahlte er mit seinen Eltern um die Wette. Dass er sich mit seinen dicken Beinen nur sehr schwerfällig um den Strandkorb bewegen konnte, nahmen alle gelassen. Die Mutter forderte ihn immer wieder auf: „Langsam, Kind, mach langsam, mein Schatz!" Schatz tat, was man ihm sagte.

Tomke lehnte sich in ihrem Standkorb zurück und griff nach dem Buch. Immer wieder schweifte ihr Blick zum Wasser. Die Nordsee hatte sich noch etwas weiter zurückgezogen, deutlich war nun das glitschige Watt zu sehen. Und endlich fasste der kleine Junge den Mut, den Strandkorbbereich zu verlassen, ein paar tapsige Schritte über die Strandtreppe ins Watt zu machen. Immer wieder blieb er stehen, drehte sich um und winkte seinen Eltern stolz zu. „Langsam, Schatz, geh nicht zu weit raus!", rief die Mutter. Doch Schatz wurde mutig und schaffte schnaufend Meter für Meter. Bald stand er mit beiden Füßen im ablaufenden Wasser.

Tomke fragte sich, warum sie diesem Treiben zuschaute, doch es war einfach zu drollig anzusehen und sie konnte ihren Blick kaum abwenden. Der kleine dicke Schatz schwankte, breitete die Arme aus, um die Balance zu halten und schaffte es. Nun stand er mit den Füßen schon etwas tiefer im Wasser. Ach, waren die Eltern stolz, und Mama rief immer wieder besorgt: „Langsam, Schatz, geh nicht zu weit raus!" Schatz winkte ab, lief einige Meter weiter und rief: „Da vorne liegt ein Ball, den hole ich mir!"

„Schatz, pass auf!"

Doch Schatz hörte nicht, ging weiter hinaus in das Watt auf den Ball zu und betrachtete ihn. Er rief seinen Eltern etwas zu, doch wegen der Entfernung und der Geräusche des Windes hörte Tomke nur Wortfetzen: „Achtung … jetzt … kommt … Schuss", verstand sie. Der Junge holte mit dem rechten Bein unbeholfen aus, trat in die Luft und fiel in das seichte Wasser. Als er sich tollpatschig aufgerappelt hatte, rief er: „Maaammaaaa, der

Ball .... hat …", stockte kurz, fiel wieder auf sein dickes Hinterteil und es sah aus, als kotzte er im hohen Bogen in die Nordsee. Erneut versuchte er aufzustehen, was ihm erst nach mehreren Versuchen gelang, riss die Arme in die Höhe und lief auf seinen dicken Beinchen laut schreiend in Richtung Strand.

Schatz schrie: „Maaammaaaa!"

Mama schrie: „Schatz!", und zu ihrem Mann: „Hilmar, tu doch was!"

Beide stemmten sich ächzend aus ihrem Strandkorb hoch, um ihrem Schatz entgegenzulaufen. „Was ist denn mit dir? Was hast du denn, Schatz?" Barfuß und wild gestikulierend rannten sie durch den heißen Sand auf ihren Jungen zu und dieser ihnen schreiend entgegen.

Tomke verfolgte dieses Schauspiel amüsiert und musste sehr an sich halten, nicht laut loszulachen, doch dann stutzte sie und konzentrierte ihren Blick auf den Ball.

„Mama!", hörte sie Schatz schreien. „Maaammaaaa … Ball … Ohren … mich angeglotzt ..." Er konnte sich kaum beruhigen und kotzte seiner Mutter vor die Füße. Plötzlich fing auch die Mutter an zu schreien, fuchtelte wild mit den Armen und schrie aus Leibeskräften nach Hilfe. „Kopf!", schrie sie immer wieder, „Kopf! Hilfe! Hilmar, tu doch was!"

Nun schreckte Tomke hoch. Tatsächlich, der Ball sah aus wie ein Kopf, das war trotz der Entfernung bei näherem Hinschauen zu erkennen. Was war denn das für ein dummer Scherz? Sie sprang aus ihrem Strandkorb und lief auf den vermeintlichen Kopf zu. „Bringen sie den Jungen zurück zu Ihrem Strandkorb und warten Sie dort auf mich, das kann sich nur um einen dummen Scherz handeln!", rief sie den aufgeregten Eltern zu. Mit nackten Füßen stampfte sie Meter für Meter durch den nassen Schlick und erschrak. Mein Gott, das war ja tatsächlich ein Kopf. Das ablaufende Wasser hatte inzwischen noch ein Stück mehr freigegeben und Tomke sah, dass zu dem Kopf auch noch ein Körper gehörte. Dieser schien allerdings irgendwie fest zum Watt zu gehören. Nur der Kopf war zu sehen. Brustkorb und der Rest des Körpers steckten in einem Plastiksack, der die schmutzige Farbe des Schlicks angenommen hatte. Das Plastikband am oberen Ende des Sacks hatte sich etwas gelöst und so anscheinend den Kopf frei gelegt. Tomke war nun nah genug, um sehen zu können, dass es sich um einen männlichen Kopf handelte. Er hatte keine Haare, und das Gesicht war vom Salzwasser aufgequollen und zum Teil zerfressen. Sie konnte verstehen, warum Schatz sich übergeben hatte. Ich muss die Kollegen anrufen, dachte sie.

Hastig lief sie zurück zum Strandkorb und kramte in ihrer Tasche nach dem Handy. Kurz und knapp informierte sie die zuständigen Kollegen in Wittmund und forderte sie auf, die Spurensicherung samt Rechtsmediziner aus Wilhelmshaven zu bestellen. Ihrem Kollegen Carsten Schmied wollte sie selbst Bescheid geben. Mit dem Handy am Ohr ging sie wieder ins Watt und versuchte, Carsten zu erreichen. „Tomke hier, wo bist du? Wir haben eine Leiche."

„Wo?"

„Na, hier vorne am Strand."

„Wie? Hast du sie gefunden?"

„Nein, aber fast. Ein Kind hat den Kopf entdeckt und draufgekotzt und …, ach komm schon her und schau es dir selbst an. Nochmal, wo bist du? Wie schnell kannst du hier am Strand sein?"

„Ich bin, ich habe heute …"

„Lass mal, ich kann es mir schon denken, so frisch verliebt wie du bist. Ist Marie heute nicht bei Oma und Tant' Fienchen? Dann habt ihr also sturmfreie Bude."

„Also sag mal, Tomke, was …"

„Schnack nich, zieh dich an und komm."

Sie drückte das Gespräch weg und grinste. Sicher lag er, so wie Gott ihn schuf, mit seiner Michaela im Bett und war gerade feuerrot geworden. Gut, dass sie kein Bildtelefon hatten. Wäre peinlich, gluckste Tomke innerlich und wandte sich wieder der Leiche zu. Hinter ihr hatten sich ein paar Strandbesucher versammelt, doch die waren von ihr strengen Blickes und mit deutlichen Worten in angemessenen Abstand geschickt worden. Bis zu diesen Strandkörben und nicht weiter, hatte sie die Gaffer angewiesen. Einige hatten ihre Handys gezückt und fotografierten in Richtung Watt. Tomke beobachtete die Leiche und wartete auf die Wittmunder Polizei, die Kollegen von der Spurensicherung und auf Dr. Hajo Manninga, den Rechtsmediziner. Es konnte dauern, bis die alle aus Wilhelmshaven hier sein würden. Was hier wohl geschehen war? Dieser Kopf bot ein skurriles Bild, doch so langsam kam mehr und mehr zum Vorschein. Sie wollte nicht noch einmal näher an die Leiche herangehen, zu groß war die Gefahr, dass dadurch Spuren verwischt wurden. Obgleich, das Wasser hatte ja sicher schon das Seine getan.

Tomke starrte auf das ablaufende Wasser und verlor sich in ihren Gedanken. Sie musste wieder an Carsten, ihren Kollegen, denken und an die Zeit, als er neu war in ihrer Abteilung. Die Nordsee mit ihrem rauen Klima war ihm zuwider, die Küste Ostfrieslands fand er einfach nur fade. Die Menschen, Boßeln, Grünkohl mit Pinkel waren ihm suspekt. Typisch ostfriesische Begriffe und Ortsnamen sprach er mit seinem hessischen Dialekt vollkommen falsch aus. Sie würde nie vergessen, wie er die Namen der beiden Carolinensieler Lokale „Postbüdel“ und „Tüdelpott“ verunstaltet hatte, dachte sie und musste schmunzeln. Noch vor gut einem Jahr, sinnierte sie weiter, hatte es einen Anflug von mehr als nur kollegialer Sympathie gegeben. Interesse von beiden Seiten war aufgeflammt, jedoch nur für einen kurzen Augenblick. Dann bekamen sie diesen Fall im Pflegeheim

Abendrot zugeteilt, und bevor wirklich etwas aus der Sache werden konnte, hatte er Michaela getroffen und sich in sie verliebt – was er allerdings eine ganze Weile nicht wahrhaben wollte.

Ja, Carsten hatte sich in Michaela verliebt, und das war auch besser so, denn feste Beziehungen, vielleicht sogar eine Familie gründen, das wollte Tomke nicht. Und etwas mit einem Kollegen anfangen, das hatte sie hinter sich. Sie blickte über das ablaufende Wasser zum Horizont. Das hatte sie lange hinter sich …

Tomke liebte ihren Beruf über alles. Allerdings hatte sie dadurch auch schon zwei Männer verloren. Leo, der sich als Banker mit ihrem Beruf so gar nicht anfreunden konnte, und Peter. Wenn sie an ihn dachte, zog es noch immer schmerzhaft in der Herzgegend. Sie waren Kollegen mit dem gleichen Ziel gewesen. Doch er hatte plötzlich angefangen, von Kindern zu sprechen. Dabei hatte sie ihm von Anfang an deutlich gemacht, dass sie keine Kinder wollte. Er hatte es akzeptiert und das genauso wie sie gesehen. Sie wollten Erfolg, hatten berufliche Ziele, beide. An ein Kind war da nicht zu denken. Tomke konnte sich das Muttersein auch gar nicht vorstellen, das war nie ihr Wunsch, ihr Leben gewesen. Kinder waren süß, Kinder waren wichtig, aber nicht für sie. Ihr Wunsch war gewesen, zusammen mit Peter ein erfolgreiches Team zu bilden, gemeinsam zu arbeiten, abends die Fälle bei einem guten Essen und einem Glas Rotwein nochmals zu besprechen. Die knappe Freizeit gemeinsam zu verbringen, nur sie beide. Zu reisen und – ganz wichtig – sich beruflich weiterzuentwickeln. Vielleicht einmal für einige Zeit in Amerika zu arbeiten. Eine Profiler-, oder wie es hier in Deutschland hieß, eine Fallanalytiker-Ausbildung zu machen. So hatte sie sich das Leben vorgestellt.

Und eigentlich waren das auch seine Ziele gewesen. Doch dann hatte er plötzlich Kinder gewollt. Das hätte bedeutet, dass sie eine Weile nicht mehr hätte voll arbeiten können. Sie, nicht er! Sie konnte Peter damals nicht verstehen. Er wollte sie überzeugen und versuchte es mit allen Mitteln, Zärtlichkeiten und Schmeicheleien. Bemerkungen wie „Tomke, ein kleines süßes Mädchen, das aussieht wie du“ oder „Denk an unsere Rente“ oder „Im Alter sind wir ganz alleine“, hatten ihr ein schlechtes Gewissen gemacht. Sie merkte, wie ernst es ihm war. Oft saß er traurig, in sich gekehrt und in Gedanken versunken neben ihr. Kinder, die ihnen begegneten, spürte sie, zerrissen ihm das Herz. Es wurde immer schlimmer.

Anfangs war sie wütend gewesen. Was fiel ihm nur ein? Sie hatten eine Abmachung! Warum konnte er nicht Wort halten? Warum konnte er nicht zu ihr stehen? Was sollten diese plötzlichen Anfälle von Melancholie, wozu dieser irrwitzige Kinderwunsch? Das war nicht das Leben, wie sie es geplant hatten. Peter machte ihrer beider Leben kaputt, dachte sie damals. Sie hatte gespürt, wie sich Angst in ihr ausgebreitet hatte, Angst ihn zu verlieren.

Bis Tomke klar geworden war, dass sie Peter nicht umstimmen konnte, kämpfte sie abwechselnd mit Wut und Ärger, mit Enttäuschung und mit dem Gefühl, betrogen worden zu sein. Sie war in Selbstmitleid verfallen und dann wieder in unbändigen Zorn. Den häufigen Diskussionen folgte Streit um ein Kind, das sie nicht bekommen wollte. Tomke hatte Höllenqualen gelitten. Was konnte sie tun? Doch schwanger werden? Nein, der Preis war zu hoch. Peter verlieren? Das durfte nicht sein.

Sie liebte ihn aus tiefstem Herzen, aus tiefster Seele. Wie konnte sie Peters Liebe, seine Zuneigung, seine Achtung behalten, ihn glücklich sehen, ohne sich selbst zu verbiegen, ohne sich selbst aufzugeben, überlegte sie damals. Nach nächtelangem Grübeln, Tränen, denken, denken, denken wusste sie, was zu tun war: Wenn sie Peters Liebe, seine Zuneigung, seine Achtung nicht verlieren wollte, musste sie ihn loslassen. Er wollte ein Kind, sie nicht. Doch er würde sie deshalb niemals verlassen. Wenn sie ihn freigab, konnte sie ihn glücklich machen. Peter glücklich zu sehen, würde sie glücklich machen.

Natürlich war es nicht leicht gewesen, ihn zu überzeugen. Zuerst war er geschockt, ja fassungslos und hatte ihre Entscheidung nicht einzuordnen gewusst. Dann aber war ihm klar geworden, dass sie es aus tiefstem Herzen ernst meinte. Da war keine Bitternis, keine Zweideutigkeit, da war nur tiefe Liebe im Spiel und er wusste, dass er Tomke, dass er diese wunderbare Frau immer lieben würde. Eine tiefe menschliche Liebe. Sie hatten sich getrennt, waren aber beruflich verbunden geblieben. Irgendwann hatte Tomke gemerkt, dass das häufige Zusammensein von Berufs wegen ihr fast das Herz zerriss. So hatte sie beschlossen - auch der Liebe zur Nordsee wegen und ein bisschen aus Heimweh - sich nach Wilhelmshaven versetzen zu lassen.

Peter lernte fast ein Jahr später Klara, die Freundin einer Kollegin, kennen und verliebte sich in sie. Mit ihr hatte er nicht nur eine wunderbare Frau getroffen, sondern auch eine Partnerin, die für seine tiefen Gefühle, für seine Seelenliebe Tomke gegenüber Verständnis hatte! Klara war da sehr pragmatisch. Ihr war klar: ohne Tomke hätten sie sich niemals gefunden. Sie wurden Freundinnen, Peters und Klaras kleine Tochter das Patenkind von Tomke.

Ich muss sie unbedingt wieder einmal anrufen, überlegte Tomke. Sie war seit Peter nie wieder eine feste Beziehung eingegangen. Da war nur ab und zu der eine oder andere One-Night-Stand im Urlaub oder nach einer Party - aber sonst? Es war nicht so, dass sie keine Nähe suchte, aber spätestens dann, wenn sie ihr begegnete, wurde es zu viel.

Tomke schreckte auf, wischte die Gedanken und eine Träne zur Seite und konzentrierte ihren Blick wieder auf die Leiche, die nun nicht mehr von Wasser umspült war, denn die Nordsee hatte sich weiter zurückgezogen. Nun konnte sie besser erkennen, dass der Körper des Toten unterhalb des Halses komplett in dieser grauen Plastiktüte steckte und wirklich nur der Kopf herausschaute. Dieser lag verdreht im Schlick. Das Band hatte sich zwar gelöst, konnte aber nicht weiter über die Schulter rutschen.

„Wer bist du? Sprich mit mir“, flüsterte sie leise vor sich hin. „Wie soll ich deinen Mörder finden, wenn ich nichts von dir weiß? Du bist sehr groß und scheinst kräftig gewesen zu sein, soweit ich das erkennen kann.“ Sie stützte den Kopf in die Hände und konzentrierte ihren Blick weiter auf die Leiche. „Dein vom Salzwasser aufgedunsenes Gesicht gibt für eine Suchmeldung nicht viel her, und der untere Teil deines Körpers steckt wohl kaum in einer Jeans, in deren Hosentasche wir deinen Ausweis finden“, sinnierte sie leise vor sich hin. Allerdings befand sich der Unterkörper, wie Tomke nun langsam erkennen konnte, nicht alleine in diesem Sack, denn am unteren Ende, da, wo die Füße sein mussten, erkannte sie so etwas wie einen festen Klumpen, als würden die Füße in einer harten Masse stecken, oder als hätte man den Sack mit etwas beschwert. Der untere Teil des Sacks blähte sich auf. Was es war, konnte Tomke nicht erkennen.

Sie schreckte aus ihren Überlegungen hoch und drehte sich um, denn von weitem waren die Kollegen aus Wittmund zu hören, die mit Martinshorn und Blaulicht im großen Bogen um den Strand gerast kamen. „Lasst euch Zeit, der ist schon tot“, murmelte sie und musste feststellen, dass sich die Gruppe der Neugierigen deutlich vergrößert hatte. Noch immer fotografierten einige von ihnen mit ihren Handys und Smartphones, was das Zeug hielt. Die Eltern des dicken Jungen hatten es sich zur Aufgabe gemacht, die Meute im Zaum zu halten. Gleichzeitig erzählten sie immer wieder, ob aufgefordert oder auch nicht, was ihr armer Schatz erlebt hatte. Schatz saß mit einem großen Eis im Strandkorb und genoss!

Tomke überlegte, ob sie dem Spuk ein Ende machen sollte, ließ es dann aber doch sein, die Kollegen würden das schon machen. Die Polizisten aus Wittmund sperrten einen Halbkreis um den Fundort ab, indem sie entlang der Strandkörbe weiß-rote Flatterbänder befestigten, die sie dann am rechten und am linken Ende im Watt auslaufen ließen und dort an Eisenstangen knoteten. Ein junger Kollege wollte die Schaulustigen wegschicken, aber er hatte keine Chance. Natürlich war die Presse auch schon eingetroffen. Sie erkannte eine Mitarbeiterin vom „Harlinger", und das „Tageblatt" war auch vor Ort. „Wie die nur immer … Geier", murmelte Tomke kopfschüttelnd. Sie stand auf und ging den Kollegen ein paar Schritte entgegen. Als sie deren amüsierte Blicke sah, wurde ihr bewusst, dass sie noch immer im Bikini war. Sie fröstelte, zog eine Grimasse und holte sich ihr Shirt und die Jeans aus dem Strandkorb und zog sich an.

„Besser?", fragte sie.

„Nein, war ein sehr netter Anblick, so ohne", grinste einer. „Übrigens, wir haben dir jemanden mitgebracht." Er deutete in Richtung der Fahrzeuge und dort erkannte sie Hajo, Klein-Hajo, wie sie ihn früher immer nannte. Sie hatte ihn bei den Mordermittlungen im Haus Abendrot kennengelernt, und die Zusammenarbeit mit den Kriminalbeamten hatte ihn darin bestärkt, die Zusatzausbildung bei der Kriminalpolizei zu machen. Tomke fragte sich, ob er die wohl abgeschlossen hatte. Sie hatte ihn über ein Jahr nicht gesehen; er war schmaler geworden und irgendwie männlicher, stellte sie überrascht fest. Als er sie sah, winkte er und kam auf sie zu. „Moin, Tomke! Schön, dich zu sehen." Er umarmte sie und hauchte ihr einen Kuss auf die Wange. Tomke war überrascht. War das der unsichere, immer etwas verliebte und bei jeder Gelegenheit rot werdende kleine Hajo?

„Moin Hajo! Gut siehst du aus." Fast hätte sie gesagt: Groß bist du geworden. Das konnte sie sich gerade noch verkneifen und merkte, dass sie selbst ein wenig rot wurde.

Klein-Hajo nahm die Spannung aus der Situation, indem er auf die Leiche deutete und fragte: „Was ist denn hier geschehen?"

„Keine Ahnung. Der kleine Junge", sie zeigte auf den noch immer Eis schleckenden Schatz im Strandkorb, „hat die Leiche bei ablaufenden Wasser entdeckt. Ich war praktisch Zeugin der Aktion. Wie man auch von weitem sehen kann, ist der Typ schon länger tot und wohl nicht unbedingt hier ermordet worden. Ich sehe jedenfalls keinen Betonmischer."

„Betonmischer?"

„Ja, soweit ich erkennen konnte, stecken seine Füße in einer betonähnlichen Masse oder irgendeinem Klumpen im Sack, ich habe allerdings nicht reingeschaut. Wenn du näher herangehst, siehst du es. Wie gesagt, sie stecken ja in einem Plastiksack und den wollte ich nicht öffnen. Aber was soll's, Hajo Manninga mit seiner Truppe und die Spurensicherung werden ihr Möglichstes tun, um das herauszufinden."

„Ja, die müssten umgehend eintreffen, ich habe sie sofort informiert", erklärte Klein-Hajo. „Nur die Taucher werden ein Problem haben. Als ich Wasserleiche hörte, habe ich natürlich auch sie angefordert, nur hier..." Er deutete auf das Watt und entschied: „Die bestelle ich gleich mal ab, bevor es teuer wird."

„Mach das, hier können sie nämlich nur im Schlick tauchen", gluckste Tomke und wurde auch gleich wieder ernst. Sie schaute den jungen Kollegen von der Seite an und meinte: „Du hast dich in dem einen Jahr, in dem wir uns nicht gesehen haben, ganz schön verändert."

Klein-Hajo grinste und meinte: „Das hoffe ich doch, dann hat sich die ganze Schinderei mit der Zusatzausbildung wenigstens gelohnt."

„War's schlimm?", wollte Tomke wissen. „Bei mir ist das schon etwas länger her."

„Was heißt schlimm? Es hat riesig Spaß gemacht. Schwer war es manchmal auch, und ich bin froh, wenn ich endlich durch bin."

„Wie lange musst du denn noch?"

„Ich muss noch ein knappes halbes Jahr diverse Gruppen durchlaufen und Erfahrungen sammeln, un denn geiht dat los, wie der Ostfriese sagt. Das Schwierigste war, hier in Wittmund oder Wilhelmshaven eine Stelle zu bekommen. Das hat zum Glück geklappt. Ich musste je acht Wochen Erkennungsdienst, Betrugskommissariat und Kommissariat für Gewaltdelikte durchlaufen," zählte er auf, „danach noch einen vierwöchigen Lehrgang für kriminalpolizeiliche Kompetenz auf der Schule sowie eine Woche mit Lehrgangsthema Observation. Dann noch diverse zusätzliche Lehrgänge und zwei Wochen in Hannover beim Niedersächsischen Landeskriminalamt. Und nun bin ich hier, oder besser gesagt, darf ich ab morgen einen achtwöchigen Durchlauf bei dir in Wilhelmshaven machen", endete er mit strahlenden Augen.

„Wenn du zu mir nach Wilhelmshaven kommst, dann bearbeitest du aber diesen Fall nicht. Warum bist du dann hier?"

„Erstens, weil ich erst ab morgen in Wilhelmshaven aufschlage, zweitens weil ich hier noch Wochenenddienst habe, und außerdem glaube ich, dass du rein organisatorisch und in Sachen Umstrukturierung nicht so ganz auf dem Laufenden bist. Kann das sein?"

„Wieso?"

„Wann warst du das letzte Mal im Büro?"

„Montag. Nein, Dienstag, aber nur kurz. Im Moment herrscht Flaute, und da habe ich mir ein paar Tage Urlaub genommen. Außerdem war ich zu einem Lehrgang beim LKA in Kiel. Wieso, was ist denn los?"

„Dann hast du das Rundschreiben auch noch nicht gelesen. Große Ereignisse werfen ihre …, na, du kennst den Spruch sicher. Unser wohlbekannter oberer Dienstherr hatte wieder einmal tolle Ideen. Zum einen sollen Kommissariate zusammengelegt werden, in Wittmund entstehen ein eigenständiges Kommissariat und eine Abteilung für Delikte am Menschen mit KTU und so weiter. Also nicht mehr nur Einsatz-und Streifendienst, Kriminalermittlungsdienst als Nebenstelle und Zuarbeiter für euch Helden, sondern selbstständig eben. Außerdem soll Wilhelmshaven noch weiter den östlichen Raum abdecken und Wittmund eben alles ab der Goldenen Linie* bis zum Bezirk Aurich oder so. Aurich behält die Inseln und den Westen und Wittmund die Küstenregion bis ins Hinterland, so heißt es. Ob das alles effektiv, sinnvoll und wirklich machbar ist, wage ich nicht zu beurteilen. Du weißt ja: unsere Chefs brauchen schließlich ihre Existenzberechtigung."

„Davon weiß ich nichts. Wie gesagt, ich war für drei Monate beim LKA in Schleswig-Holstein, bin erst seit letzter Woche zurück und habe nun noch ein paar Tage Urlaub", schnaubte Tomke. Sie wurden unterbrochen, denn ihr Handy klingelte. Auf dem Display las sie „Chef".

„Nu geiht dat al los. Ich habe Urlaub, verdammt", murmelte sie und meldete sich: „Tomke hier, was gibt's?"

„Tomke", hörte sie die Stimme von Christof Gerdes, dem Leiter der Mordkommission, am anderen Ende, „ich höre gerade, wir haben eine Wasserleiche in Harlesiel am Strand. Ich weiß zwar, dass Sie Urlaub haben, aber wenn ich mich nicht irre, wollten Sie doch bei Ihrer Familie in Carolinensiel …"

„Bin schon da", unterbrach sie ihn.

* *Im 17. Jahrhundert entstandene Grenze zwischen dem Fürstentum Ostfriesland und der Grafschaft Oldenburg in der Harlebucht. Bis heute die Trennlinie der Landkreise Wittmund und Friesland.*

„Wie? Wieso? Wer hat Sie denn …"

„Niemand, ich war dabei, als die Leiche gefunden wurde."

„Ach so. Das ist ja ein Zufall, dann könnten Sie doch, oder, ich meine, wenn Sie schon mal dort sind …"

„Nun hören Sie mal auf zu stottern, Chef. Ich bin zwar hier vor Ort, aber ich werde den Teufel tun und den hiesigen Kollegen ins Handwerk pfuschen. Ich will mich doch nicht unbeliebt machen."

„Keine Sorge. Große Ereignisse werfen ihre Schatten voraus, aber das erzähle ich Ihnen morgen. Was glauben Sie wohl, warum ich Sie zum LKA geschickt habe? Kümmern Sie sich jetzt um den Fall. Die Wittmunder pfeife ich zurück, die sind wahrscheinlich gar nicht böse darum. Mehr morgen. Ich will Sie morgen früh um neun Uhr in meinem Büro sehen. Dann geben Sie mir einen ersten Bericht und ich erzähle Ihnen von den Schatten."

„Chef, ich habe heute noch Urlaub. Mein letzter Tag, und den habe ich mir doch etwas anders vorgestellt."

„Jetzt zieren Sie sich mal nicht so. Ich könnte Sie doch gar nicht von dem Fall abhalten, selbst wenn ich wollte. Also los, und morgen will ich Sie hier sehen. Ende."

Es knackte an Tomkes Ohr; Gerdes hatte die Verbindung unterbrochen. Sie schaute fragend zu Klein-Hajo, der sie grinsend ansah. „Na, alles klar? Können wir loslegen?"

„Ja, ja, ja, alles klar. Der hatte gerade den gleichen Spruch drauf wie du. Muss ich das alles verstehen? Woher weiß der denn schon von dem Mordfall? Am heiligen Sonntag sitzt der doch gemütlich auf seiner Terrasse und schaut den Bienen beim Bestäuben zu. Komisch. Aber eines weiß ich jetzt wohl: Mein Urlaub ist zu Ende. Wo bleibt Carsten? Und überhaupt, wo ist die Truppe von der Spusi? Und Hajo? Soll ich etwa alles alleine machen? Und du kannst dich nun auch endlich einmal bewegen. Wenn du bei mir einen achtwöchigen Durchlauf machen willst, dann fang gleich mal an. Bei mir wird übrigens gesprintet und nicht gelaufen, damit das klar ist! Sonst finden wir den Mörder nie!"

„Jawoll, Chefin!" Er salutierte mit einem Grinsen und marschierte los, denn von weitem war zu erkennen, dass die Wilhelmshavener Kollegen von der Spurensicherung im Anmarsch waren. Er nahm sie in Empfang und brachte sie zum Fundort der Leiche.

Tomke ärgerte sich über sich selbst. Gerdes, ihr Chef, hatte ja recht. Sie wollte natürlich diesen Fall, aber das musste er ihr ja nicht so direkt und schonungslos unter die Nase reiben. Und was wollte er mit ihr besprechen? Hatte Klein-Hajo etwa recht? War da wirklich etwas in Sachen Umstrukturierung im Gange? Warum war das so vollkommen an ihr vorbeigegangen? Warum wusste der Lehrling mehr als der Chef? Nun, sie würde es morgen wohl erfahren.

Wieder klingelte ihr Handy und sie las „Carsten" auf dem Display. „Wo bist du?", polterte sie los. „Ich warte. Muss ich hier alles alleine machen?"

„Ne, aber bei deiner Laune drehe ich am besten gleich wieder um. Hat der Alte dich an den Fall gesetzt und dir deinen letzten Urlaubstag versaut? Du Arme. Heul nicht. Überhaupt, ein Mord in deiner Heimat, wer kann dich da abhalten? Aber warum ich anrufe: Ich habe von den Wittmundern gehört, dass es da eine Vermisstenmeldung gibt. Die habe ich mir noch ausgedruckt und nun bin ich auf dem Weg raus zum Strand. Ach, und schöne Grüße von Michaela. Nicht nur dir wurde der Sonntag versaut." Es knackte an Tomkes Ohr. Carsten hatte sie weggedrückt. Tomke wischte kopfschüttelnd über das Display und steckte ihr Handy in die Jeanstasche.

Ihr Blick ging wieder in Richtung Watt, wo die Kollegen von der Spurensicherung inzwischen bei der Arbeit waren.

Der Fundort war großräumig abgesperrt. Hajo Manninga, der Rechtsmediziner, war noch nicht eingetroffen. Wo er wohl blieb? Am Verkehr konnte es nicht liegen, dass er sich verspätete, denn es war Sonntagnachmittag und die Gästeabreise vorüber.

Viel konnte die Spusi wirklich nicht tun, lediglich den Fundort absperren und die Plastiktüte vorsichtig öffnen, allerdings nicht von der Leiche entfernen. Zuerst musste Hajo ran. Sie sah, dass die Kollegen den Toten von allen Seiten fotografierten. Tomke konnte nun erkennen, dass der Oberkörper des Toten nackt war. Hinter ihr fluchte jemand, und sie erkannte Hajo Manningas Stimme. Der Rechtsmediziner stürmte heran. In der einen Hand trug er seinen Totenkoffer, wie er ihn nannte, mit der anderen fuchtelte er durch die Luft und wies schon von weitem seine Mitarbeiter an, sich von der Leiche zu entfernen. „Habt ihr denn nichts gelernt? Weg da, aber sofort", rief er ihnen zu. „Ihr trampelt alle Spuren zusammen."

Tomke stellte sich ihm in den Weg. „Mensch, Hajo, beruhige dich, da gibt es keine Spuren zu zertrampeln. Das hat schon das Wasser getan."

„Woher willst du das denn wissen?" Er schob er sie grob zur Seite. „Und komm mir nicht gleich wieder mit nervigen Fragen."

„Wie bist du denn drauf?", rief Tomke ihm kopfschüttelnd nach, doch der Rechtsmediziner winkte nur ab und stapfte ins Watt.

Okay, eine halbe Stunde würde sie ihm geben, dann würde sie ihn nerven. Sie klärte noch ein paar Routinefragen mit den Kollegen am Strand, viel mehr konnte sie im Moment nicht tun. „Habt ihr die Adresse von den Eltern des kleinen Jungen, der die Leiche gefunden hat?", wollte sie noch wissen, aber die Kollegen hatten ihre Arbeit getan.

Tomke erkannte in der Ferne Carstens Auto. Hatte er sich also endlich von seiner Michaela losreißen können und den Weg zum Strand gefunden. Wurde ja auch Zeit. Sie hob den

Arm und winkte ihm zu. Nimm dich zurück, Tomke, rief sie sich selbst zur Ordnung.

Carsten kam mit großen Schritten auf sie zu. Er hielt einen Zettel in der Hand. „Hier, ich hab was. Es gibt tatsächlich eine Vermisstenmeldung. Eine Frau Hoffmann-de Vries hat ihren Mann, Johannes de Vries, als vermisst gemeldet. Wohl etwas halbherzig, wie die Kollegen auf dem Revier in Wittmund meinten, eher vorsorglich. Sie hat schon seit vier Tagen nichts von ihm gehört. Er soll zwar sehr oft beruflich unterwegs sein, aber dass er sich zwischendurch gar nicht meldet und auch nicht an sein Handy geht, sei wohl ungewöhnlich. Außerdem muss es sich bei Frau Hoffmann-de Vries um die Tochter irgendeines reichen Typen aus der Gegend hier handeln, was die Kollegen dazu veranlasst hat, die Sache aufzunehmen." Er deutet auf seinen Zettel. „Hier habe ich die Beschreibung des Vermissten."

Tomke überflog die Beschreibung. „Könnte sein", meinte sie, „könnte aber auch nicht. Bisher habe ich nur den Kopf gesehen, und ohne Haare sind heute viele Männer unterwegs. Ist ja wohl modern." Sie deutete auf Carstens kahlen Schädel. „Oder der fehlenden Masse geschuldet", gluckste sie. „Spaß beiseite, lass uns mal zum Wasser runtergehen und schauen, ob uns Hajo Manninga etwas zu dieser Beschreibung sagen kann."

Carsten verdrehte die Augen. „Ich gehe da aber nicht rein, hab keine Gummistiefel mit."

„Dann zieh deine Schuhe aus. Das ist gesund, andere Leute zahlen viel Geld für eine Schlickpackung. Ich wundere mich, mein Lieber. Jetzt bist du schon ein Jahr mit Michaela zusammen. Warst du mit der kleinen Marie noch nie am Strand? Kinder spielen doch gerne im Matsch."

„Doch, natürlich, aber das hat mich bisher immer viel Überwindung gekostet. Was tut man nicht alles für so eine kleine

Maus. Außerdem ist dann Freizeit. Jetzt bin ich im Dienst und ohne Gummistiefel gehe ich da nicht rein, basta."

„Basta? Oh, du hast in Ostfriesland doch schon was gelernt."

Carsten schaute sie fragend an, doch Tomke winkte nur lachend ab. Carsten blieb stehen und ließ sich auf den Steinen nieder. Er wollte nicht weiter, basta. Also stapfte Tomke alleine hinaus zu Hajo Manninga. Der holte schon Luft, um zu protestieren, doch Tomke war schneller und fragte: „Was kannst du mir bisher sagen? Ich betone bisher, also vergiss deinen Tobsuchtsanfall. Du hast den Toten gesehen, und über deinen ersten Eindruck wirst du mir doch wohl schon etwas sagen können. Außerdem habe ich hier eine Vermisstenmeldung. Eine Frau Hoffmann-de Vries vermisst ihren Mann seit einigen Tagen." Sie hielt ihm das Foto hin. „Könnte er das sein?"

Manninga warf einen kurzen Blick darauf. „Könnte", meinte er, „könnte sein, aber das Gesicht ist durch das Salzwasser so aufgequollen, dass ich mich noch nicht festlegen möchte, und ein paar Fische haben wohl auch schon daran geknabbert. Gib mir das Bild mal mit und wenn du hast, auch die dazugehörigen Daten. Ich schau mir das später genauer an. Dann muss ich auch noch Material haben, um die DNA zu ermitteln. Die gnädige Frau", er deutete auf die Vermisstenmeldung, „soll da mal etwas an Material herausrücken." Manninga wedelte mit der rechten Hand und deutete Tomke damit an, zu verschwinden. „Lass mich arbeiten, ich melde mich", nörgelte er und wandte sich auch schon wieder der Leiche zu.

Tomke ließ sich nicht beirren und schaute sich den Toten genauer an. Sie konnte sehen, dass Manninga und seine Kollegen den Mann von der Plastiktüte befreit hatten. Er trug Jeans, und die Füße steckten, wie Tomke schon vermutet hatte, in einer gipsartigen Masse, einem Klumpen, der, wie sie in diesem Augenblick glaubte, wohl den Körper beschweren sollte. „Er hat nicht zufällig einen Personalausweis in seiner Hosentasche?", fragte sie, ohne hochzuschauen. Manninga gab ein bedrohliches Grunzen von sich.

„Ist das Gips?" Tomke deutete auf die Füße „Das sieht irgendwie merkwürdig aus."

„Liebste Frau Kommissarin!" Manninga hatte sich aufgerichtet und schaute Tomke mahnend an. „Lass mich bitte meine Arbeit machen, ich quatsche dir schließlich auch nicht dazwischen. Je mehr du mich nervst, desto länger dauert es, klar? Damit du Ruhe gibst und mich nicht mit weiteren Fragen löcherst, nein, er hatte keinen Ausweis in der Hosentasche. Und nein, das ist kein Gips, sondern eine Kunststoffmasse, die ähnlich aussieht wie Gips, aber viel leichter ist und deshalb schwimmt. Und um der nächsten Frage vorzubeugen: Ich weiß weder wie noch ob er hier getötet wurde oder an einer anderen Stelle und eventuell hier angeschwemmt wurde. Ich prüfe, untersuche und melde mich – und nun ist Schluss!"

„Okay, okay, Hajo, ich lass dich ja schon in Ruhe. Aber irgendetwas muss ich einfach wissen, um weitermachen zu können. Dieses ewige Theater mit dir stinkt mir gewaltig. Wir müssten da vielleicht eine andere Ebene finden, vor allem du. Ich muss schließlich auch meine Arbeit machen." Tomke war sauer, doch Manninga antwortete nicht. So stapfte sie durch das Watt zurück zum Strand, um mit Carsten die weitere Vorgehensweise zu besprechen.

Carsten kam ihr entgegen und meinte: „Ich habe Frau Hoffmann-de Vries angerufen." Er wedelte mit der Vermisstenmeldung. „Sie wird uns die Zahnbürste ihres Mannes bereitlegen. Haarbürste hat er keine, er trägt die ja gleiche Frisur wie unser Opfer. Das wär dann schon mal eine Übereinstimmung."

„Wieso bereitlegen", schnaubte Tomke. „Sie kann sie doch nach Wittmund bringen."

„Ja, schon, aber auf dem Rückweg kommen wir bei ihr vorbei. Sie wohnt hier in Harlesiel. Es liegt also auf dem Weg."

„Die wohnt in Harle? Das wusste ich gar nicht. Ich hätte ihr eher eine Villa mit Riesengrundstück irgendwo einsam und ohne Nachbarschaft zugetraut oder eine Penthouse-Wohnung in der Stadt. Aber hier in dem kleinen, beschaulichen Harlesiel?"

„Ist vielleicht eine kleine Sommerresidenz?", meinte Carsten achselzuckend. „Ich fahre da jedenfalls gleich mal vorbei."

„Ich komme mit", bestimmte Tomke. „Die will ich sehen. Hab schon so einiges mit der Dame erlebt und noch mehr gehört." Carsten schaute sie überrascht an, doch Tomke wechselte das Thema.

Als sie vor dem Haus vorfuhren, pfiff Carsten durch die Zähne. „Sommerresidenz ist nicht wirklich falsch, aber passt das Haus in die Landschaft? Das hat doch eher etwas von der Toskana."

Auch Tomke pfiff bewundernd durch die Zähne. „Ja, ja, die kleine Heike, da hat der Papa aber tief in die Tasche gegriffen."

„Sag bloß, du kennst die Hoffmann-de Vries? Und woher, bitte? Oder bist du mit ihr auch zur Schule gegangen? Wen kennst du hier eigentlich nicht?" Carsten schaute Tomke entgeistert an.

„Nun komm mal wieder runter. Ich sage doch immer wieder, Ostfriesland ist klein, und das reiche Mäuschen kenne ich nicht aus der Schule. Sie ist einige Jahre jünger als ich, aber so ein Töchterchen aus reichem Haus fällt eben auf. Vor allem, wenn es aus Langeweile und Übermut meint, sich alles erlauben zu können. Schließlich kommt ja der Herr Papa und haut das Kind wieder raus. Nun, das übliche eben, wenn der Papa bezahlt und gute Bekannte an den entsprechenden Stellen hat."

„Wie? Ist sie etwa polizeibekannt?", wollte Carsten wissen.

„Na ja, in ihren wilden Jahren hat die süße Heike sich das eine oder andere erlaubt. Ihren ersten Porsche hat sie auf der L808 alkoholisiert in den Graben gefahren und dabei eine Radfahrerin erwischt. Einmal wurde sie dabei ertappt, als sie sich im Auto die Nase von innen puderte. Autorennen mit reichen Freunden hat sie sich auch geliefert und noch so einiges mehr. Aber ich denke, ihre Sturm- und Drangjahre hat sie hinter sich.

Ich habe gehört, dass sie einen ganz unvermögenden, aber sehr gut aussehenden Typen geheiratet haben soll, einen Clinsieler Jung. Und wenn ich in meiner hintersten Gehirnwindung grabe, meine ich mich zu erinnern, dass sein Bruder ein Kollege von uns ist, irgendwo auf einer Dienststelle hier an der Küste. Oma hat mal so etwas erzählt. Lass gut sein, ich kenne sie nur beruflich und man hört eben so manches."

Sie schauten sich um, das Haus war wirklich im toskanischen Stil erbaut, hatte im Eingangsbereich einen Vorbau auf Säulen und war in zarten Gelbtönen gestrichen, die Fenster in Weiß abgesetzt. Vom Zaun bis zum Eingang des Hauses führte ein breiter Weg aus kleinen Pflastersteinen, die farblich wunderbar zum Haus passten. Der Garten bestand aus einer Rasenfläche, seitlich mit edlen Gehölzen eingefasst und sicher von einem Gartenbauarchitekten angelegt. Vier große Kandelaber rundeten das Bild ab. Alles sah sehr teuer aus. Die Garage war seitlich angebaut und hatte die Größe eines Einfamilienhauses. Sie schauten sich an dem hohen, schmiedeeisernen Zaun nach einer Klingel um, aber es war keine zu finden.

„Hier erwartet man nicht oft Besuch oder nur nach Voranmeldung. Oder man hat einfach Angst vor Besuchern", überlegte Tomke laut und ließ ihren Blick über das Haus und die Fensterfront gleiten, doch sie erkannte nirgends eine Regung. Das überbreite Garagentor war verschlossen. „Du hast doch mit ihr telefoniert? Dann sollte sie auch wissen, dass wir kommen. Und jetzt? Hast du die Telefonnummer von der gnädigen Frau dabei?"

Carsten nickte und zog die Vermisstenmeldung aus seiner Brusttasche. „Ja, eine Handynummer habe ich."

„Lies vor." Tomke hatte ihr Handy schon bereit und tippte die Nummer ein. Sie hielt sich das Gerät ans Ohr und suchte wieder den Blickkontakt zum Haus. Es klingelte.

MONTAG FRÜH IM PRÄSIDIUM. 9.00 UHR

„… und obwohl wir uns angemeldet hatten, dauerte es eine Ewigkeit, bis sie öffnete", schimpfte Tomke im Büro ihres Chefs. „Wir wollten schon wieder losfahren. Plötzlich schwenkte das schwere Eisentor auf und die Dame erschien in der Haustür. ‚Ich war am Pool und musste mir erst etwas überziehen und mich salonfähig machen'", äffte Tomke Heike Hoffmann-de Vries nach. „So eine dumme Zicke. Die meldet ihren Mann als vermisst, legt sich an ihren Pool und sonnt sich. Als wir ihr per Handy sagten, dass wir am Tor stehen, lässt sie uns noch fast zehn Minuten stehen und macht sich ‚salonfähig'. Ich kann Ihnen sagen, ich hatte so einen Hals."

Christof Gerdes, ihr Chef, hatte sich weiter von dem Fall berichten lassen und blickte nun von seinem Schreibtisch auf. „Ich hoffe, Sie sind nicht ausfallend geworden, liebe Tomke, das wäre nicht gut. Sie wissen doch sicher, mit wem wir es hier zu tun haben. Der alte Adrian Hoffmann ist ein …"

Tomke unterbrach ihn: „Sagen Sie das jetzt nicht, Chef, bitte nicht. Ich habe Sie immer dafür geschätzt, dass Sie mich nicht mit der Presse, den Politikern oder gar sogenannten wichtigen Persönlichkeiten unter Druck gesetzt und meine Arbeit erschwert haben. Fangen Sie bitte heute nicht damit an. Carsten und ich tun unsere Arbeit, der Kollege Hajo Mertens wird uns unterstützen und die Wittmunder sicher auch. So, und nun möchte ich wissen, was Sie noch mit mir besprechen wollten", wechselte sie unvermittelt das Thema. „Das klang ja gestern am Telefon sehr dramatisch. Große Ereignisse werfen also ihre

Schatten voraus. Was gibt es?" Sie stützte ihre Arme auf dem Schreibtisch von Christof Gerdes auf und schaute ihn auffordernd an.

Er deutete auf den Stuhl vor dem Schreibtisch, und Tomke setzte sich. „Liebe Tomke, nein, ganz offiziell, liebe Frau Evers, da Sie klare knappe Worte lieben, sage ich es Ihnen kurz und schmerzlos: Ich werde Sie versetzen."

„Wie bitte?" Tomke sprang entsetzt von ihrem Stuhl auf. „ Das können Sie nicht machen! Ich will hier nicht weg! Die Nordsee ist meine Heimat und warum überhaupt? Sind Sie mit meiner Arbeit nicht zufrieden? Carsten und ich arbeiten sehr gut zusammen, Sie haben sich nie beschwert und jetzt das. Nein, wirklich, das lasse ich mir nicht gefallen, ich sage es Ihnen gleich, das lasse ich mir nicht gefallen!", sprudelte es aus Tomke heraus. Sie hatte kaum Luft geholt.

Gerdes hatte sich in seinem Chefsessel zurückgelehnt und schaute sie spöttisch an. „Fertig? Darf ich weiter sprechen? Wenn Sie Ihr Temperament etwas besser im Griff hätten, wäre Ihnen diese Aufregung erspart geblieben."

Tomke schaute ihn fragend an. „Wie soll ich ruhig bleiben, wenn Sie …"

„Setzen Sie sich wieder hin und hören Sie mir jetzt endlich zu. Verzeihen Sie mir bitte, aber ich wusste, dass Sie so reagieren, diese kleine Spitze konnte ich mir nicht verkneifen", grinste er. „Also", fuhr er fort und faltete die Hände vor dem Bauch, „mit ihrer Arbeit bin ich sehr zufrieden, das sollten Sie eigentlich wissen."

„Aber warum dann diese …", unterbrach ihn Tomke nochmals.

„Ruhe und zuhören sagte ich. Also, nochmal: Mit Ihrer Arbeit bin ich sehr zufrieden und mit Ihrer Zusammenarbeit mit dem Kollegen Carsten Schmied auch. Hut ab, wie Sie den hessischen Eigenbrötler aufgetaut haben. Allerdings haben sich interne Veränderungen ergeben, der Staat muss sparen. Behörden werden verkleinert, Dienststellen zusammengelegt. Immer weniger der ausscheidenden Mitarbeiter werden ersetzt, und die eine oder andere Umstrukturierung wird dadurch nötig. Der ganze Küstenstreifen wird polizeitechnisch neu aufgeteilt und zwar in Friesland und Ostfriesland. Fragen Sie mich", er klopfte sich auf die Brust, „bitte nicht nach dem Sinn, das habe ich nicht zu entscheiden. Aber was ich zu entscheiden habe, ist die Neubesetzung der Wittmunder Dienststelle, die ab sofort den ganzen Küstenstreifen hinter Jever - von der Goldenen Linie bis zum Bezirk Aurich - bekommt. Aurich behält die Inseln und den grenznahen Westen und Wittmund die Küstenregion bis ins Hinterland. Dadurch bekommt Wittmund ein eigenständiges großes Kommissariat und eine Abteilung für Delikte am Menschen sowie für kriminaltechnische Untersuchungen und so weiter. Also nicht mehr nur Einsatz- und Streifendienst und Kriminalermittlungsdienst als Nebenstelle, sondern die Selbstständigkeit. Wilhelmshaven soll Friesland und noch weiter den östlichen Raum abdecken. Die Rechtsmedizin bleibt weiterhin in Wilhelmshaven und deckt durch ihren mittigen Standort beide Gebiete ab. Effizienz nennen das die Entscheider." Er verdrehte die Augen.

Tomke hatte ihm aufmerksam und doch ungeduldig zugehört. So etwas Ähnliches hatte Klein-Hajo auch schon erwähnt, schoss es ihr durch den Kopf. „Und was habe ich damit zu tun?", wollte sie von Gerdes nun wissen.

„Was glauben Sie wohl, liebe Tomke, - das habe ich übrigens gestern schon angedeutet - warum ich Sie zu der dreimonatigen Hospitation in Sachen Fallanalyse nach Schleswig-Holstein geschickt habe? Sie werden in das Kommissariat nach Wittmund versetzt. Ich brauche dort Ihre Erfahrung und die des Kollegen Schmied. Sie sehen also, alle Aufregung umsonst."

„Aber was ist mit den Kollegen aus Wittmund? Was sagen die zu dieser Umstrukturierung? Ich wäre ganz schön sauer, wenn man mir da jemanden vor die Nase setzen würde."

„Keine Angst, das regelt sich von selbst. Einer der Kollegen aus Wittmund geht in Pension, der andere lässt sich nach Aurich versetzen, da seine Frau aus Holland stammt und sie wieder in Holland leben will. Sie haben sich grenznah ein Haus gekauft und er pendelt dann nach Aurich. So gibt es keine Kompetenzstreitereien. Und im Übrigen brauche ich dort Kollegen mit Erfahrung. Es handelt sich dann schließlich um ein eigenständiges großes Dezernat. Sie und der Kollege Schmied werden es übernehmen und der Kollege Hajo Mertens wird Ihnen zur Seite stehen. Er kann bei Ihnen viel lernen."

Tomke stand auf, ging zum Fenster und blickte hinaus. „Ein paar Dinge gehen mir da durch den Kopf, die Sie mir beantworten müssen. Mal ehrlich, sinnvoll ist das doch nicht, oder? Wieso müssen die Auricher die Inseln übernehmen? Deren Anfahrt zum Beispiel bis Wangerooge ist doch viel zu weit, oder?"

„Nun, wie gesagt, das habe ich mir nicht ausgedacht. Aber es ist ja auch noch nicht alles in trockenen Tüchern. Vielleicht sehen die Herrschaften in der Verwaltung das ja irgendwann ein", antwortete Gerdes, der sich in seinem Stuhl zu der am Fenster stehenden Tomke umgewandt hatte.

„Und damit das klar ist, ich werde kein Sesselpupser", sagte Tomke. „Ich will die Fälle vor Ort bearbeiten, so wie bisher und nicht vom Schreibtisch aus verwalten. Ihren Job", sie deutete auf Gerdes, „will ich auf keinen Fall."

„Das ist sehr löblich, sehr löblich und ich danke Ihnen, liebe Tomke", spottete Gerdes, „aber das ist auch nicht geplant. Der Sesselpupser bleibe ich. Dass ich Sie nicht zur Büroarbeit verdonnern kann, ist mir klar und schon lange bekannt. Ich erinnere da nur an die Abschlussberichte", zwinkerte er ihr zu. „Nein, geplant ist, dass ich von Wilhelmshaven aus in beide Richtungen der Chef von 't Janze bin und Sie und Kollege Schmied mir berichten. Wir werden das hauptsächlich über die neuen Medien, Internet mit Onlinekonferenzen und so weiter, tun. Sonst noch Fragen oder Wünsche?"

„Weiß nicht. Ich muss das erst mal sacken lassen und mit Carsten besprechen. Oder weiß er das etwa schon und ich erfahre das als Letzte?"

„Nein, er weiß noch nichts oder wenigstens nur das, was der Buschfunk trommelt. Also, berichten Sie. Wenn noch etwas ist, Anruf genügt." Er deutete auf sein Telefon. „Und nun an die Arbeit, wir haben einen sehr heiklen Fall auf dem Tisch und ich möchte schnellstens wissen, ob der Tote vom Strand etwas mit dem verschwundenen Schwiegersohn vom alten Hoffmann zu tun hat. Dann können wir uns nämlich warm anziehen."

Tomke verzog das Gesicht, hob die Hand zum Abschied und verließ ohne Kommentar das Büro. In Gedanken war sie schon wieder bei dem Fall.

Da ihr Chef nur sie alleine einbestellt hatte, war Tomke am frühen Morgen auch alleine von Carolinensiel nach Wilhelmshaven ins Präsidium gefahren. Carsten blieb in Clinsiel, denn er hatte, wie so oft in der letzten Zeit, bei Michaela und Marie übernachtet.

„Lass mal", hatte Tomke am Abend zu Carsten gemeint, „bleib du gleich hier. Die Ermittlungen vor Ort sind ja noch nicht abgeschlossen. Ich komme schnellstens zurück und melde mich bei dir von unterwegs. Dann treffen wir uns am Strand an der Stelle, wo die Leiche gefunden wurde. Oma und Tant' Fienchen werden sich freuen, dass ich noch ein paar Tage länger bei ihnen wohnen werde. Außerdem muss ich mir auch mit Oma noch etwas einfallen lassen, ihr Fuß gefällt mir gar nicht. Aber sie will ja nicht mehr zum Arzt. Hat die Schnauze voll, meinte sie gestern."

„Na ja, irgendwie kann ich das total nachvollziehen, wenn ich bedenke, wie dieser Arzt mit ihr umgegangen ist. Da hatte sie endlich auf uns alle gehört und ist wegen des Knöchels zum Arzt gegangen, und dann gerät sie an einen solchen Metzger. Inzwischen habe ich gehört, dass alle hier in der Gegend auf ihn schimpfen."

„Ja, und die Praxis ist aus dem vorigen Jahrhundert, total heruntergekommen. Alt und von moderner Medizintechnik keine Spur. Als ich damals mit ihr im Behandlungszimmer saß und auf den Verbandwechsel wartete, konnte ich mir die Behandlungsliege, die Stühle und die Gerätschaften ansehen. Schlimm, sage ich dir. Dass es so etwas überhaupt noch geben darf, verstehe ich nicht. Der Hammer war, dass er ihr sagte, sie solle täglich 120 Mal die Treppe auf und ab gehen, das wäre besser als jede Physiotherapie. Wir haben ihm dann zwar gewaltig die Meinung gesagt, aber es hilft ja nichts, der Fuß ist immer noch dick und sie kann schlecht laufen, obwohl das Ganze nun schon ein Jahr her ist. In ihrem Alter ist das doppelt schlimm. Jetzt will sie zum Knochenbrecher. Ich weiß wirklich nicht, was ich mit ihr machen soll."

Dieses Gespräch ging ihr durch den Kopf, als sie über die L210 zurück nach Clinsiel fuhr. Knochenbrecher, also Menschen mit besonderen heilenden Fähigkeiten, gab es in Ostfriesland noch immer. Einer von ihnen war durchs Fernsehen sogar bundesweit berühmt geworden …

Da Tomke schon sehr früh in Wilhelmshaven angekommen war, hatte sie vor dem Termin bei Christof Gerdes die Rechtsmedizin aufgesucht und Hajo Manninga gelöchert. Viel konnte er ihr noch immer nicht sagen, außer dass der Tote eine Wunde am Hinterkopf hatte, die sie am Strand nicht hatte sehen können, weil er darauf lag, und dass er schon mindestens zwei Tage tot war, eher länger. Ob es sich um den Vermissten handele, wisse er noch nicht, die DNA sei in Arbeit. Löblich, dass man ihm auch Haare der Ehefrau gebracht habe, meinte er, aber die würden ihm nichts nützen, denn an der Wasserleiche würden sich keine Fremdanhaftungen mehr befinden. Papiere hätte der Tote nicht bei sich gehabt - wäre auch zu schön gewesen. Außer Jeans, Unterwäsche und Klumpfüßen aus einer Kunststoffmasse hätte er nichts am Leibe getragen. Ob er mit nacktem Oberkörper ins Wasser geworfen wurde oder ob er Hemd oder Shirt durch den Aufenthalt im Wasser verloren hatte, konnte Manninga nicht sagen - noch nicht. Es handelte sich laut Aussage des Rechtsmediziners um einen gesunden, sehr großen, muskulösen und kräftigen Mann so um die Mitte dreißig. „Der hat was von einem Bodybuilder oder Türsteher oder so; Hände wie Bratpfannen ... Ein Kampfsportler vielleicht, sehr stark jedenfalls", informierte er sie. Mehr konnte oder wollte er ihr nicht sagen, die Untersuchungen waren noch im Gange. Nun solle man ihn aber arbeiten lassen und nicht ständig stören, er habe schließlich nicht nur diesen Fall auf dem Tisch.

Die Rechtsmedizin, früher auch Gerichtsmedizin genannt, sollte also hier in Wilhelmshaven bleiben, was sicher sinnvoll war, fand Tomke, denn deren Tätigkeit war weitreichend und mit viel Aufwand verbunden, sodass sie, auch aus Kostengründen, wirklich nur punktuell stationiert werden konnte.

Was hatten sie? Tomke zog Bilanz, während sie zügig über die Landstraße fuhr. Einen Bodybuilder oder Türsteher, jedenfalls einen sehr kräftigen Mann mit einer Wunde am Hinterkopf, der seit ungefähr zwei Tagen tot war. Dann den verschwundenen Ehemann von Heike Hoffmann-de Vries. Er könnte der Tote sein, was aber unwahrscheinlich war. Tomke glaubte kaum, dass das verwöhnte Töchterchen etwas derart Grobklotziges geheiratet hätte. Soweit sie gehört hatte, sollte es sich doch um ein smartes Bürschchen gehandelt haben. Und dann war da noch der Schwiegervater, der Ärger machen könnte. Aber der war Tomke egal, mit dem sollte sich der Chef rumärgern. Mehr gab es nicht, keine Anhaltspunkte, keine Hinweise, keine Papiere, nichts. Die Identität des Toten musste wohl über die Presse, das Zahnschema oder von Kommissar Zufall geklärt werden.

Kurz vor dem Ortsschild von Carolinensiel schlug sie sich mit der Hand gegen die Stirn. Ich wollte ja Carsten anrufen, damit wir uns am Strand treffen. Sie hielt an der Einfahrt zu einer Tankstelle an und tippte Carstens Nummer ein. „Bin gleich da. Wo bist du? Okay, gut, dann komme ich dort hin.“ Sehr gut, er war auch schon fast vor Ort. Tomke legte den Gang ein, setzte den Blinker und fuhr wieder los, was mit einem lauten Hupen bestraft wurde, sodass sie voll auf die Bremse trat. „Ist ja gut, hab dich nicht gesehen! Wenn du nicht so rasen würdest, wäre es nicht passiert! Da vorne auf dem Schild steht 30 für LKW! Mann, Mann, Mann!“, schrie sie, ließ den LKW vorbei und fuhr hinter ihm durch Clinsiel. Unterwegs griff sie sich an die Brust und murmelte: „Mein Gott, habe ich mich jetzt erschreckt.“ Ihr Herz klopfte wie wild.

Wenige Minuten später fuhr Tomke in Harlesiel den Weg zum Strand bis zu den Holzbohlen, die über den Sand zum Wasser führten. Von weitem konnte sie erkennen, dass Carsten und Klein-Hajo schon da waren. Sie hielt an und stieg aus. Die Arbeiten am „Wattkieker“, dem neu entstehenden Restaurant direkt auf dem Deich, waren im vollen Gange. Die Arbeiter hämmerten und klopften, als ginge es um ihr Leben. Vielleicht war es ja so, denn im Frühjahr sollte Eröffnung sein. Mit einem Blick auf das riesige Gebäude, das an ein gestrandetes Schiff erinnerte, schloss sie die Fahrertür ab und ging über die Bohlen auf ihre Kollegen zu. Die hatten sie bereits entdeckt, winkten und gestikulierten, dass sie doch bleiben solle, wo sie war, denn sie hatten sich schon auf den Weg in ihre Richtung gemacht.

Tomke ging unbeirrt weiter. Auf halben Wege trafen sie sich und Carsten meinte: „Ortsbesichtigung ist einfach nicht, was willst du da noch sehen? Inzwischen hat die Flut dafür gesorgt, dass es hier aussieht, als sei nichts geschehen. Kommt, lasst uns zurückfahren." Und zu Tomke gewandt: „Hast du in Wilhelmshaven bei Hajo Manninga etwas erfahren können? Ich meine, außer dass der Mann tot war?"

„Du bist aber heute wieder witzig", konterte Tomke. „Aber nein, Hajo konnte mir noch nichts Interessantes sagen. Mann, Mitte dreißig, kräftig, sportlich. Er vermutet Kampfsportler, eine Art Bodybuilder oder Türsteher, also eher Grobmotoriker. Er hatte eine Verletzung am Hinterkopf. Keine Papiere oder sonstige Hinweise auf die Identität. Sie arbeiten daran. Nun muss über das Zahnschema und vielleicht mit Hilfe von Bildern in der Presse nachgeforscht werden."

„Also handelt es sich nicht um den Vermissten von gestern?", wollte Klein-Hajo wissen.

„Eher nicht, denke ich, aber das muss noch genau geklärt werden, auch über das DNA-Material, das wir dort abgegeben haben. Habt ihr denn etwas über diesen Jojo de Vries herausfinden können? Aufgetaucht ist er ja wohl nicht, oder hat die stille Fahndung etwas ergeben?"

„Nein, negativ. Ich fahre jetzt nochmal zu seiner Ehefrau und lasse mir etwas mehr über ihn erzählen. Arbeitgeber, Eltern, Geschwister, Familie eben. Vielleicht ist er ja dort und wollte nur vor seiner Schickimicki-Frau mal seine Ruhe haben", antwortete Carsten, war aber nicht wirklich davon überzeugt. „Wenn das alles nichts ergibt, geben wir ihn offiziell in die Fahndung. Hajo, kommst du mit? Auf solche Schnuckelchen wie dich steht die Dame bestimmt; vielleicht macht sie das gesprächiger."

Tomke wollte schon protestieren, denn sie erwartete, dass Carstens Spruch Klein-Hajo peinlich war und er augenblicklich rot anlaufen würde. Aber nichts dergleichen. „Klar, komm, fühlen wir ihr mal auf den Zahn", antwortete dieser nur.

Tomke war überrascht. Was war nur aus dem schüchternen, immer schnell verlegen werdenden kleinen Hajo geworden, den sie vor etwas mehr als einem Jahr kennengelernt hatten? Und eigentlich hatte Carsten ja recht, er war ein richtiges Schnuckelchen, das war ihr früher gar nicht aufgefallen. Sie schaute ihren beiden Kollegen nach, als diese sich auf den Weg zu ihrem Auto machten und musste grinsen. Einen Knackarsch hat er auch, stellte sie fest, war aber mit den Gedanken auch gleich wieder bei dem Fall. Wie kam der Tote an die Küste? Kann eine Person alleine einen solch schweren Mann bewegen? Waren mehrere Personen beteiligt? War er schon tot, als er zum Wasser gebracht wurde? Wer ist er, und was ist hier nur passiert?"

WAS WAR PASSIERT? DONNERSTAGABEND ZUVOR

Es war schon dunkel, als der Trucker Jojo kurz nach dem Kreisel bei Scheidemanns Supermarkt hatte aussteigen lassen. Er ging das letzte Stück zu seinem Haus zu Fuß. Unterwegs war ihm klar geworden, dass er so nicht bei Heike eintreffen konnte. Er wollte erst einmal in seiner kleinen Kate zur Besinnung kommen. Weder Heike noch seine Familie kamen jemals in dieses Haus; es war sein persönliches kleines Refugium. Umso mehr erschrak er, als – trotz der Dunkelheit klar erkennbar – Henry aus dem Haus kam und ihm fast in die Arme lief. Was, zum Teufel, macht der in meinem Haus, schoss es ihm durch den Kopf. Nun erkannte er auch das Fahrzeug wieder, das vor dem Grundstück stand und dem er eigentlich keine Bedeutung zugemessen hatte. Schnell ließ er sich hinter die alte Buchsbaumhecke fallen – eine weitere Begegnung mit Henry wäre nicht wirklich gesund. Mit dem Knie schlug er heftig gegen einen spitzen Gegenstand und konnte nur mit Mühe einen Schmerzensschrei unterdrücken. Irgendjemand hatte hier ein Gartenwerkzeug liegen lassen. Instinktiv griff er nach dem Holzgriff. Sein Herz klopfte bis zum Halse, er hatte Angst. Jojo beobachtete, wie Henry zum Schuppen und wieder in das Haus ging. Was er dort wohl machte? Er wagte sich nicht, ihm zu folgen. Nach einigen Minuten kam Henry wieder heraus, ging auf seinen Wagen und somit direkt auf Jojo zu.

Der erschrak. Er hat mich gesehen! Seine Hand umklammerte noch immer den Holzgriff. Es war ein Reflex aus purer Panik. Er wollte ihn nur niederschlagen. Aber er hatte ihm mit der Rückseite des Grabgerätes, auf der sich ein Haken befand, auf den Schädel geschlagen. Dumm, dass Henry tot war, das passte ihm gar nicht. Er hätte ihn fesseln und dann fragen können, wohin er Bella gebracht hatte. Aber das war nun nicht mehr möglich. Er hatte den spitzen Haken an dem Spaten nicht gesehen.

Henry lag tot mitten in der Einfahrt und musste weggeschafft werden. Doch es war sehr schwierig, den schweren, fast zwei Meter großen Mann zu bewegen. Jojo versuchte es auf mehreren Wegen. Erst als er ihn zur Seite rollte und die Schubkarre aus dem Schuppen schräg unter den Körper klemmte, um dann den massigen Körper darauf zu rollen, hatte er Erfolg. Mit großer Kraftanstrengung richtete er die Karre mit der Leiche auf und konnte sie mit Mühe bewegen. Der blutverschmierte Hinterkopf hing über den Rand, und die Beine schleiften über den Boden. „Mein Gott, ist der schwer", stöhnte Jojo und schob die Karre vorsichtig zum Schuppen, um die Leiche erst einmal zu verstecken. Wenn mich bloß keiner gesehen hat ... Zögernd schaute er sich um, aber die Fenster der Nachbarhäuser waren dunkel. Als er die Schuppentür verriegelt hatte, atmete er auf. Nun musste er überlegen, wie er den Toten fortschaffen konnte. Woher hatte Henry nur von diesem Haus gewusst?

Als er die Haustür aufsperren wollte, fiel ihm wieder ein, dass Henry ihm Handy und Schlüssel abgenommen hatte. Schnell lief er zurück in den Schuppen und untersuchte die Jacke des Toten. Er fand seinen Schlüsselbund, das Handy und einen Briefumschlag. Als er ihn öffnete und sah, was sich darin befand, pfiff er durch die Zähne.

Im Haus brühte er sich einen Tee und gab einen kräftigen Schuss seiner Hoffmannstropfen hinein. Was war in den letzten Stunden mit seinem Leben passiert? Alles hatte sich verändert. Sein bisheriges Leben war wohl eindeutig vorbei. Mit Schrecken dachte an den Nachmittag zurück.

WAS WAR PASSIERT?
DONNERSTAGNACHMITTAG ZUVOR

Als Jojo im Kofferraum wieder zu sich gekommen war, stellte er fest, dass seine Fesseln an den Handgelenken nicht mehr ganz so stramm waren. Er zog und zerrte daran, bis die Haut darunter aufriss und blutete, aber er schaffte es doch, sie endlich zu lösen. In seinem Kopf hämmerte der Schmerz. Nachdem er langsam wieder Gefühl in Händen, Armen und Schultern verspürte, versuchte er, die Fesseln an seinen Füßen zu lockern. Dies jedoch war sehr viel schwieriger, da er sich in seinem engen Gefängnis kaum bewegen konnte. Doch es gelang, die Fesseln lockerten sich ein wenig und er verspürte ein unglaubliches Gefühl von Freiheit, wenngleich er noch immer in dem engen Kofferraum steckte. Währenddessen fuhr das Auto ohne Unterbrechung auf einer ebenen Straße, einer Autobahn, vermutete er. Nun wagte er sich auch an den Knebel in seinem Mund, doch plötzlich wurde die Geschwindigkeit geringer und das Fahrzeug kam zum Stehen. Was jetzt wohl passieren würde? Was hatte der verrückte Henry vor? Zwar hatte Jojo immer mehr das Gefühl, an diesem dicken Klumpen in seinem Mund zu ersticken, doch wagte er einfach nicht, den Knebel zu entfernen. Wenn Henry das sähe, wäre es vorbei, überlegte er. Kurz darauf wurde der Kofferraum geöffnet, und Henry beugte sich über ihn. Jojo tat, als sei er noch immer bewusstlos, versteckte seine gelösten Fesseln hinter dem Körper, konnte aber aus den Augenwinkeln erkennen, dass Henry am Heck des Wagens stand, aus einer Wasserflasche trank und sich streckte und dehnte. Jojo hatte gewaltigen Durst, seine Zunge klebte am Gaumen, und der Knebel in seinem Mund saugte das wenige an Speichel auf, das sich bildete. Blöder Arsch, dachte er, ich bin hier am Verdursten und du ... Aber, wer weiß, was passieren würde, wenn ich mich bemerkbar machte. Hoffentlich sieht er die gelösten Fesseln nicht.

Henry nahm noch einen Schluck aus der Wasserflasche, drehte sich vom Wagen weg und schloss mit der rechten Hand langsam die Kofferraumklappe. Blitzschnell klemmte Jojo das gelöste Seil seiner Handfessel zwischen Klappe und Karosserie. Es funktionierte, der Kofferraum schloss sich nicht ganz. So schnell seine steifen Gelenke es zuließen, robbte er etwas nach vorne, löste die Fesseln an seinen Füßen, schob den Kofferraumdeckel ganz vorsichtig einige Zentimeter hoch, ließ ein Bein, den Körper und dann das andere Bein über die Kante gleiten und sich hinter das Fahrzeug fallen. Die Fahrertür klappte zu und der Motor sprang an, Jojo rollte zur Seite. Erleichtert zog er den Knebel aus dem Mund und atmete tief ein.

Er wollte aufstehen, doch seine Beine versagten ihm den Dienst, zu lange hatte er gefesselt im Kofferraum gelegen. Das Auto fuhr los und bremste sofort wieder ab. „Wenn er mich jetzt entdeckt, bin ich geliefert", schoss es Jojo durch den Kopf, und mit einem kurzen Satz robbte er seitlich in das dichte Gestrüpp. Keine Sekunde zu spät, denn Henry kam fluchend um das Fahrzeug herum und drückte mit Wucht auf den Kofferraumdeckel.

Jojo konnte beobachten, wie er wieder einstieg und losfuhr. Als das Fahrzeug den kleinen Parkplatz verlassen hatte, kroch er vorsichtig aus seinem Versteck und setzte sich auf eine Bank neben dem kleinen Grünstreifen, massierte sich Fuß- und Handgelenke. Er stützte den Kopf in die Hände und fragte sich, was wohl mit Bella geschehen würde. Was hatte dieser Henry nur mit ihr vor? Wo würde er sie wohl hinbringen? Ob der Alte dahinter steckte? Er musste sie suchen. Nur wo? Zu allererst musste er hier weg, aber in die andere Richtung. Er musste auf die andere Fahrbahnseite, egal wie.

Als die Durchblutung in seinen Extremitäten wieder besser funktionierte, lief er ohne sich umzusehen in Richtung Autobahn, um zu dem gegenüberliegenden Parkplatz zu gelangen. Er wartete den kurzen Moment ab, der es ihm ermöglichte, die Fahrspuren zu überqueren und kam mit klopfendem Herzen an der Mittelleitplanke an. Autofahrer, die dies gesehen hatten, hupten wie wild. Jojo ließ sich nicht weiter beeindrucken, kletterte über die Abtrennung und wartete auf eine Gelegenheit, auch die Gegenfahrbahn zu überqueren. Es dauerte eine Weile, denn die Fahrzeuge kamen in geringem Abstand. Als er es endlich geschafft und den Parkplatz erreicht hatte, machte er sich daran, einen Fahrer zu suchen, der ihn mitnehmen würde. Ein LKW-Fahrer am besten, überlegte er, der würde bestimmt keine blöden Fragen stellen. Es dauerte eine Weile, bis er jemanden gefunden hatte, denn die meisten waren unterwegs in Richtung Bremen und weiter. Dann traf er auf einen Trucker, der gerade Pinkelpause machte und sich als Glücksfall entpuppen sollte, auch wenn er ein arger Schwätzer war.

Noch bevor Jojo einen vorgeschobenen Grund nennen konnte, warum er hier zu Fuß neben der Autobahn stand, meinte der Mann mit schallendem Gelächter: „Na, wenn das mal keine Absicht war!“

„Bitte?“, fragte Jojo verwundert. „Was meinen Sie?“

„Na, dass deine Frau dich hier ausgesetzt hat! Wohin soll es denn gehen?“

„Ja, Weiber eben“, reagierte Jojo geistesgegenwärtig. „Ich muss zur Küste, Richtung Jever.“

„Na, das passt doch, ich liefere an den Fähranleger nach Wangerooge. Steig ein.“

„Danke, Sie schickt der Himmel. Kann ich bis Carolinensiel mitfahren?“

„Klar, kein Problem. Aber im Ernst: Hat dich deine Frau wirklich ausgesetzt? Eigentlich wollte ich einen Witz machen. Weißt du, das ist mir nämlich einmal so ergangen. Ich schlafe hinten im Auto, meine dusselige Frau fährt auf den Parkplatz, geht aufs Klo, kommt raus und fährt los, ohne zu merken, dass auch ich mal strullen gegangen war!“ Wieder brüllte er vor Lachen. „Aber dass deine Frau das extra macht, ist ja der Hammer. Na, der würde ich ja was erzählen. Übrigens, im Truck ist man per Du, dass das mal klar ist. Ich bin Peter.“

Peter redete während der Fahrt fast ohne Unterbrechung. „Und deine Alte ist einfach weitergefahren?“

„Ja“, log Jojo. „Sie sitzt bestimmt zu Hause bei einem Tee und wartet mit sehr schlechtem Gewissen auf mich.“

Das Thema nahm kein Ende. Immer wieder lachte der Fahrer ohrenbetäubend und erzählte zwischendurch Anekdoten aus seinem Leben.

Als sie in Carolinensiel ankamen, bedankte sich Jojo und stieg aus. Peter rief ihm noch nach: „Gib ihr ordentlich eins drauf, dem Miststück, das hat sie verdient!“

Inzwischen war es dunkel geworden und Jojo war froh, endlich wieder in Carolinensiel zu sein. Er wollte zu seiner kleinen Kate, um dort in Ruhe nachzudenken und einen Weg zu finden, wie er Bellas Aufenthalt herausfinden könnte.

WIEDER DONNERSTAGABEND

Nun saß Jojo in der kleinen Stube seines Hauses bei Tee und Hoffmannstropfen und fühlte sich beobachtet. Er schüttelte das Gefühl ab und überlegte, wie er Henry wohl entsorgen könnte. Aber genauso wichtig war es, Bella zu finden. Plötzlich kam ihm ein Gedanke. Er sprang auf, lief aus dem Haus und betrachtete das Auto genauer, mit dem Henry gekommen war. Das war die Lösung! Kurzentschlossen ging er in den Schuppen und untersuchte den alten Bootstrailer, auf dem sich das hölzerne Ruderboot befand, mit dem er früher immer kleine Touren auf der Harle gemacht hatte. Das Boot war inzwischen so alt und schäbig geworden, dass er in den letzten Jahren nicht mehr gewagt hatte, es zu benutzen. Aber vielleicht würde es heute nochmal durchhalten. Der Hänger war zwar schon lange nicht mehr angemeldet, aber die Vollgummireifen waren intakt. Für diese eine Fahrt heute Nacht würde es gehen. So könnte er Henry samt Boot entsorgen, den Hänger würde er dann auch noch irgendwie loswerden. Nun musste er nur noch die Leiche in das Boot verfrachten.

Jojo ahnte, dass dies eine schweißtreibende Angelegenheit werden würde. Er ging zurück ins Haus, trank seinen Tee aus und schaute sich wieder unsicher in der Stube um. Da war es wieder, dieses unheimliche Gefühl. Er fühlte sich beobachtet, so, als wäre noch jemand im Zimmer. Quatsch, schimpfte er sich selbst, langsam drehst du durch, wer soll denn hier sein?

Leise verschloss er das Haus und machte sich im dunklen Schuppen daran, den schweren Henry in das Boot zu hieven. Dieses Unterfangen erwies sich aber als schier unmöglich. Er hatte es zwar, und das auch nur mit großer Anstrengung, geschafft, den massigen Kerl in die Schubkarre zu befördern, aber ihn von dort in das Boot zu wuchten, das auf dem Hänger lag, war so nicht zu schaffen. Irgendein Körperteil leistete Widerstand. Jacke und T-Shirt der Leiche hatte er dabei schon zerrissen. Plötzlich kam ihm eine Idee. Neben der Schuppentür lag eine Rolle mit großen, grauen Plastiksäcken, in denen er immer die Gartenabfälle nach Wiefels zur Mülldeponie fuhr. Wenn er Henry da hineinstecken und den Sack verschnüren würde, wäre es sicher einfacher, ihn über den Bootsrand zu heben, überlegte er. Er riss einen der Säcke ab, wickelte den Rand nach unten und schob ihn um Henrys Füße. Als er begann, den Rand nach oben zu ziehen, riss um die Füße des Toten der Plastiksack zwar an einigen Stellen auf, aber mit viel Mühe und äußerster Kraftanstrengung war die Leiche nach mehr als einer Stunde endlich im Boot. Das allerdings zeigte sich verwitterter und morscher als gedacht. An manchen Stellen waren die Holzplanken geborsten. Aber so lange, bis es mit ablaufendem Wasser einige hundert Meter auf die offene See getrieben war, würde es schon standhalten. Hauptsache, die Leiche würde verschwinden. Dichtschaum, irgendwo musste er doch noch von diesem Dichtschaum haben, mit dem er die Fenster des Hauses isoliert hatte. In der spärlichen Beleuchtung des Schuppens fand er noch zwei Dosen, die müssten reichen. Er sprühte die Ritzen des Bootes sorgfältig aus. Für den Rest hatte er auch Verwendung: Er schob die dünne Düse der Spraydose in eines der Löcher im Plastiksack und sprühte den restlichen Schaum hinein, betrachtete sein Werk und war zufrieden.

Jojo hatte die zeitliche Orientierung verloren. Im Nachbarhaus öffnete sich ein Fenster, und der dicke Jan streckte seinen Kopf heraus und rief: „Segg maal, Jojo, büst du dat? Kannst du dien verdoomte Boot ok över Dag in Rieg brengen? Ik will slapen!“

„Hey Jan, nix för ungood, ik bün all klor! Entschuldigung! Slap man wieder.“

„Dat köst di annern Dag ‘n Sluck“, bestimmte der Nachbar noch und schloss das Fenster.

In der Straße war es so dunkel, dass sich Jojo bei seinem weiteren Treiben unbeobachtet fühlen konnte. In dieser und manch anderer Straße in Carolinensiel wurde nämlich aus Energiespargründen zwischen nachts um ein Uhr und morgens fünf Uhr die Straßenbeleuchtung ausgeschaltet. Oft schon hatte Jojo darüber geflucht, heute war es ihm mehr als recht. Sicher, nicht gesehen zu werden, zog er schweißgebadet den Bootsanhänger aus dem Schuppen und kuppelte ihn an Henrys Fahrzeug an. Genial, dachte er. Ab mit dem Schwein zur Küste auf seine letzte Reise. Seebestattung hatte doch was ... Wenn er Glück hatte, wenn er ganz viel Glück hatte, war ablaufendes Wasser, dann würde Henry für immer verschwinden.

Ganz Carolinensiel und Harlesiel waren um diese Uhrzeit wie ausgestorben, und es war stockfinster. Niemand außer dem dicken Jan hatte etwas bemerkt, und der würde sich, dank seines allabendlichen Schnapskonsums mit Sicherheit an nichts erinnern. So konnte Jojo unbemerkt durch den Ort und über die Tjarksstraße zur Küste an den Anleger im Außenhafen fahren. Der Hänger ratterte laut über die Außenbrücke, doch niemand bemerkte ihn. Am Außenhafen, vorbei an der Baustelle des „Wattkiekers", stoppte er. Vorsichtig kuppelte er den Bootsanhänger vom Fahrzeug ab und schob ihn bis zum Wasser, löste die Verankerung des Bootes vom Aufleger und ließ das Boot vorsichtig über die Mole ins Wasser gleiten. Jojo hatte Glück. Nach zwei, drei Schüben platschte es in das ablaufende Wasser. Nun konnte die Strömung das Boot auf Nimmerwiedersehen in die offene See ziehen ...

Er musste ein paar Stunden schlafen und dann Bella suchen fahren, entschied Jojo im Auto. Vielleicht hatte Henry ja die Adresse, zu der er Bella gebracht hatte, ins Navi eingegeben? Er tippte auf „letzte Ziele" und fand eine Adresse. Das musste es sein, aus dieser Richtung war er zurückgekommen. Er entschloss sich, dort hinzufahren, sobald es hell würde, aber jetzt wollte er erst einmal schlafen. Auf dem Weg zurück machte er einen Umweg und entsorgte den Bootstrailer. Danach fuhr er zu seinem Haus, parkte das Auto allerdings zwei Straßen entfernt. Im Schlafzimmer stellte er den Wecker auf sechs Uhr und machte sich Gedanken, ob die Webcam am Außenhafen bei der Dunkelheit erkennbare Bilder von seinem Tun gemacht haben könnte. Sicher nicht, beruhigte er sich, er war viel zu weit weg und es war zu dunkel gewesen. Noch bevor er weiter darüber nachdenken konnte, fielen ihm die Augen zu.

MONTAGNACHMITTAG

Als Carsten und Klein-Hajo sich auf den Weg zu Heike Hoffmann-de Vries gemacht hatten, war Tomke noch ein paar Schritte am Strand entlang gegangen. Sie sollten das Revier in Wittmund übernehmen? Sie, Carsten und nach Abschluss seiner Ausbildung auch Klein-Hajo? Langsam konnte Tomke sich mit diesem Gedanken anfreunden. Sollte sie sich dann auch eine Wohnung hier in der Nähe nehmen? Jeden Tag von Wilhelmshaven raus nach Wittmund, das war zwar keine riesige Entfernung, aber auf Dauer auch nicht wirklich spaßig. Im Winter oder bei nächtlichen Einsätzen konnte das schon stressig werden. Nun, das würde sie sich noch überlegen, erst musste das alles in trockenen Tüchern sein. Noch waren das ungelegte Eier, überlegte sie, warten wir es ab. Jetzt musste sie erst einmal Oma und Tant‘ Fienchen informieren, dass sie länger bleiben und bis zur Aufklärung des Falles wohl bei ihnen wohnen werde, wenn sie nichts dagegen hätten.

Tomke fuhr mit Schwung die Deichauffahrt neben dem alten Kapitänshaus hoch und direkt vor Oma Jettchens Füße.

„Kind, du fährst mich ja tot! Oh Gott, du hest aber immer wat togang“, schrie diese entsetzt auf.

„Entschuldigung Oma, ich hab dich gar nicht gesehen! Un ik mutt gliek weer weg."

„Nu mal sachtjes, mien Deern, nun mal sachtjes! Kom rin un drink en Tass Tee, so völ Tied mutt sien."

„Okay, Tee geht immer. Aber nur eine Tasse, mehr Zeit hab ich nicht."

„Och wat, dree Tassen sünd Ostfreesenrecht", grinste Oma.

„Oma, ich muss dir leider sagen, dass ihr mich noch nicht loswerdet", meinte Tomke, als sie in der Küche beim Tee saßen und versuchte, ein trauriges Gesicht zu machen. „Wir haben wieder einen Fall hier in der Gegend, und da möchte ich nicht jeden Tag von Wilhelmshaven nach hier pendeln." Tomke beobachtete ihre Oma aus den Augenwinkeln, denn sie wusste, was nun kam.

„Fienchen, Fiiiieenchen!", schrie Oma und sprang auf. „Lass das Schummeln *(plattdeutsch für Putzen)* sein und schmeiß den Lappen weg. Dat gifft wat to fiern, de Deern blifft noch bi uns!"

„Mit Schummeln bin ik klor, nu maak ik de Wask! Wat bölkst du denn so? Ich bin doch nicht taub!" Tomkes Großtante kam um die Ecke, griff nach einer leeren Teetasse und hielt sie ihrer Schwester hin. „Bekomme ich hier keinen Tee? Was ist denn nun los?"

Auch Fienchen freute sich über jeden Tag, an dem Tomke bei ihnen wohnte, nur konnte sie dies nicht so zeigen, ganz im Gegenteil zu ihrer Schwester. Oma schenkte allen noch einmal Tee ein und strahlte über das ganze Gesicht. „Ach Kind, morgen früh um acht Uhr habe ich einen Termin bei Harry, die Dauerwelle ist wieder fällig. Kannst du mich da hinfahren? Gehst ja doch immer so früh aus dem Haus, und mein Fuß …, na, du weißt schon."

„Kein Problem, Oma, dann fahre ich morgen kurz vor acht Uhr los und nehme dich mit. Und wie kommst du dann wieder nach Hause?"

„Das weiß ich noch nicht, aber vielleicht rufe ich Mariechen an, die holt mich dort ab."

„Also gut, Oma, maak dat. Aber vielleicht bin ich ja noch in der Gegend, dann kann ich dich auch abholen. Und du, Fienchen, gehst du nicht mit?“

„Ne, das ist mir zu teuer, alle drei Monate Dauerwelle, wo kommen wir denn da hin? Ich verstehe deine Oma auch nicht, dass sie ihr Geld so verschwendet“, giftete sie mit einem Seitenblick auf ihre Schwester.

Oma winkte ab, sie kannte den Geiz ihrer Schwester. „Das hilft nix“, meinte sie, „man muss ordentlich aussehen um den ollen Kopp. Ich will mich doch nicht schämen und herumlaufen wie du“, giftete sie zurück. Tomke kannte ihre beiden und wusste, dass jetzt wieder ein Wortgefecht um Geldverschwendung und notwendige und nicht notwendige Ausgaben kam. Deshalb zog sie es vor, zu verschwinden. Als sich Tomke dann verabschiedet hatte, beruhigten sich die Schwestern schnell wieder und beratschlagten, was sie dem „Kind“ wohl in den nächsten Tagen kochen würden. Und ob sie die geplante neue Aktion in der Bahnhofstraße verschieben müssten, das Kind war in solchen Sachen immer so arig *(plattdeutsch für wunderlich)*. „Nix da“, meinte Oma Jettchen, „das müssen wir durchziehen, dat helpt all nix. Wat mutt, dat mutt! Wenn wir zwei morgen tot sind, macht keiner mehr was. Also, ran, solange wir noch können. Die Herrschaften werden sich noch wundern. Absperrbaken und Schilder besorgt uns der kleine Jansen, das hat er mir versprochen. Aber kein Wort zu niemand.“

ANSCHLIESSEND AUF DEM REVIER IN WITTMUND

Als Tomke in Wittmund auf dem Revier ankam, waren Carsten und Klein-Hajo schon da. Man hatte ihnen, dieses Mal ohne Theater, wieder das Büro freigemacht, welches sie schon damals benutzt hatten, als der Fall im Haus Abendrot zu klären war.

Klein-Hajo telefonierte und Carsten saß vor dem Computer.

„So, Kollegen, was haben wir?", fragte Tomke, als Hajo aufgelegt hatte. „Lasst uns doch einmal zusammenfassen."

„Leiche männlich", begann Hajo.

„Im Plastiksack und mit Dichtschaum an den Füßen", warf Carsten ein.

„Ohne Namen, ohne Papiere, kein Hinweis auf die Identität, mindesten zwei Tage tot, angeschwemmt am Strand von Harlesiel", ergänzte Tomke.

Klein-Hajo war aufgestanden, ließ die Außenjalousie am Fenster herunter und begann die Fakten an die Fensterscheibe zu schreiben. „Außerdem haben wir einen Vermissten. Allerdings ist es nicht der Tote; die Nachricht habe ich gerade von der Rechtsmedizin bekommen. Die DNA von diesem Jojo de Vries passt nicht zum Toten."

„Na, wenigstens etwas. Wir müssen gleich seine Frau informieren. Ach so, und den Chef, damit er sich abregt. Der Schwiegervater des Vermissten macht ihm nämlich Dampf. Hajo, machst du das?"

„Ich? Ich soll den Chef anrufen?"

„Klar, der beißt nicht und ist sicher froh über diese Nachricht. Also, nur Mut und ran." Tomke grinste ihn an und legte die Füße auf den Tisch. „Aber erst einmal weiter."

„Viel mehr haben wir nicht", warf Carsten ein. „Auch Frau Hoffmann-de Vries konnte uns nicht viel über ihren Mann sagen. Das ist jetzt aber auch nicht mehr wirklich relevant."

„Nun, einiges haben wir schon", sagte Tomke. „Wir haben zum Beispiel das, was wir nicht haben. Ich frage mich nämlich, wie der Tote an diese Stelle im Watt gekommen ist. Wurde er über den Strand hinausgeschafft? Unwahrscheinlich, würde ich sagen. Es gibt weder im Strandbereich noch am Steindamm oder an der Treppe Hinweise, dass jemand einen schweren Sack hinaus ins Watt geschafft hat. Stopp, da fällt mir ein: Wir müssen uns die Webcam im Außenhafen ansehen. Hajo, bitte kümmere dich darum. Weiter. Keine Reifenspuren, keine Schleifspuren, nichts. Auf den Schultern hat das bestimmt keiner geschafft. Hajo Manninga meinte, dass der Tote 125 Kilo gewogen hat. Selbst zwei Mann hätten ihre Schwierigkeiten damit gehabt."

„Was ist deine Vermutung?", wollte Carsten wissen.

„Nun, ich überlege, ob er nicht angeschwemmt wurde … Ist auch unwahrscheinlich, ich weiß. Ein solch schwerer Körper … Aber vielleicht ist er ja aus einem Boot geworfen worden oder …"

„Oder ein Boot hat ihn verloren und er kam ganz von der Seeseite", warf Klein-Hajo ein.

Tomke hatte Feuer gefangen. „Auch nicht unmöglich. Boot bedeutet, er ist über das Wasser gekommen. Wir müssten wissen, wo er ermordet wurde. Ob auf See oder am Strand oder ganz woanders, nämlich irgendwo an Land, von wo aus er dann mit dem Boot auf See verfrachtet wurde."

Carsten und Klein-Hajo schauten sie zweifelnd an. Tomke winkte ab: „Lasst mich doch einfach mal weiterspinnen. Angenommen, ich habe mich einer Leiche zu entledigen und wohne an der Küste. Da kann ich doch auf die Idee kommen, die Leiche auf dem Seeweg zu entsorgen, oder? Vielleicht habe ich ein Boot …"

„Das kann aber dann an der ganzen Küste passiert sein, oder?", fragte Carsten. „Das Boot mit der Leiche kann doch überall ins Wasser gebracht worden sein."

„Nein, das glaube ich nicht." Klein-Hajo kam um den Schreibtisch herum und setzte sich auf die Tischkante. „Ich denke, das kann man mit einem Strömungsprofil errechnen. Das habe ich gelernt, als ich meinen Segelschein gemacht habe." Klein-Hajos Ohren waren inzwischen feuerrot vor Eifer. „Ich habe da einen Kumpel, Gurken-Herbert, der hat ein Boot unten in Caro im alten Sielhafen. Der soll mir da einmal ein paar Möglichkeiten errechnen. Ich rufe ihn gleich an."

Gurke-Herbert, ist das nicht dieser Seebär aus Köln, der auf seinem Plattbodenschiff Gurken verkauft? Von dem habe ich schon gehört. Okay, maak dat, aber zuerst rufst du den Chef an." Tomke starrte aus dem Fenster. In Gedanken war sie bei dem Fall, als ihr Handy klingelte. „Tomke hier, was gibt's?" meldete sie sich wie immer. Sie lauschte kurz und sprang auf. „Wo? Weiß man, wer es ist? Wir kommen. Habt ihr schon die Spusi und Manninga benachrichtigt?" Sie drückte das Gespräch weg, wischte über das Display und meinte: „Alles liegen lassen, Jungs, wir haben noch eine Leiche."

„Wie bitte?" Carsten war aufgesprungen.

„Jo, wieder ohne Haare, erschlagen und diesmal in Wilhelmshaven."

„Das ist dann ja wohl dieser Jojo. Und ich habe gerade den Chef informiert, so ein Mist."

„Lass mal", beruhigte ihn Tomke, „wir schauen uns die Leiche erst einmal an. Kommt ihr?"

AM FREITAG VORHER. VORMITTAGS AUF DER SUCHE NACH BELLA

Jojo hatte einige Stunden sehr unruhig geschlafen. Als er die Augen aufschlug, blickte er um sich und erkannte, dass er in seiner alten Kate und die vergangene Nacht kein Albtraum war, sondern Wirklichkeit. Sofort gingen seine Gedanken zu dem toten Henry - hoffentlich würde er weit genug auf See getragen - und dann weiter zu Bella.

Bella. Wo sie wohl war? Da fiel es ihm wieder ein: Er hatte ja diese Adresse im Navi. Er würde jetzt unter die Dusche steigen und dann sofort dorthin fahren. Sein Auto stand noch immer vor Bellas Haus, wo Henry ihn zusammengeschlagen und entführt hatte. Aber er hatte ja Henrys Wagen. Das war auch besser so, denn sicher würde man ihn schon suchen. Die Anrufe seiner Frau auf dem Handy waren ihm egal, aber er konnte sich vorstellen, wie sie rotierte. Sicher hatte sie schon ihren Vater eingeschaltet und der seine Beziehungen zur Polizei spielen lassen. Allerdings – wenn man sein Auto vor Bellas Haus fand ... Aber das war ihm jetzt egal. Bella war wichtiger.

Er warf die Bettdecke zur Seite und stand auf. Er schnupperte. Es wurde Zeit, dass er unter die Dusche kam. Wieder hatte er das eigenartige Gefühl, nicht alleine in der Wohnung zu sein. Sah er etwa schon Gespenster? Frisch geduscht und rasiert, behandelt mit einem teuren Aftershave, das er von Heike bekommen hatte, fühlte er sich gleich besser. Gut, dass er sich hier in seinem kleinen Haus ein wenig eingerichtet hatte, ein paar Klamotten und das Nötigste immer griffbereit waren. Trotzdem bekam er den eigenartigen Geruch nicht aus der Nase und wurde das Gefühl nicht los, beobachtet zu werden, nicht alleine zu sein. Frühstücken wollte er unterwegs. Bloß keine Zeit verlieren. Er drückte am Navi die Taste „letzte Ziele" und fuhr los.

Nach knapp zweistündiger Fahrt sagte eine Frauenstimme: „Sie haben Ihr Ziel erreicht." Jojo schaute sich um. Auf einem Messingschild las er „Sören-Claas-Klinik". „Hier hat er sie also hingebracht", murmelte er vor sich hin, „da kann doch nur ihr Vater dahinterstecken. Das heißt also, Henry hat auch in dieser Angelegenheit für den Alten gearbeitet." Und ihm wurde nun auch klar, woher dieser die Adresse seiner kleinen Kate hatte. Der Alte hatte sie sicher von Heikes Vater. Diese beiden Scheißkerle waren geschäftlich wie auch privat befreundet.

Jojo legte den Rückwärtsgang ein und parkte etwas abseits des großen Hauses. Er überlegte, hineinzugehen und offiziell nach Bella zu fragen. Oder besser nicht? Das Schild „Lieferanteneinfahrt“ brachte ihn auf eine Idee. Zügig, als würde er dazu gehören, fuhr er in die vorgegebene Richtung und parkte vor dem Lieferanteneingang. Die Tür stand offen, denn jemand war dabei, eine Palette mit Milchprodukten abzuladen. Cool bleiben, sagte er sich, und ging ins Haus. Ein langer Gang führte ohne Abzweigung ins Innere und endete im Treppenhaus. Eine halbe Treppe weiter oben sah er eine Glastür.

Vorsichtig, sich immer wieder umschauend, schlich er hinauf, öffnete die Tür einen Spalt und vernahm laute und aufgeregte Stimmen: „Wer hat das zu verantworten?“, fragte jemand energisch. „Mindestens vier Wochen keinen Kontakt zur Außenwelt, hatte ich gesagt! Keine Besucher, keine Anrufe, und vor allem sollte sie das Haus nicht verlassen! Ihr hattet einen klaren Auftrag! Was war daran so schwierig? Sucht sie. Sofort, und kein Wort zu ihrem Vater. Wenn er anruft, schläft sie, ist das klar? Und nun los. Sie kann nicht weit sein, ohne Auto und in ihrem Zustand nach der Fehlgeburt. Und nochmals: Wenn Direktor Jannssen anruft, schläft sie; wir mussten ihr ein starkes Beruhigungsmittel geben.“

Direktor Jannssen? Es konnte sich also nur um Bella handeln. Bella war verschwunden? Vorsichtig ließ Jojo die Tür wieder ins Schloss fallen und schlich zurück durch die Kellerräume ins Freie. Also war er hier richtig. Was sollte das? Warum hatte der Alte seine Tochter hier hinbringen lassen? Es musste sich hier um eine Privatklinik handeln, so viel war sicher. Als er sich durch den riesigen gepflegten Park auf den Weg zu seinem Fahrzeug machte, sah er etwas abseits auf einer Bank eine Frau sitzen. Bella? Sie trug einen weißen Bademantel und beim Näherkommen stellte er fest, dass es sich um eine ältere, sehr gepflegte Dame handelte.

Vorsichtig ging er auf sie zu und sprach sie an: „Entschuldigen Sie bitte, ich habe mich verlaufen. Wo bin ich denn hier?“

Die Frau sah ihn überrascht an und deutete auf den freien Platz neben sich. „Schön, mal einen Menschen zu sehen, der nicht in Weiß gekleidet ist. Sie wohnen nicht hier?“, fragte sie mit leiser Stimme.

„Nein, ich habe einen Spaziergang gemacht und mich verlaufen, wo bin ich denn gelandet?“, log er.

„Ich weiß es auch nicht so genau, aber mein Mann sagte, dass es mir hier besser geht und ich solle mich ausruhen. Aber ich bin immer nur müde, immer nur müde.“

„Ist das eine Klinik?“

„Ja, eine Klinik, ich glaube, ja. Jedenfalls hat mein Mann gesagt, hier kann man mir helfen. Die Nerven, wissen Sie, die Nerven. Aber ich bin immer nur müde. Jetzt muss ich aber gehen, sonst sucht man mich noch. Bald gibt es Kaffee, den möchte ich nicht verpassen.“ Sie stand auf und ging mit unsicheren Schritten zum Haus zurück.

Eine Nervenklinik also und zwar eine ganz noble, dachte Jojo. Wie es aussah, hatte der Alte Henry damit beauftragt, Bella in diese Klinik zu bringen und sicher gegen ihren Willen. Aber warum? Wahrscheinlich war er ihm nur im falschen Moment begegnet … Aber warum sollte Henry Bella wegschaffen? War er der Grund?

Ihm war nun klar, dass die Äußerungen von Direktor Jannssen gestern Vormittag nicht nur Andeutungen waren, sondern eindeutig auf Wissen beruhten. Der Alte wusste von Bella und ihm, fiel es ihm wie Schuppen von den Augen. Wie lange schon? Deshalb musste sie weg. Und er? War es nur Zufall oder sollte er auch beseitigt werden? Sein altes Leben war endgültig vorbei, das war nun klar. Der Alte wusste Bescheid und sicher nun auch Heikes Vater und Heike damit auch. Aber egal, das war jetzt alles nicht mehr wichtig. Er musste Bella finden.

Wenn er das richtig verstanden hatte, war sie weggelaufen.

Aber wohin? Und wie? Wenn sie sich nicht mehr im Haus oder auf dem Gelände befand, musste sie eine Möglichkeit gefunden haben, bei irgendjemand mitzufahren. Hatte ein Besucher sie mitgenommen? Oder war sie vielleicht bei einem Lieferanten mitgefahren?

Plötzlich stutzte er. Was hatte der Kerl in der Klinik gesagt? Fehlgeburt? Das wurde ihm erst jetzt bewusst. Bella war schwanger? Schwanger gewesen. Hatte der Alte sie hier hinbringen lassen, um das Kind abzutreiben? Freiwillig hätte Bella das nie getan, sie hatte sich so sehr ein Kind gewünscht. „Und wenn du dich von Heike getrennt hast, sind wir eine richtige Familie“, hatte sie geträumt.

Das sollte der Alte ihm büßen!

MONTAGNACHMITTAG.
AUF DEM WEG NACH WILHELMSHAVEN

Nachdem in Wilhelmshaven erneut eine Meldung über einen Leichenfund in Wilhelmshaven eingegangen war, hatten Tomke, Carsten und Klein-Hajo sich sofort auf den Weg gemacht.

„Zurück im alten Revier – noch“, murmelte Tomke vor sich hin, als sie in Wilhelmshaven an den großen Baumärkten vorbei in die Peterstraße abbogen.

Sie hatte Carsten fahren lassen, und dieser drehte sich nun zu ihr um. „Altes Revier? Noch? Was soll das denn heißen? Was weißt du? Habe ich etwas verpasst?“

„Naja“, Tomke rutschte ein wenig auf ihrem Sitz hin und her und warf einen Blick auf Klein-Hajo, der auf der Rückbank saß, „wenn du schon fragst … Ich habe heute Morgen von unserem Chef erfahren, dass wir versetzt werden. Nur so viel: Es ändert sich nur unser Standort, wir bleiben zusammen und sitzen demnächst in Wittmund. Aber jetzt sind wir gleich da, lass uns später reden.“

Carsten, der in den letzten Wochen schon so einiges aufgeschnappt hatte, wollte widersprechen, ließ es dann aber sein, denn sie fuhren vor einer Villa am Stadtrand vor. Hier musste es sein, was an den Polizisten vor dem Haus zu erkennen war. Hajo Manninga, der Rechtsmediziner, war schon vor Ort. Ein uniformierter Kollege, den Tomke von anderen Fällen her schon kannte, lief neben ihnen her und informierte im Stenogramm-Stil: „Leiche männlich, erschlagen, Besitzer des Hauses, 65 Jahre", und fuhr dann etwas ausführlicher fort: „ Es handelt sich um den Direktor einer Immobilienbank hier in der Stadt. Es gibt keine Einbruchspuren. Entweder hat er den Täter gekannt oder dieser hatte einen Schlüssel. Die Tür zum Wintergarten ist geöffnet. Ob sie offen war oder der Mörder sie beim Verlassen des Hauses offengelassen hat, kann ich noch nicht sagen. Erster Eindruck: Er wurde von hinten erschlagen. Jetzt ist die Spusi dran."

Tomke klopfte ihm auf die Schulter. „Danke erst mal. Den Rest erfahren wir dann hoffentlich von Dr. Manninga. Gute Arbeit, Kollege. Ach so, wer hat denn den Toten gefunden?"

„Eine Streife, die auf den Notruf reagiert hat."

„Welchen Notruf? Wer hat den denn abgesetzt?"

„Keine Ahnung. Vielleicht der Tote? Ging jedenfalls von hier aus."

Tomke schüttelte ungläubig den Kopf. Als sie mit Carsten und Klein-Hajo auf die Leiche zuging, hob Manninga den Kopf und rief: „Kommt hier jetzt gleich eine ganze Armee angerauscht und zertrampelt mir die Spuren?" Meiners von der Spurensicherung verdrehte die Augen und winkte ab. Manninga war für seine ruppige Art an den Tatorten bekannt.

Tomke ging um den Schreibtisch herum und fragte: „Was ist hier passiert?"

Manninga schob seine Brille zurecht, deutete auf den kahlen Schädel des Toten und meinte: „Ich vermute, er wurde mit einem

Hammer oder einem ähnlichen Gegenstand mit quadratischer Fläche erschlagen. Der Tod ist vor nicht einmal zwei Stunden eingetreten, also plus/minus 15 Uhr. Mehr morgen nach der …"

„Nach der Obduktion, Hajo, ich weiß. Trotzdem noch eine Frage: Hast du irgendwelche Fremdspuren gefunden, ich meine, so auf den ersten Blick?"

„Nein!", kam die knappe Auskunft.

„Kann es sein, dass der Tote noch in der Lage war, einen Notruf abzusetzen?", fragte Tomke vorsichtig.

Prompt kam die trockene Antwort: „Nein, der Tote sicher nicht, aber vielleicht der Schwerverletzte, jetzt Tote, kann sein. Ob er sofort tot war, kann ich dir nach der Obduktion sagen."

Was frage ich auch so blöd, dachte Tomke. Meiners von der Spusi kam auf sie zu: „Auch bei uns bisher nichts von Bedeutung. Keine Einbruchspuren, kein Fremdmaterial und von der Mordwaffe auch keine Spur. Wenn wir etwas finden, melden wir uns sofort."

„Danke, Meiners, ich weiß." Tomke schaute sich im Raum um. Der Schreibtisch, hinter dem der Tote saß, stand vor einer großen Fensterfront, die den Blick auf einen imposanten Garten im japanischen Stil freigab und in einen Wintergarten überging. Über die Terrasse war der Mörder sicher nicht gekommen, das hätte das Opfer bemerkt. Also musste er vom Wohnraum her gekommen sein oder er war Jannssen bekannt gewesen, überlegte sie. Der ganze Raum und sicher auch die anderen Zimmer waren nur mit – schon auf den ersten Blick – sündhaft teuren Möbeln ausgestattet. Nobel, dachte Tomke, hier hatte jemand aber richtig Kohle. Direktor einer Immobilienbank, hatte der Kollege bemerkt, als sie ankamen. Na dann, kein Wunder.

Carsten kam auf sie zu und zog sie zur Seite. „Also, um unseren Vermissten de Vries handelt es sich hier nicht, das ist klar.

Aber hat seine Frau nicht gesagt, dass er bei einer Immobilienbank arbeitet? Zufall?"

„Kein Zufall", schaltete sich Klein-Hajo ein. „Jojo de Vries war ein Mitarbeiter dieses Herrn." Er deutete auf den Toten.

„Woher weißt du das denn so schnell?", fragte Carsten erstaunt.

„Recherche, einfach nur Recherche, Kollegen", grinste Hajo und steckte sein Smartphone weg.

Tomke fuhr sich über die Stirn. „Okay, dann haben wir diesen Zusammenhang, was aber noch nichts heißen muss. Allerdings haben wir noch keine Verbindung zu unserer Leiche vom Strand."

„Vermutest du da etwa eine?" Carsten war skeptisch.

Tomke zuckte mit den Schultern und wandte sich an den jungen Kollegen. „Hajo, ich will alles wissen über diesen Herrn hier. Familie, Frau, Kinder, Beruf, Vorlieben, Schwächen. Alles, sage ich, und über den vermissten de Vries auch. Welche Zusammenhänge gibt es noch, außer den beruflichen? Wir müssen Verbindungen finden, Parallelen. Vielleicht führt uns das dann auch zu der Leiche vom Strand. Ich klammere mich gerade an jeden Strohhalm, wir haben ja sonst nix. Zwei Tote und einen Vermissten im Raum Wilhelmshaven. Mein Bauchgefühl sagt mir, da gibt es einen Zusammenhang. Ach so, noch etwas, Hajo: Erkundige dich gleich mal, ob das Bild des Toten vom Strand schon veröffentlicht wurde und ob es Neuigkeiten von diesem Jojo de Vries gibt. Nimm das Auto, fahr zurück und mach dich sofort an die Arbeit. Wir lassen uns später von den Kollegen nach Wittmund bringen. Ich hoffe, du konntest schon etwas finden, bis wir kommen. Ich glaube, heute wird es spät. Wir bringen Pizza mit."

Klein-Hajo nickte, nahm den Autoschlüssel und machte sich auf den Weg zum Fahrzeug. Sein Kopf rauchte, da würde wohl einiges an Recherchearbeit auf ihn zukommen. Zwei Tote und ein Vermisster, das war ganz schön heftig. Plötzlich stutzte er. De Vries, dieser Name sagte ihm doch etwas. Gab es nicht auf dem Revier in Wittmund einen Kollegen mit diesem Namen? Klar, fiel ihm dann wieder ein, Thorsten, Thorsten de Vries. Sie waren doch zusammen beim letzten Schießtraining. Was für ein Zufall, wenn das ein Verwandter wäre. Er nahm sein Handy und wählte die Nummer des Reviers.

Mist. Thorsten de Vries hatte Urlaub, aber der Kollege in der Zentrale wusste seine Privatnummer. Hajo wählte. Nein, meinte Thorsten, er wisse nicht, wo sein Bruder sei, und davon, dass er vermisst wurde, wisse er auch nichts. Seit der mit Heike, dieser eingebildeten Kuh, verheiratet war, hätten sie so gut wie keinen Kontakt mehr. „Aber frag doch mal meine Mutter, die weiß sicher mehr. Oder er ist in dem kleinen Haus, das er von unserer Tante geerbt hat."

„Welches Haus? Davon wissen wir ja gar nichts. Seine Frau hat davon nix erzählt."

„Kein Wunder, das alte Haus ist ihr sicher zu popelig. Damit gibt sie sich nicht ab. Sie hat das Haus von außen gesehen und sich geweigert, es jemals zu betreten. Ich glaube, Jojo benutzt es als Rückzugsort, wenn sie ihm mal wieder auf den Geist geht. Es ist am Mittelweg. Warte, ich suche dir die genaue Adresse raus."

Hajo fuhr zufrieden nach Wittmund, schließlich hatte er den ersten Informationsvorsprung vor seinen Chefs.

Inzwischen war eine Stunde vergangen. Tomke und Carsten hatten genug gesehen. Weder die Kollegen von der Spurensicherung noch Hajo Manninga konnten ihnen weitere Informationen geben; sie hatten die Auswertungen und die Untersuchung der Leiche abzuwarten. Die Überwachungskamera vor dem Haus und die Bewegungsmelder rund um das Haus waren ausgeschaltet - sicher weil der Hausherr anwesend war. Tomke konnte es nicht fassen: Da hatten die schon all dieses Zeug und schalteten es nicht ein ...

Zwei Kollegen von der Streife waren damit befasst, die Nachbarn zu befragen. Wer hatte etwas gesehen oder gehört? Wem war etwas aufgefallen in diesem ruhigen Wohngebiet? Als Tomke und Carsten die Villa verließen, kamen die beiden zurück und schüttelten die Köpfe. „Nichts“, meinte der eine resignierend, „diese alten Villen hier stehen so weit auseinander, da sieht und hört keiner etwas von seinem Nachbarn. Wenn man betrachtet wie hoch die Hecken, Bäume und Büsche gewachsen sind, wundert mich das auch nicht. Manche Häuser sind auch gar nicht bewohnt.“ Er deutete auf das Nachbargrundstück der Jannssenschen Villa.

Tomke sah sich um. „Okay, vielen Dank. Haltet aber weiter die Augen offen, vielleicht trefft ihr ja doch noch auf jemanden, der etwas bemerkt hat. Lass uns fahren, Carsten. Ich will mal fragen, welcher Kollege uns nach Wittmund bringen kann. Allerdings sollten wir einen Abstecher über meine Wohnung machen. Ich bin klamottenmäßig nur für eine Woche eingerichtet, obwohl ich mir vorstellen kann, dass meine Sachen gewaschen und gebügelt auf meinem Bett liegen. Oma und Tant‘ Fienchen hatten schließlich Waschtag. Trotzdem, ich brauch noch ein paar Sachen. Außerdem muss ich meine Blumen gießen.“

Der junge Wilhelmshavener Polizist, der seinen Kollegen bei der Befragung der Nachbarschaft begleitet hatte, bot Tomke und Carsten an, sie nach Wittmund zu fahren. Er war begeistert. Er war erst seit kurzem bei der Truppe. Die Abwechslung von der Routinearbeit, zwei Kriminaler durch die Gegend zu fahren, fand er toll. Ein Abstecher zu Tomkes Wohnung? Kein Problem. Carsten, so erfuhr Tomke, hatte den größten Teil seiner Sachen schon bei Michaela, und Blumen, die versorgt werden mussten, besaß er nicht. Während der Fahrt erfuhren sie von dem jungen Kollegen, dass die alarmierte Streife – und er war dabei gewesen – nach Eingang des Notrufes sofort zur Villa gefahren sei. Als auf das Klingeln niemand geöffnet habe, habe man das Grundstück abgeschritten und dabei die offene Wintergartentür und daraufhin dann auch die Leiche entdeckt.

Als sie auf dem Revier in Wittmund ankamen, strahlte Klein-Hajo. Er war einen großen Schritt weitergekommen. Die Aufzeichnungen vom Nachmittag auf der Fensterscheibe hatte er ergänzt durch weitere Fakten: Jan Jannssen, 65 Jahre, verwitwet, eine Tochter, Direktor der Tourist-Immo-Invest-Bank. – Jojo de Vries ist weiterhin nicht aufzufinden, arbeitet bei dieser Tourist-Immo-Invest-Bank. Er besitzt ein Haus im Mittelweg, nicht vermietet! Name des Toten am Strand: Henry van Hook, 36 Jahre, ledig, vorbestraft.

Tomke und Carsten lasen und nickten anerkennend. „Saubere Arbeit, kann ich nur sagen. Wie hast du das denn so schnell erfahren?“, erkundigte sich Tomke.

Hajo wies auf den Computer, nahm einen dünnen Zeigestock zur Hand und ergänzte: „Das sind nur Stichpunkte, ich kann das Ganze noch ausführen. Also: Dieser Direktor Jannssen, unsere zweite Leiche, war ein hohes Tier in der Gegend hier. Er hat schon viele umstrittene Immobilienprojekte finanziert und durchgesetzt. Bekannt und berüchtigt ist, nein, war er als rücksichtsloser ‚Entmieter‘. Wenn der ein Projekt durchsetzen wollte, ging er über Leichen, heißt es. Er soll sehr skrupellose Mitarbeiter und einen brutalen Helfershelfer für die Drecksarbeit gehabt haben. Jannssen war verwitwet; er hat eine Tochter, Bella Jannssen, 28 Jahre alt, nicht verheiratet und ebenfalls wohnhaft in Wilhelmshaven. Studiert wohl Kunstgeschichte. Unsere Leiche vom Strand, Henry van Hook, arbeitete bis vor einigen Jahren auf der Werft in Papenburg. Vorbestraft wegen schwerer Körperverletzung, Möchtegern-Bodyguard, Kampfsportler. Und jetzt kommt es: Sein letzter Arbeitsplatz war die Tourist-Immo-Invest-Bank. Dort arbeitete er als Facility Manager, neudeutsch für Hausmeister. Dass ich nicht lache! Ich glaube eher, er hat die Drecksarbeit für den sauberen Herrn Jannssen geleistet. Vielleicht war er ja der brutale Helfershelfer. Wir wissen jetzt zwar, wer er ist, aber die Meldung an die Presse ist trotzdem rausgegangen. Vielleicht erfahren wir ja so mehr über ihn. Und außerdem haben wir hier nun unseren Zusammenhang."

Tomke unterbrach ihn: „Wie bist du auf ihn gekommen?"

„Dr. Manninga hat seine Identität über den Zahnstatus herausgefunden. Die Nachricht hatte ich im Computer, als ich hier ankam. Ich habe euch das alles auch noch ausgedruckt, Unterlagen liegen auf dem Schreibtisch. Aber es geht noch weiter. Ein Kollege hier aus dem Revier ist der Bruder von Jojo de Vries, und der hat mir von einem kleinen Haus in Carolinensiel erzählt, das diesem Jojo gehören soll. Er weiß nichts davon, dass sein Bruder vermisst wird und vermutet, dass er sich vor seiner nervigen Ehefrau vielleicht dorthin zurückgezogen haben könnte. Also, Zusammenhänge gibt es viele und ein weiterer ist", er machte eine kurze Pause und genoss die Spannung im Raum, „dass sich die Herren Jannssen und Hoffmann, also der schwerreiche Vater dieser Heike Hoffmann-de Vries, kannten. Ich habe nämlich im Internet Bilder gefunden, auf denen sie gemeinsam zu sehen sind", verkündete er stolz und schaute in die Runde.

Tomke war sprachlos. Plötzlich fiel ihr ein: „Carsten, wir haben die Pizza vergessen!" Sie ging zum Telefon und rief beim „Hausitaliener" an.

Carsten klopfte Klein-Hajo auf die Schulter. „Du hast wirklich gute Arbeit geleistet, und wir sind in kürzester Zeit ein großes Stück vorangekommen. Lasst uns doch gleich mal zu diesem

Haus in Carolinensiel fahren und nachschauen, ob der de Vries dort ist."

„Braucht ihr nicht. Ich hab schon zwei Kollegen hingeschickt. Sie wollten sich gleich melden."

Wie auf Bestellung klingelte das Telefon, und er bekam die Rückmeldung, dass das Haus im Mittelweg dunkel und anscheinend keiner anwesend sei. Man habe geklingelt und geklopft. „Bleibt noch eine halbe Stunde dort, vielleicht kommt ja noch jemand", wies er die Kollegen an und legte auf. „Nix, niemand da."

„Wir werden morgen mal hinfahren. Zur Not brechen wir die Tür auf. Warum hat uns seine Frau denn nichts von diesem Haus erzählt? So richtig ernst scheint es ihr mit der Vermisstenmeldung wohl nicht zu sein. Warten wir noch ab bis morgen, dann sehen wir weiter."

Tomke saß, vertieft in die Papiere und Fotos, die Hajo ihnen ausgedruckt hatte und reichte Blatt für Blatt an Carsten weiter. Nun waren sie alle drei auf dem gleichen Stand. Pietro hatte drei Pizzen gebracht und für die, wie er meinte, fleißigen Polizisten eine Flasche Vino rosso. Jeder von ihnen trank nur ein Glas; sie waren alle müde und wollten eigentlich nur noch ins Bett. „Wir machen morgen weiter", bestimmte Tomke mit einem Blick auf die Uhr. Das hat heute keinen Zweck mehr. Morgen ist auch noch ein Tag."

Tomke fuhr Richtung Carolinensiel, müde und doch in Gedanken immer noch bei dem Fall. Carsten war, wie so oft, auf dem Beifahrersitz eingeschlafen. Sie weckte ihn erst, als sie vor dem kleinen Haus vorfuhren, in dem Michaela, deren kleine Tochter Marie und nun auch Carsten zur Miete wohnten. Er stieg aus, warf einen Blick auf das Haus und brummte: „Jetzt schläft Marie sicher schon; da bekomme ich morgen früh wieder was zu hören."

„Ich fahre morgen früh Oma zum Frisör und hole dich kurz nach acht Uhr ab. Grüß bitte Michaela und Marie von mir."

Als Tomke bei ihren Lieben in der Bahnhofstraße ankam, lag das Haus im Dunkeln. Oma und Tant' Fienchen schliefen schon. Gut so, dachte sie, zum Reden war ihr jetzt nicht zumute.

DIENSTAG

Am nächsten Morgen hörte Tomke unten in der Küche laute Stimmen. Oma und Tant' Fienchen waren in ein hitziges Wortgefecht verwickelt. „Da kannst du schnacken so viel du willst, ich gehe hin! Die Deern fährt mich gleich nach dem Frühstück."

Aha, Fienchen hielt Oma wohl wieder Verschwendung vor. Alle drei Monate zur Dauerwelle, dat geiht nich, dat is to dür, wie sie meinte. Oma war schon sparsam, aber Fienchen war regelrecht geizig. Vor allem, wenn es um solche Sachen ging.

Nach dem Frühstück half Tomke ihrer Oma ins Auto, denn der Fuß wollte einfach nicht besser werden. „Oma, damit musst du unbedingt nochmal zum Arzt." „Nix", wiegelte diese ab, „ich gehe nächste Woche zum Knochenbrecher, ist schon ausgemacht. Außerdem ist es nur morgens so schlimm, bis ich in die Gänge komme. Dat geiht al."

Sie hielten vor Harrys Friseurladen an, wo Oma schon vom Chef erwartet und begrüßt wurde. Tomke winkte Harry zu und fuhr direkt weiter zu Carsten. Michaela und Marie waren gerade dabei, das Haus zu verlassen. Marie musste zur Schule - sie war nach den Ferien in die zweite Klasse gekommen - und Michaela zur Arbeit. Endlich, hatte ihr Carsten vor einigen Monaten erzählt, machte Michaela ihre Arbeit im Pflegeheim wieder Spaß. Nach Aufklärung der beiden Morde im vergangenen Jahr hatte sich dort alles zum Besseren geändert. Carsten öffnete die Autotür und meinte: „Wir fahren Marie heute mal zur Schule. Liegt ja fast auf dem Weg, wenn wir zum Mittelweg wollen."

„Moin, Marie", begrüßte Tomke das Mädchen. „Hast du denn schon ausgeschlafen?"

„Na klar, Tante Tomke, ich gehe doch gerne zur Schule."

Die Kleine war ein Sonnenschein, wie Tomke immer wieder feststellte, Carsten hatte mit ihr und mit ihrer Mutter das große Los gezogen. Nachdem sie Marie vor dem Schulgebäude abgesetzt hatten, fuhren sie weiter in den Mittelweg, der wirklich fast um die Ecke lag. Marie hatte sich noch einmal umgedreht und etwas gerufen, Tomke hörte gerade noch: „Aber nicht wieder erst, wenn ich schlafe!" Und sie sah, dass die Kleine ihren Zeigefinger in die Luft streckte. Sie musste lächeln.

Das kleine Haus, von dem Hajo gesprochen hatte, lag am Ende der Straße und wirkte unbewohnt. Sie stiegen aus und klingelten, aber niemand öffnete. Die Türen waren verschlossen, die Fenster ebenfalls. „Ob wir die Tür aufbrechen sollten?", fragte Tomke mit einem Seitenblick auf Carsten. „Vielleicht liegt er da drinnen und ist tot oder krank oder verletzt. Schließlich hat seine Ehefrau eine Vermisstenmeldung aufgegeben. Wir müssen handeln."

Bevor Carsten antworten konnte, hatte Tomke das Schloss geknackt und trat ein. Carsten schüttelte den Kopf und schob Tomke zur Seite. „Puh, hier riecht es aber nicht gut, müsste mal gelüftet werden."

Sie schauten flüchtig in jedes Zimmer. Es gab nur ein Schlafzimmer, eine Kammer, eine Küche, ein kleines Bad und die Stube. Der komplette Fußboden bestand aus Holzdielen. Vom Flur aus ging eine steile Treppe nach oben auf einen leeren niedrigen Dachboden. Tomke und Carsten stellten fest, dass jemand im Haus gewesen sein musste. Auf der Spüle lag ein benutzter Teebeutel, kalt, aber nass, das Bett war ungemacht. Im Bad gab es

Toilettenartikel und im Mülleimer fanden sich Essensreste.

„Eindeutig bewohnt, zeitweise zumindest“, resümierte Carsten. „Ich gehe einfach mal davon aus, dass Jojo de Vries hier war, also lebt er.“ Es war weiter nichts zu finden, und so entschlossen sie sich zu gehen. Tomke legte ihre Karte auf den Tisch in der Küche und schrieb darauf: „Bitte dringend anrufen“. Die Stubentür war bis zum Anschlag geöffnet. Im Vorbeigehen zog Tomke am Griff, um sie zu schließen, aber sie bewegte sich nicht. Tomke zog etwas fester. Klemmt wohl an den Holzdielen, dachte sie; wie das so ist in diesen alten Häusern. Carsten war schon vor dem Haus, und Tomke wollte gerade die Tür ins Schloss ziehen, als sie es sich anders überlegte. Sie drehte sich um und ging nochmal in Richtung Stube. Dieser Geruch, fragte sie sich, wo kommt nur dieser Geruch her?

Warum sie hinter die Stubentür schaute, konnte sie nachher nicht erklären. „Gut, dass ich es getan habe“, meinte sie später auf dem Revier, „sonst hätten wir die Leiche erst als Mumie gefunden.“

Sie versahen das Haus mit dem Polizeisiegel und fuhren zurück zum Revier; Spurensicherung und Hajo Manninga sollten als erste ihre Arbeit tun.

„Dann ist dieser Jojo doch tot, und auch das kann nur im Zusammenhang mit dieser Tourist-Immo-Invest-Bank stehen. Das ist doch kein Zufall mehr.“

„Ja, wenn wir davon ausgehen, dass es sich bei dem Toten um de Vries handelt. Aber wer sollte es sonst sein?“

Sie besprachen die ihnen inzwischen bekannten Fakten und wollten sich nun auf den Weg nach Harlesiel zu Heike Hoffmann-de Vries machen, um ihr die Todesnachricht zu bringen. Carsten hatte mit seinem Handy ein Foto der Leiche gemacht, welches sie der Ehefrau zeigen wollten, damit sie ihren Ehemann vorab identifizieren konnte.

Carsten nahm wieder einmal wie selbstverständlich den Autoschlüssel. Als sie von dem alten, windschiefen Haus losfuhren, griff Tomke ihr Handy und tippte die Nummer von Harrys Frisörladen ein. Ihr war eingefallen, dass Oma nun so langsam fertig sein musste. Knapp drei Stunden für eine Dauerwelle sollten genügen, dachte sie. Als sich Harry meldete und meinte, Jettchen sehe nun wieder aus wie „'ne junge Deern", ließ sie ausrichten, dass sie Oma gleich abholen würde. Harry meinte nur: „Bring mal 'n Buddel Schluck för dien Oma mit, en Lütten kann se woll verdragen." Tomke drückte das Gespräch weg und meinte kopfschüttelnd zu Carsten, der gerade den Kreisel hinter Wittmund passiert hatte: „Was war denn das? Harry sagte gerade, ich solle für Oma eine Buddel Schluck mitbringen, geht's noch? Muss ich das verstehen?"

Carsten schaute zu ihr rüber und meinte nur trocken: „Wie ich deine Oma kenne, hat sie wieder etwas ausgeheckt oder vielleicht eine Wette verloren. Ich bin gespannt. Lass dich überrrrrraschen", sang er. Tomke nahm es nicht so locker. Oma wieder …, dachte sie.

DIENSTAG KURZ NACH ELF UHR

Als sie vor dem Salon vorfuhren, stand Harry schon in der Tür und verabschiedete Oma. Es schien, als würde er beruhigend auf sie einreden, aber Oma winkte nur ab und humpelte auf Tomke und Carsten zu. Ihr Gesicht sprach Bände. Tomke sah sofort, dass etwas Dramatisches passiert sein musste. Sie stieg aus, hielt ihr die Tür auf und ließ sie einsteigen.

„Oma, was ist?"

„Steig ein, Kind, und fahren Sie schon los, Herr Carsten", kommandierte sie. Und ohne sich anzuschnallen, jammerte sie los: „Ne, wat is dat pienelk, wat mi dor passeert is. Ich kann nie mehr aus dem Haus gehen und zum Frisör schon gar nicht."

Carsten hatte einen Parkplatz direkt vor dem Frisörsalon bekommen, stellte den Motor ab und drehte sich zu Oma um.

„Oma", versuchte Tomke sie zu beruhigen, „mach mal sachte. Was ist denn passiert? So schlimm kann es doch gar nicht sein."

„Hast du eine Ahnung, Kind. Ach, das kann ich niemandem erzählen und wenn der Herr Carsten dabei ist, erst recht nicht. Das ist zu peinlich."

„Liebe Oma Jettchen, wenn Sie wollen, schalte ich meine Ohren ab. Aber wissen Sie, das muss gar nicht sein. Schließlich bin ich Beamter und darf nichts weitererzählen. Und noch etwas: Sagen Sie nicht mehr Herr Carsten, ich bin Carsten und fertig. Wenn Sie mich duzen, fällt es Ihnen sicher leichter. Also, dann mal los, was ist passiert?"

Mit einem Seitenblick auf Tomke nickte Oma und meinte: „Dann machen wir das also jetzt mit dem Du. Ich bin Jettchen oder einfach Oma." Und zu Tomke gewandt: „Kind, wenn ich euch erzähle, was mir passiert ist, lieferst du mich ein, da bin ich mir sicher."

„Jetzt rede nicht drum herum, raus mit der Sprache: Was ist passiert?"

Carsten konnte Oma im Rückspiegel beobachten und musste innerlich lachen. Trotz ihrer 87 Jahre hatte Oma noch immer etwas Spitzbübisches und sie sah aus, als hätte sie etwas angestellt.

„Also gut, Kinners, aber lacht nicht und erzählt es bloß nicht meiner Schwester. Das reibt sie mir sonst den Rest unseres Lebens unter die Nase." Oma atmete noch einmal tief durch und stieß hervor: „Als ich bei Harry vor dem Spiegel saß, sagte seine Frau zu mir, ich solle vor dem Haarewaschen doch besser mein Hörgerät herausnehmen. Und was mache ich? Ich nehme meine Dritten heraus und lege sie auf die Spiegelablage. Ne, ist das peinlich, ich wäre am liebsten im Erdboden versunken."

Tomke drehte sich langsam zu Carsten um, der krampfhaft versuchte, sich das Lachen zu verkneifen. „Oma, du hast was???"

Nun konnte Carsten nicht mehr an sich halten und prustete los, und auch Tomke bekam einen Lachanfall. „Du hast dein Gebiss …, ne, is dat moi!"

„Dat is neet moi, Kind, das ist schrecklich peinlich und bestimmt eine Geschichte für ‚Elk un Een'. Glaube mir, im Februar bin ich reif. Die olle Minsen hat auf dem Stuhl neben mir gesessen und alles mitbekommen. Und die schreibt doch die Sketche für ‚Elk un Een'. Ne, ist das peinlich!"

„Ja, tut mir leid, Oma, aber da musst du jetzt durch", lachte Tomke.

Carsten, der sich inzwischen beruhigt hatte, legte den Gang ein und fuhr los. „Was, bitteschön, ist ‚Elk und Een'?" wollte er wissen.

„Das ist eine Veranstaltung im Februar hier im Ort, ähnlich wie im Rest des Landes eine Faschingsveranstaltung. Musst einfach mal hingehen mit deiner Michaela." Tomke drehte sich zu Oma um: „Und wie ist es weitergegangen?"

„Na, ich hab's wieder reingetan, was sollte ich denn machen?", meinte Oma trocken. Inzwischen hatte sie sich beruhigt und konnte selbst ein wenig über die Geschichte lachen. „Dass mir keiner etwas zu Fienchen sagt", drohte sie mit erhobenem Zeigefinger, als Carsten die Deichauffahrt hoch fuhr. Oma stieg aus und humpelte mit ihrem lädierten Fuß ins Haus. Tomke und Carsten mussten gleich weiter, was Oma sehr recht war.

Kurz darauf parkten sie vor dem luxuriösen Haus in Harlesiel. Heike Hoffmann-de Vries stand schon in der breiten Haustür und erwartete sie. Tomke hatte von unterwegs angerufen und sie darüber informiert, dass sich etwas ergeben habe und sie mit ihr sprechen müssten. „Noch einmal eine Ewigkeit vor dem verschlossenen Angebertor stehen und warten, bis Madame sich bequemt, will ich nicht“, hatte sie zu Carsten gemeint.

Heike de Vries bat sie ins Haus und Tomke fragte: „Warum haben Sie uns eigentlich nichts von dem Haus Ihres Mannes am Mittelweg erzählt, Frau de Vries?“

Diese zog die Augenbrauen hoch und sagte spitz: „Hoffmann-de Vries, bitte.“

Wollte sie nur Zeit gewinnen oder war sie tatsächlich so arrogant, fragte sich Tomke. Sie warf ihr einen fragenden Blick zu und wiederholte: „Also, nochmal, was wissen Sie von dem Haus und warum haben Sie uns nichts davon erzählt?“

Die de Vries ließ sich im Wohnzimmer in einen übergroßen Sessel fallen und zog abermals die Augenbrauen hoch. „Weil das kein Haus, sondern eine Zumutung ist. Diese Bude kann man doch wirklich nicht als Haus bezeichnen. Mein Vater sagt immer: ‚Abreißen, diese alten Herbergen, alle abreißen und etwas Anständiges bauen‘, und Recht hat er. Ich habe diese Bruchbude nur einmal von außen gesehen - das hat mir schon gereicht - und sie natürlich niemals betreten. Wer bin ich denn? Ganz stolz hat mein Mann sie mir zeigen wollen und ich habe einen heftigen Lachkrampf bekommen.“ Sie lehnte sich zurück, schaute die beiden Ermittler an, denen sie noch immer keinen Platz angeboten hatte, und fragte: „Ist er etwa dort? Warum denn das? Schauen Sie sich um.“ Sie machte eine weit ausholende Armbewegung. „Hier kann man leben. Das nenne ich Stil. Wer will denn in einem windschiefen Museum leben?“

Du blöde Tante, dachte Tomke, nahm Carstens Handy und hielt ihr das Foto des Erhängten unter die Nase.

Mit einem spitzen Schrei, und als hätte man ihr glühende Kohlen unter den Hintern geschoben, sprang sie auf und hielt sich die Hände vor die Augen.

„Ist das Ihr Mann, Frau Hoffmann-de Vries?“, fragte Tomke betont langsam, ohne das Bild wegzunehmen.

„Nein, nein, um Gottes willen, nein. Wie können Sie so brutal sein? Das ist ja fürchterlich! Nein, das ist nicht mein Mann!“ Sie drehte ihr Gesicht zur Seite.

„Aber Sie kennen den Toten?“ Tomke ließ nicht locker.

Nun war Heike Hoffman-de Vries in Erklärungsnot. Sollte, konnte sie zugeben, Bernd zu kennen? Und wenn ja, dann wie und woher? Natürlich, er war ja ein Kollege Jojos. Das war‘s, mehr musste sie nicht zugeben. Sie strich sich durch das Gesicht, streckte sich ein wenig und drehte sich um. Ihre Miene hatte wieder diese grenzenlose Überheblichkeit und Arroganz angenommen. „Das war jetzt ein Schock für mich. Natürlich kenne ich den Mann, auch wenn ich ihn bisher nur mit offenen Augen gesehen habe. Das ist Bernd, ich meine, Bernd Köhler, ein Kollege meines Mannes bei der Immo-Invest. Meine Güte, was ist denn mit ihm passiert?“ Heike Hoffmann-de Vries hatte sich wieder ganz im Griff und war sehr überzeugend.

Carsten und Tomke schauten sich überrascht an. „Das ist nicht Ihr Mann?“, riefen beide wie aus einem Munde.

„Nein, natürlich nicht, was hat das denn mit meinem Mann und seinem komischen Haus zu tun?“

Sie ignorierten die Frage. „Sagen Sie, kennen Sie einen …“ Carsten holte noch einmal sein Handy heraus und suchte in den Fotoalben nach dem Bild der Wasserleiche. Als er es gefunden hatte, hielt er es Heike Hoffmann-de Vries hin. „…Henry van Hook?“

In ihrem Kopf drehte es sich. Henry? Das durfte sie nicht zugeben. Sie schaute noch einmal auf das Bild, welches man ihr zuvor schon einmal gezeigt, das sie an dem Tag allerdings nicht richtig angeschaut hatte. Henry war tot? Wieso denn das? Na, wenigstens hatte er noch seinen Auftrag erledigt und Bernd entsorgt. Aber wieso ausgerechnet in Jojos Haus? Wieder versuchte sie, Zeit zu gewinnen, indem sie die Geschockte spielte. „Nein, was Sie mir da zumuten, ist wirklich unerträglich. Warum muss ich mir nun auch noch dieses Bild ansehen?“

„Frau de Vries, was soll das?“, schaltete sich nun auch Tomke ein. „Dieses Bild haben wir Ihnen bereits gezeigt, als es darum ging, eventuell Ihren Mann zu identifizieren. Sie tun jetzt so, als hätten Sie es zum ersten Mal gesehen.“

„Ja, glauben Sie denn, ich schaue da so genau hin? Machen Sie Ihre Arbeit und erschrecken Sie mich nicht mit solchen Sachen. Weder der eine noch der andere ist mein Mann, und nein, diesen fast unerkennbaren Herrn kenne ich nicht. Und nun gehen Sie bitte, es reicht. Sonst muss ich leider meinen Vater über Ihre unmöglichen Ermittlungsmethoden informieren, und das wird Folgen für Sie haben, das kann ich Ihnen versprechen. Und noch einmal, ich bin eine Hoffmann, merken Sie sich das.“

Tomke reichte es jetzt. So nicht. Diese dumme Pute hatte sie nun an einer ganz empfindlichen Stelle getroffen. Sie bedeutete Carsten mit den Augen, er solle schon gehen und er verstand sofort. Tomke wieder, dachte er. Aber soll sie nur. Tomke hatte da so ihre Methoden und die waren oft erfolgreich.

Heike Hoffmann-de Vries schaute überrascht, als Carsten das Haus verließ, Tomke sich aber nicht von der Stelle rührte. Sie blickte sie irritiert an.

„Das verwöhnte Töchterlein will uns drohen? Mit dem Herrn Papa drohen? Nun, das würde ich mir aber sehr gut überlegen. Alle deine großen und kleinen Fehltritte, von denen du nun nichts mehr wissen willst, sind hier gespeichert.“ Tomke tippte sich mit dem Finger gegen die Stirn. „Unfall mit Todesfolge nach Alkoholfahrt, Drogenpartys, weißes Puder in der Nase bei einer Verkehrskontrolle, Diebstähle in der teuersten Parfümerie des Landes, soll ich noch mehr aufzählen? Jugendsünden, willst du sagen?“ Tomke ließ keinen Einwand zu und sprach weiter. „Mag sein, dass das Jugendsünden waren und der Herr Papa dabei immer seine Beziehungen spielen lassen hat. Aber jetzt geht das nicht mehr, ich verspreche es. Wenn du arrogante Kuh versuchst, uns bei unseren Ermittlungen Knüppel zwischen die Beine zu werfen, werden ein paar dieser Jugendsünden", Tomke sprach das Wort betont langsam aus und war ganz nah an sie heran getreten, „öffentlich werden. Ganz zufällig liegen auf meinem Schreibtisch einige Akten, auf denen der Name Heike Hoffmann steht. Weißt du, manchmal passiert so etwas. Sollte zwar nicht, aber kann passieren. Dann ist es vorbei mit der soliden Fassade, die du dir in den letzten Jahren aufgebaut hast. Vorbei mit den elitären Gesellschaften, teuren Clubmitgliedschaften und Wohltätigkeitsorganisationen. Die Herrschaften lassen dich sofort fallen wie eine heiße Kartoffel. Und der Herr Papa kann dann auch nicht mehr helfen, im Gegenteil, der wird sogar ganz böse werden!"

Tomke trat einen Schritt zurück. „Und nun, Frau Hoffmann-de Vries, wünsche ich Ihnen einen schönen Tag und grüßen Sie den Herrn Papa von mir. Sollten wir etwas Neues über Ihren Gatten erfahren, melden wir uns."

Tomke verließ, ohne sich nochmal umzudrehen, das Haus. Ihr Puls war auf gefühlten 220, aber das eben musste sein. Was bildete sich dieses eingebildete Weib nur ein? Als sie zu Carsten ins Auto stieg, meinte dieser nur: „Musst mir nichts sagen. Ich sehe es dir an. Ich hoffe nur, es hat auch etwas gebracht. Ich fahre jetzt zur Immo-Invest nach Wilhelmshaven und du kommst erst einmal herunter. Das alles kann kein Zufall sein. Ich habe mich in der Zwischenzeit erkundigt: Dieser Bernd Köhler war dort genauso als Immobilienkaufmann tätig wie der vermisste Jojo de Vries. Wir haben drei Leichen und einen Vermissten, alle haben etwas miteinander zu tun. Zuerst finden wir eine Leiche, die sich als Handlanger einer zweiten Leiche und dann noch eine, die ebenfalls ..."

Tomke unterbrach ihn. „Lass uns vorher etwas essen gehen. Mir ist schlecht und da brauche ich etwas im Magen."

„Du bist ein Rätsel für mich. Wenn mir schlecht ist, kann ich nichts essen, eher das Gegenteil. Aber gut. Wo wollen gnädige Frau denn speisen? Bei Oma und Tant' Fienchen?", fragte er kopfschüttelnd.

„Nein, nein, da will ich jetzt nicht mal Mäuschen spielen. Oma hat bestimmt von ihrer Schande erzählt. Lange kann sie so etwas nicht für sich behalten, und Fienchen wird ihr nun tüchtig den Kopf waschen."

„Na, hoffentlich nicht", lachte Carsten, „dann ist die teure Dauerwelle im Eimer."

Tomke musste nun auch laut lachen, und das war sehr befreiend, denn sie stand nach dem Gespräch mit Heike Hoffmann-de Vries doch stark unter Spannung. „Lass uns zu Esther fahren. Ich habe Lust auf Ofenkartoffel mit Matjes und Lachs."

„Okay, wenn du mir noch sagst, wer Esther ist."

„Ach so. Ich meine ‚Zum Postbüdel'. Und sag du nicht wieder Postbüttel, davon bekomme ich Ohrenschmerzen."

„Na, entschuldige, ich konnte doch damals nicht wissen, dass es bei dem Namen um den Postsack geht. Ich dachte, es handelte sich um einen allzu dienstfertigen armen gebeutelten und von der schweren Last gebeugten Büttel", lachte Carsten.

Tomke schaute ihn entgeistert an und meinte nur: „Du Hesse." Carsten drohte mit dem Zeigefinger.

Es war kurz vor 14 Uhr, als sie sich auf der Terrasse des „Postbüdel" einen Platz suchten und mit viel Glück einen Strandkorb mit Blick auf den Hafen ergatterten. Esther, die Wirtin, kam mit der Speisekarte und begrüßte beide, Tomke allerdings mit einem Kuss auf die Wange.

„Und ich?", fragte Carsten. „Das musst du dir erarbeiten, mein Lieber", kam die schlagfertige Antwort.

Tomke und Esther kannten sich schon seit Jahren und mochten sich sehr. „Was kann ich euch denn Gutes tun?“ fragte die Wirtin.

„Also, bei mir ist es schon klar: Ich hätte gerne die Ofen...“

„...kartoffel mit Matjes und Lachs. Ist klar, Tomke. Ihr habt wohl einen schwierigen Fall?“

„Kann man so sagen. Ich nehme das Gleiche, vielleicht hilft es ja bei unseren Ermittlungen“, grinste Carsten. „Und ein alkoholfreies Weizen dazu, bitte.“

„Für mich auch.“ Tomke verspürte nun auch großen Durst. Esther nahm die Bestellung auf und verschwand im Lokal.

Eine Weile sprachen sie nichts, jeder hing seinen Gedanken nach, bis Carsten meinte. „Vor ein paar Wochen saß ich mit Michaela hier. Die Sonne ging unter, die Luft war ganz angenehm mild, und drüben auf der anderen Seite spielte jemand auf dem Schifferklavier. Ich hätte heulen können. Nie im Leben hätte ich gedacht, dass ich mich hier an der Küste einmal so wohl fühlen würde. Inzwischen geht es mir immer wieder so, wenn ich in diesem wunderschönen alten Hafen bin. Auch jetzt, und ich schäme mich nicht einmal dafür. Ich könnte schon wieder heulen. Was ist das, Tomke? Bin ich so sentimental geworden?“

Tomke antwortete eine ganze Weile nicht und meinte dann ganz leise: „Mir geht es genauso. Deshalb bin ich auch hierhin zurückgekommen, Carsten. Ich hatte so unendliches Heimweh.“

Esther brachte mit einem „Zum Wohle“ die bestellten Getränke und ging an den Nebentisch, um dort die Bestellung aufzunehmen. Nachdem beide einen großen Schluck genommen hatten, drehte sich Tomke zu Carsten um und meinte: „Du sagtest vorhin, dass das alles kein Zufall sein könnte, und ich denke, du hast recht. Alle drei Leichen haben miteinander zu tun, der ganze Fall hängt meiner Meinung nach mit dieser Immo-Invest zusammen.“

„Genauer gesagt, heißt sie ja Tourist-Immo-Invest-Bank", warf Carsten ein. „Klein-Hajo hat das doch gegoogelt. Die machen sich in vielen Touristenorten breit, vor allem an der Küste. Wohl ziemlich rücksichtslos, wie es heißt. Er hat da so einiges in Erfahrung gebracht. Sie arbeiten, wie man hört, wohl immer wieder ganz scharf an der Grenze der Legalität, aber nie so, dass man ihnen etwas anhaben könnte. Was, wenn da jetzt einer zurückgeschlagen hat? Sieht das nicht sehr nach einem Rachefeldzug aus?"

Tomke nickte. „Du könntest recht haben, ich habe auch schon drüber nachgedacht. Wir müssen einfach mehr über diese Bank erfahren. Wenn wir gegessen haben, fahren wir hin."

Esther kam mit dem Essen, und beide fielen mit großem Appetit darüber her. Carsten fragte sich noch immer, was ihn wohl dazu gebracht hatte, zum Fischesser zu werden. Noch vor einem Jahr hätte er jeden Eid darauf geschworen, dass das niemals der Fall sein würde. Fisch paniert und gebraten, das ging gerade noch. Aber Matjes, Bismarckhering und Räucherlachs? Allein der Gedanke daran hatte ihm früher Gänsehaut verursacht. Und jetzt aß er genüsslich rohen Fisch! Kaum zu glauben. Nun, an Grünkohl mit Pinkel hatte er sich auch gewöhnt und der schmeckte herrlich. Nur dieses Kegeln auf der Straße, das war ihm ein Rätsel. Warum gehen die nicht nach drinnen? Es gibt doch Kegelbahnen. Sie hatten jetzt schon September, bald war wieder Grünkohlzeit, freute er sich und musste schmunzeln.

Nicht ganz eine Stunde später waren sie schon auf dem Weg nach Wilhelmshaven zur Tourist-Immo-Invest-Bank. Carsten fuhr und Tomke saß, wieder einmal in Gedanken versunken, auf dem Beifahrersitz.

„Ich denke jetzt mal laut", unterbrach sie plötzlich die Stille. „Sag mir bitte, wenn ich falsch liege. Also: der Direktor der Tourist-Immo-Invest-Bank ist tot; er wurde in seinem Haus erschlagen. Ein Verkaufsmanager ist ebenfalls tot und ein anderer verschwunden. Die Leiche des Handlangers des Direktors haben wir aus der Nordsee gefischt. Das Unternehmen befasst sich mit touristischen Projekten, vor allem Neuerschließungen. Koste es, was es wolle, wenn ich dich richtig verstanden habe."

„Ja, An- und Verkauf von Grundstücken, vor allem Errichtung von Hotels und Wohnprojekten für Investoren mit viel Geld, wenig Skrupel und viel Interesse an Profit, dafür umso weniger am Erhalt der Umgebung, wie Klein-Hajo festgestellt hat. Küstenhaie nannte er sie."

„Okay, so weit, so gut. Nicht jeder gibt sein Grundstück oder sein Ackerland freiwillig her, und nicht für jeden ist es eine Frage des Preises. Wir müssen in Erfahrung bringen, mit welchen Projekten man sich dort zuletzt befasst hat. Gab es Schwierigkeiten mit Grundstücks- oder Hausbesitzern? Gab es Enteignungen? Was sagen die entsprechenden Stellen bei der Stadt oder dem Land dazu? Im Moment gehe ich davon aus, dass es sich bei den Morden weniger um private als um berufliche, nämlich die Bank betreffende Motive handelt. Wenn der Handlanger des Direktors, dieser Henry van Hook, wirklich so brutal war, wie Klein-Hajo festgestellt hat, war er sicherlich nicht zimperlich im Umgang mit verkaufsunwilligen Leuten, die der Bank im Wege standen. Von solchen Dingen hört man hier oben an der Küste immer wieder einmal. Trotzdem dürfen wir den privaten Aspekt nicht unbeachtet lassen. Darum soll sich Klein-Hajo kümmern, ich rufe ihn gleich mal an."

Sie zog ihr Handy aus der Tasche, wählte die Nummer des Reviers und bat den jungen Kollegen, im Hinterkopf zu behalten, dass der Vater von Heike Hoffmann-de Vries ein guter Bekannter des Direktors war. „Hake da bitte auch nach. Ich habe so ein Gefühl im Bauch", bemerkte sie abschließend. Hajo versprach, sich sofort an die Arbeit zu machen.

Carsten fuhr auf den Parkplatz der Tourist-Immo-Invest-Bank. Tomke und er stiegen aus und betrachteten das imposante gläserne Gebäude, das unmittelbar am Wasser stand und von der ihnen abgewandten Seite einen fantastischen Blick auf die Nordsee bot. In der Grünanlage zwischen den Bäumen und Büschen waren zwei Gärtner mit der Pflege beschäftigt. Als Tomke und Carsten das Gebäude betraten, kam ihnen am Empfangstresen eine sehr schöne, sehr junge Frau mit sehr strahlendem Lächeln entgegen und fragte: „Was kann ich für Sie tun? Haben Sie einen Termin bei uns im Haus?"

„Nein, einen Termin haben wir nicht. Wir möchten zur Geschäftsleitung, wir sind …"

„Das tut mir aber leid, die Geschäftsleitung arbeitet ausschließlich mit Terminen. Außerdem sind wir keine öffentliche Bank, müssen Sie wissen."

„Wissen wir, wissen wir. Trotzdem müssen wir zur Geschäftsleitung, auch ohne Termin. Wir sind nämlich von der Polizei." Tomke hielt der Empfangsdame ihren Ausweis unter die Nase. „Tomke Evers, Kripo Wilhelmshaven, mein Kollege Carsten Schmied."

„Polizei? Ja, da muss ich erst einmal …" Sie wirkte verunsichert und war sich im Zweifel, was denn nun zu tun sei. „Ich weiß gar nicht, ob ich den Direktor so einfach stören kann."

Tomke warf Carsten einen Blick zu und meinte: „Das wird schwierig, denke ich. Darum sind wir auch mit seinem Stellvertreter zufrieden." Carsten musste grinsen und schwieg.

Plötzlich erhellte sich der Blick der jungen Frau; sie hatte wohl eine Idee. „Ich rufe das Sekretariat an. Inka Petersen, die Sekretärin von Direktor Jannssen, kann Ihnen sicher helfen." Glücklich, eine Lösung gefunden zu haben, griff sie zum Telefonhörer, tippte eine Nummer ein, sprach ein paar leise Worte und legte wieder auf. „Inka, ich meine Frau Petersen, kommt gleich und holt sie ab“, strahlte sie und verschwand zufrieden hinter ihrem Tresen.

Keine zwei Minuten später kam ihnen eine ebenfalls makellos gepflegte, allerdings nicht mehr so ganz junge Frau, nicht weniger strahlend entgegen. Ob das Strahlen hier wohl angezüchtet wurde, fragte sich Tomke und stellte sich und Carsten erneut vor.

„Nicht hier, wir fahren nach oben“, meinte die Sekretärin, „kommen Sie bitte mit.“ Im Fahrstuhl erklärte sie, dass sie schon vom Ableben ihres Chefs gehört habe und seine Sekretärin und rechte Hand sei, besser: jetzt wohl gewesen sei. „Mein Gott, der Arme, gestern war er noch topfit. Wie schnell das doch gehen kann“, wunderte sie sich und schüttelte den Kopf.

Tomke konnte sich ein: „Vor allem, wenn man ermordet wird“, nicht verkneifen. Carsten stand hinter ihr und schüttelte erneut den Kopf.

Als sich die Bürotür hinter ihnen schloss, rief die Sekretärin entsetzt aus: „Was ist denn passiert und wieso ermordet? Wer tut denn so etwas?“

„Um das zu klären, sind wir hier“, meinte Tomke herb. Diese Sekretärin war ihr unsympathisch, in ihrer Stimme schwang ein falscher Ton, das spürte sie sofort. Wichtigtuerische, falsche Ziege, dachte sie. Und was sollte dieses nervöse Hin- und Hergewippe? Die hatte doch einen gewaltigen Schaden.

„Wer führt denn die Geschäfte, wenn der Direktor nicht da ist?“, schaltete sich Carsten ein, denn er spürte die Spannung zwischen den beiden Frauen.

„Ha, niemand, was denken denn Sie? Der Alte, ich meine Direktor Jannssen, gibt, ich meine natürlich, gab, nie etwas aus der Hand, selbst wenn er einmal, was nur selten vorkam, im Urlaub war. Sogar als seine Frau starb, kam er täglich ins Büro. Direkt vor und nach der Beerdigung auch. Die einzige, die Einblick in fast, ich betone, fast alles hat, bin ich und sonst niemand. Das musste er zulassen, ob er wollte oder nicht.“

Die Stimmungslage der Sekretärin hatte sich verändert. Tomke und Carsten bemerkten, dass hier wohl einiges im Argen lag und von gutem Betriebsklima nicht die Rede sein konnte. „Das heißt also, außer Ihnen kann uns niemand Auskunft über die Geschäfte der Bank geben?“, erkundigte sich Tomke.

„Genau“, kam triumphierend die Antwort.

„Das gibt es doch nicht.“ Tomke schüttelte den Kopf.

„Aber bei einer Bank, dachte ich …“, versuchte Carsten einzuwerfen, doch er wurde unterbrochen.

„Wir sind eine Privatbank, an der einige Investoren beteiligt sind. Bevor Sie nach Stellvertretern, Verwaltungsrat oder ähnlichem fragen: So etwas gibt es hier nicht. Hier im Haus herrscht, nein, herrschte nur einer, nämlich Direktor Jannssen. Nun ist er direkt tot, der Direktor.“ Sie legte erschrocken die Hand auf den Mund: „Entschuldigen Sie bitte den kleinen Lapsus, das ist mir so herausgerutscht … Aber es war nicht leicht mit dem Alten, und nu isser tot. Er hatte hier alles und jeden im Griff, und wehe, man funktionierte nicht so, wie er das wollte.“

„Hört sich nach tollem Betriebsklima an“, bemerkte Tomke. „Dann hatte er doch bestimmt auch Feinde, oder?“

Inka Petersen hielt beide Hände hoch. „Die Feinde des Hauses kann man nicht an zwei, nicht an vier, ach, was sage ich, nicht einmal an zehn Händen abzählen.“

Carsten wurde hellhörig. „Die Feinde des Hauses, sagen Sie. Dann hatte nicht nur Direktor Jannssen Feinde, sondern die Mitarbeiter, beziehungsweise das Unternehmen an sich, auch?“

„Zwangsläufig. Wir müssen alle nach seiner Pfeife tanzen, ach so, mussten, das vergesse ich immer wieder. Ich habe ja nur den Schreibkram und so weiter gemacht, aber unsere Makler, die Immobilien-Auf- und -Verkäufer, die hatten es nicht leicht. Wenn der Alte ein Projekt umsetzen wollte, mussten die über Leichen gehen.“

„An welchem Projekt arbeitet die Bank denn im Moment?“, wollte Tomke wissen.

„An etlichen, wie immer.“

„Gibt es ein besonders schwieriges zur Zeit?“, hakte sie nach. „Lassen Sie uns nicht lange bitten, wir durchsuchen in den nächsten Stunden alles hier im Haus, das können sie mir glauben. Vorab wäre Ihre Unterstützung sicher hilfreich. Oder haben Sie etwas zu verbergen, Frau Petersen?“

„Ich? Wie könnte ich? Schauen Sie sich nur um. Das aktuellste und derzeit größte Projekt soll in einem Küstenort in Ostfriesland entstehen. Dem Alten fehlten dazu noch zwei oder drei Grundstücke oder Ackerland, und er war mächtig sauer, weil die Herren Aufkäufer es nicht schafften, an diese Grundstücke zu kommen. ‚Überbezahlte Schwachköpfe‘ hat er sie bei der letzten Sitzung genannt, und er war, wie gesagt, mächtig sauer.“

„Und wie ging es weiter?“, wollte Carsten wissen.

„Er hat einen herausgepickt und ihm zur Beschaffung der Grundstücke acht Tage Zeit gegeben. Das war am – lassen Sie mich nachschauen. Sie klickte mit der Maustaste ihres Computers. Am Donnerstag, Donnerstag vergangener Woche, genau. Der arme Jojo sollte das machen.“ Sie kicherte kurz. „Ausgerechnet er, der keiner Fliege etwas zuleide tun kann. Da fällt mir ein, seitdem habe ich ihn auch nicht mehr gesehen.“

„Jojo? Johannes de Vries? Meinen Sie den?“

„Ja. Kennen Sie ihn? Er war kurz nach der Sitzung nochmal hier beim Alten zum Rapport. Sie hatten mächtig Zoff, und dann ist er mit roten Ohren von dannen und ward nicht mehr gesehen.“ Wieder kicherte sie.

„Ein Bernd Köhler arbeitet doch auch hier im Haus“, warf Tomke nun ein.

„Ja. Warum? Der schöne Bernd … Meint unwiderstehlich zu

sein, aber bei mir …"

„Wann haben Sie ihn denn das letzte Mal gesehen?", unterbrach Tomke die Sekretärin.

„Bernd? Warten Sie … Auch am Donnerstag, denke ich. Ja, genau, er war sogar noch kurz bei mir im Büro."

„Was macht Herr Köhler hier im Haus? Ist er auch Immobilienmakler?"

„Ja, klar. Er und Jojo gehören zu diesem raffgierigen Volk und noch einige mehr. Warum wollen Sie das denn alles wissen? Ist was mit Bernd?", fragte sie mit großen Augen und wippte wieder hin und her.

„Es reicht, wenn sie sich auf die Antworten konzentrieren. Überlassen Sie uns die Fragen." Tomke verspürte wieder dieses Kribbeln, das sie immer hatte, wenn ihr jemand unsympathisch war. Vielleicht tat sie Inka Petersen ja auch unrecht. Nimm dich gefälligst zusammen, Frau Evers, sagte sie zu sich selbst. Sie atmete tief durch, straffte ihren Rücken und wollte weitersprechen, als Carsten ihr zuvorkam.

„Sie dürfen uns gleich einmal die Unterlagen aller aktuellen Projekte heraussuchen, vor allem von diesem besonderen, das Sie gerade erwähnt haben, Frau Petersen. Die nehmen wir dann schon einmal mit. Den Rest erledigen später unsere Kollegen. Eine Frage hätte ich noch." Er zog sein Handy aus der Tasche, wischte mehrmals über das Display und hielt ihr dann das Foto von Henry van Hook hin.

„Ist das auch ein Mitarbeiter des Hauses?" Kennen Sie diesen Mann?"

Inka Petersen schaute auf das Bild und erschrak. „Ist der etwa auch tot?" Sie deutete auf das Bild. „Sieht jedenfalls ziemlich tot aus. Klar kenne ich den. Hier kommt niemand vorbei, ohne dass ich es mitbekomme. Das ist Henry van Hook. Der musste für den Alten immer die Drecksarbeit machen." Sie strich sich über den Unterarm, auf dem sich die hellblonden Härchen aufgestellt hatten und setzte sich. „Mein Gott, wenn ich an ihn denke, bekomme ich Gänsehaut. Das war ein ganz mieser Vertreter. Je schmutziger die Jobs, desto mehr Spaß hatte Henry."

„Welche Jobs?", hakte Tomke nach.

„Entwohnen und so."

„Bitte?"

„Ja, wenn es Schwierigkeiten gab mit Bewohnern von Häusern, die abgerissen werden sollten, oder auch wenn es um Grundstücke ging, die Jannssen unbedingt haben wollte. Dann schickte er Henry los, um Überzeugungsarbeit zu leisten, wie er es immer nannte. Meistens hatte er Erfolg, der verdammte Scheißkerl. Ich hasse diesen Typen." Die Sekretärin hatte die letzten Worte nur geflüstert und dabei einen Gesichtsausdruck gehabt, den Tomke nicht einordnen konnte. Sie blickte zu Carsten und sah, dass es ihm auch aufgefallen war. Da war noch etwas, worüber sie nicht sprechen wollte. Aber genug für heute, Tomke würde es im Hinterkopf behalten und sie später darauf ansprechen.

Sie ließen sich die Projektunterlagen der letzten Zeit geben und Tomke fragte: „Wo werden denn die Akten, Buchhaltungsunterlagen und so weiter aufbewahrt? Gibt es ein Archiv?"

„Ja, im Büro des Alten. Hinter der großen Schrankwand ist ein riesiger Raum, in dem alles verwahrt wird."

„Sonst nirgendwo?", wollte Carsten wissen.

„Nein, wo denken Sie hin? Alles musste in Jannssens Reichweite sein, damit er es im Blick hatte. Der Chef hat niemandem vertraut, niemandem. Kommen Sie mit, ich zeige es Ihnen." Sie ging vor den beiden Ermittlern her in das monströse Büro ihres Chefs und deutete auf die riesige Schrankwand. „Hier ist es."

„Und wer sagt nun ‚Sesam öffne dich'?", fragte Tomke.

„Ich, wer denn sonst? Der Alte hat zwar immer ein Geheimnis

daraus gemacht, aber ich weiß, wie man an den Geheimschrank kommt. Das hat er weder seiner verstorbenen Frau noch seiner Tochter verraten."

„Nur Ihnen?"

„Quatsch, ich habe es herausgefunden. Ich bin doch nicht blöd." Sie trat hinter den Schreibtisch, bückte sich und griff unter die dicke Tischplatte. Dort befand sich wohl ein Knopf, denn nun schob sich ein Bild am anderen Ende des Raumes zur Seite und eine Zahlentastatur kam zum Vorschein. Mit festem Schritt ging Inka Petersen darauf zu, tippte eine Zahlenkombination ein und die Schrankwand öffnete sich an einer Stelle. „Voilà", triumphierte sie.

„Alle Achtung. Und wie haben Sie das herausgefunden?", fragte Tomke.

„Sekretärinnen-Wissen", war die Antwort. „Dass es dieses Archiv gibt, musste ich wissen, denn ich habe es schließlich für ihn gepflegt. Nur, wie man herankommt, hat er mir nie gesagt. Wie ich es herausgefunden habe, ist nun mein Geheimnis. Lassen Sie es mir, bitte."

„Vorerst", antwortete Carsten. „So, und nun verlassen Sie bitte diesen Raum und ihr eigenes Büro auch. Wir müssen das hier versiegeln, bis die Kollegen von der Spurensicherung da sind."

„Wie? Ich soll gehen?" Sie wippte wieder.

„Was denn sonst? Ihr Chef wurde ermordet. Hier muss alles untersucht werden. Sie dürfen nach Hause gehen, Frau Petersen. Übrigens, eine Frage habe ich dann doch noch: Sie sprachen von der Tochter Ihres Chefs. Wo können wir die finden? Arbeitet sie auch hier im Haus?"

„Bella? Nein, die ist nur Tochter, die arbeitet nicht. Obwohl – Tochter vom Alten wollte ich nicht sein, trotz des vielen Geldes. Aber ich glaube, sie studiert, irgendetwas mit Kunst, habe ich einmal gehört. Sie wohnt in einem Penthouse, das sie von ihrer verstorbenen Mutter geerbt hat, meine ich, aber mehr …" Sie brach abrupt ab.

„Noch etwas?"

„Nein, aber …"

„Ja?"

„Ach, nichts."

„Frau Petersen, gibt es da noch etwas?"

„Nein, nein. Ich dachte nur …, vielleicht ist sie ja auch verreist. Wer weiß das schon."

„Wie kommen Sie darauf?", wollte Tomke wissen.

„Als reiches Töchterchen kann man sich das eben leisten, einfach mal so."

Tomke schaute Carsten fragend an, doch der zuckte nur mit den Schultern.

„Okay, dann war es das vorerst. Sie haben uns sehr geholfen. Wenn Ihnen noch etwas einfällt, rufen Sie mich bitte an, hier ist meine Telefonnummer." Tomke reichte ihr eine Visitenkarte. „Nun packen Sie Ihre Sachen und verlassen das Büro, bitte. Wir müssen es versiegeln. Und geben Sie mir bitte Ihre private Telefonnummer und Ihre Adresse, damit wir Sie erreichen können, falls wir noch Fragen haben."

„Wieso denn?", stotterte die Sekretärin unsicher und wippte. „Ich kann Ihnen doch sicher nicht …"

„Da Direktor Jannssen tot ist, es einen Stellvertreter offenbar nicht gibt, wir seine Tochter bisher noch nicht gefunden haben, sind Sie als seine Sekretärin unsere einzige Ansprechpartnerin. Deshalb, Frau Petersen."

Sie reichte Tomke einen Zettel. „Na gut, hier ist meine Handynummer. Aber meine Adresse, ich meine, die nutzt Ihnen nichts, weil ich jetzt zu einer Freundin gehe und dort die nächsten Tage bleiben werde. Ich möchte nicht nach Hause und alleine sein, das Ganze hat mir doch ziemlich zugesetzt."

„Dann geben Sie mir Ihre Adresse und die Adresse Ihrer Freundin."

„Nein, wieso, ich meine …, also ich weiß noch nicht genau, zu welcher ich gehe. Ich sage Ihnen Bescheid." Sie drehte sich um und verließ das Büro, als sei sie auf der Flucht.

Tomke schaute zu Carsten, dann auf den Zettel, zog ihr Handy aus der Tasche und tippte die Nummer ein. Nach kurzem Klingeln meldete sich Inka Petersen und Tomke meinte nur: „Okay, Frau Petersen, das war ein Test. Schönen Tag", und drückte das Gespräch weg.

Carsten warf ihr einen anerkennenden Blick zu.

Nachdem Tomke und Carsten das Büro versiegelt hatten, fuhren sie zurück nach Wittmund, nicht ohne einen Abstecher zu ihrer Dienststelle in Wilhelmshaven zu machen. Der Chef wollte unterrichtet werden, war sich Tomke bewusst. Sie hatten erwartet, mit einer heftigen Standpauke begrüßt zu werden, schließlich hatte Tomke dieser Heike Hoffmann-de Vries ganz schön zugesetzt. Aber nichts. Sie hatte sich anscheinend nicht beschwert. Braves Mädchen, dachte Tomke. Der Chef war gerade im Aufbruch, so gaben sie ihm nur ein paar Stichpunkte, und Carsten versprach, ihm per E-Mail einen Zwischenbericht zukommen zu lassen.

Die KTU war noch am Basteln; es galt schließlich, drei Mordfälle zu untersuchen. Viele der Kollegen waren aber auch auf dem Weg zur Tourist-Immo-Invest-Bank. So konnten sie hier nicht viel erfahren. Der Abstecher in die Rechtsmedizin brachte auch wenig, denn Hajo Manninga begrüßte sie mit den Worten „Ich hab noch nichts Neues. Lasst mir Zeit. Was ich habe, wisst ihr, also bitte. Außer, dass der Herr Direktor erschlagen wurde, kann ich noch nichts sagen. Ach so, doch, in der Wunde fanden sich Glassplitter, Bleikristall 24 Prozent. Die Wunde sieht nach einem Schlag mit dem Fuß eines Pokales aus. Morgen erfahrt ihr mehr."

„Aber irgend …“, ließ Tomke nicht locker, doch Manninga unterbrach sie: „Tomke, ich habe drei Leichen auf dem Tisch, keinen Mitarbeiter zusätzlich bekommen und andere Dinge auch noch zu tun! Bitte, lass mir Zeit.“

Also fuhren sie zurück nach Carolinensiel und beschlossen, Wittmund links liegen zu lassen und für heute Feierabend zu machen. Klein-Hajo hatte sich kurz gemeldet und einen Zwischenbericht gegeben. Tomke ermahnte ihn, doch nun Schluss zu machen, morgen sei auch noch ein Tag.

Carsten nahm sich vor, den Bericht für den Chef zu verfassen und Tomke wollte, wie sie es nannte, Fakten sortieren. Das konnten sie auch jeweils von zu Hause aus tun. So fuhr sie Carsten zu Michaela und dann weiter zu Oma und Tant‘ Fienchen. Marie würde sich freuen, dass Carsten noch vor dem Schlafengehen nach Hause kam, dachte Tomke.

Als Tomke zu Omas Haus hinauf fuhr, stand diese in dem kleinen Garten vor dem Haus und goss die Geranien. „Kind, wie ich dich kenne, hast du noch nichts gegessen. Ich mach dir schnell etwas Warmes“, rief sie ihrer Enkelin entgegen.

„Nein, Oma, ich hatte heute Mittagessen. Wenn du mir ein paar Butterbrote schmierst, bin ich zufrieden und ziehe mich mit einer Flasche Bier an meinen Laptop zurück.

Oma wollte protestieren, ließ es dann aber sein, denn so konnte sie gemeinsam mit Tant‘ Fienchen ihre Lieblingssendungen schauen, die in ein paar Minuten begannen. „Ich bin dann in der Stube, wenn du noch etwas brauchst, Kind. Heute kommen im Fernsehen die ‚Rosenheim-Cops‘ und anschließend ‚Um Himmels Willen‘. Das sehen wir so gerne. Wir waren doch noch nie in den Bergen und haben wenigstens in den Filmen etwas davon. Außerdem sind die immer so lustig“, strahlte sie und verschwand.

„All good, Oma, all good. Ich komme zurecht. Lasst euch nicht stören.“ Sie griff nach dem Teller mit den Broten und machte sich auf den Weg in ihr Zimmer. Sie hatte den Vorfall bei Harry von heute Vormittag gar nicht mehr erwähnt, wunderte sich Tomke, als sie die steile Treppe nach oben stieg.

ZUVOR. WEITER AUF DER SUCHE NACH BELLA

Das ganze Wochenende hatte er nach Bella gesucht. Wo konnte sie nur sein? Sie hatte kein Auto; wie war sie also von der Klinik weggekommen? Vielleicht hatte sie sich wirklich in einen Lieferwagen geschlichen oder war bei jemandem mitgefahren. Und er musste an das verlorene Kind denken. Ach Bella, mach bloß keinen Mist. Fehlgeburt, hatten die Pfleger gesagt. Sie hatte sich so sehr ein Kind gewünscht, und wie gerne hätte er mit Bella ein Kind gehabt. Heike wollte das ja nie. War er schuld an dieser Fehlgeburt? Er verdrängte sein schlechtes Gewissen. Nein, der Alte war schuld, er hatte zu verantworten, was passiert war, alles. Er hatte sie sicher zu einer Abtreibung gezwungen und er, Jojo, sollte beseitigt werden, das war ihm jetzt klar.

Jojo tastete nach seinem Handy; zum Glück hatte er es Henry wieder wegnehmen können. Wenn Bella nur anrufen würde … Er selbst konnte niemanden anrufen, weder jemanden in der Bank noch Freunde, ihren Vater schon gar nicht. Wo sollte er nach Bella suchen? Zwischenzeitlich fuhr er in seine alte Kate, um sich ein paar Stunden Schlaf zu gönnen und eine Tasse Tee zu trinken. Er konnte weiterhin nur beobachten – Häuser, zu denen sie eventuell gehen würde, beobachten. Mehrmals hatte er stundenlang vor dem Haus von Bella gewartet – in der Hoffnung, dass sie kommen würde. Er wurde immer unruhiger. War sie vielleicht doch zu ihrem Vater gefahren? Er musste zur Villa, überlegte er, er musste es riskieren. Er startete den Wagen, den er Henry abgenommen hatte, und fuhr zum Anwesen seines Chefs. Sein eigenes Fahrzeug stand noch immer vor Bellas Haus, doch er wagte nicht, es zu benutzen. Henrys Wagen war sicherer, beruhigte er sich selbst; das Schwein schwamm weit draußen in der Nordsee.

Es war dunkel, als er vor der Villa ankam. Jojo wagte nicht auszusteigen, denn die Kamera, die an Bewegungsmelder gekoppelt war, würde ihn sofort erfassen. Er parkte den Wagen in sicherer Entfernung, schaltete den Motor ab, wartete im Dunkeln und schlief ein. Nach tagelangem Schlafentzug forderte der Körper sein Recht.

Jojo wusste nicht gleich, wo er war. Sein Rücken schmerzte, den Nacken konnte er kaum bewegen. Als er auf seine Uhr blickte, erschrak er. 11.45 Uhr. Mein Gott, er hatte hier fast zwölf Stunden geschlafen. Die Straße in dem noblen Villenviertel war kaum befahren, keiner hatte ihn bemerkt oder sich an ihm gestört. Mühsam richtete er sich in seinem Sitz auf und blickte zum Haus des Alten. Dort bewegte sich etwas. Eine sehr schlanke Person im dünnen Sommertrenchcoat und mit einem Schal um den Kopf verließ das Grundstück. Bella? Jojo war blitzschnell hellwach. War das Bella? Das musste sie gewesen sein. Er öffnete die Wagentüre, und wollte aus dem Fahrzeug springen, was jedoch nicht funktionierte, da er noch angeschnallt war. Hastig versuchte er den Gurt zu lösen, was ihm in der Hektik erst beim zweiten Versuch gelang. Als er das Fahrzeug verließ, war Bella weg. Bella? War das wirklich Bella gewesen?

Er rannte quer über die Straße, blickte den Fußweg entlang. Nichts, sie war weg. Sie konnte sich nicht in Luft aufgelöst haben, das war klar. Autos, hinter denen sie verschwunden sein konnte, parkten hier nicht. Wo also war sie? Hatte sie ihn entdeckt und war vor ihm geflohen? Das konnte nicht sein. Langsam ging Jojo die Grundstücksfront des Nachbarhauses ab. Hier gab es, im Gegensatz zu den anderen Villen, keine Gartenmauer, sondern eine dichte, sehr hohe Hecke, die den Blick in den Garten versperrte. Buchsbaum, Kirschlorbeer und andere Grüngehölze wechselten sich ab. Nach einigen Metern fand er eine Lücke in dieser Hecke und schlüpfte hindurch. Hierdurch könnte sie verschwunden sein, obwohl Jojo bezweifelte, dass seine unselbstständige, immer etwas ängstliche Bella den Mut aufbringen würde, sich auf dieses ungepflegte Grundstück zu wagen. Auf den ersten Blick war zu erkennen, dass die Villa auf dem riesigen Grundstück nicht bewohnt war. Das Mauerwerk verfiel, die Fenster waren teilweise mit Brettern vernagelt und der Garten verwilderte. Wo sollte er hier nach ihr suchen? Auf diesem riesigen Areal war das ein mühseliges Unterfangen.

Auch die Grenze zur Jannssenschen Nachbarvilla war begrünt. Eine mannshohe, völlig verwilderte Buchenhecke hatte sich hier breitgemacht, ließ aber an manchen Stellen den Blick auf das gepflegte Nachbaranwesen zu. Jojo zwängte sich durch das Grünzeug auf das Grundstück von Bellas Vater. Es war, als käme er in eine andere Welt. Nagelscherengepflegt nannte man das wohl. Wenn das eben Bella gewesen war, was wollte sie von ihrem Vater? Was hatte es zu bedeuten, dass Bella das Anwesen ihres Vaters zur Straße hin verlassen hatte, um es dann durch die Hecke des Nachbargrundstücks wieder zu betreten? War sie vielleicht vor ihm, Jojo, weggelaufen? War es überhaupt Bella gewesen? Die Gedanken drehten sich in seinem Kopf.

Ob er wohl da war, der alte Jannssen? Jetzt hatte er die Gelegenheit, sich dem Haus zu nähern, ohne von den Bewegungsmeldern an der Vorderfront erfasst zu werden. Ob es seitlich und hinten auch welche gab? Jojo wagte es. Nach mehr als 20 Metern hatte er das Haus erreicht. Seitlich gab es nur vergitterte Fenster, also versuchte er es auf der Rückseite des Hauses. Eine gigantische Gartenanlage im japanischen Stil, die einem Park glich, rückte ins Blickfeld. Direkt am Haus befanden sich eine Terrasse sowie ein Wintergarten, dessen Tür offen stand. Jojo näherte sich vorsichtig und überlegte, ob er es wagen konnte, das Haus zu betreten. Es war niemand zu sehen. Über die Terrasse, durch die offene Wintergartentür, vorsichtig rechts und links schauend, schlich er sich ins Haus. Beim Blick in den nächsten Raum zuckte er zusammen und sprang zur Seite. Am Schreibtisch saß der Alte. Hoffentlich hatte er ihn nicht gesehen.

MITTWOCH. FRÜHER MORGEN

Zu früh, um aufzustehen. Tomke drehte sich noch einmal auf die andere Seite, zog sich die Decke über den Kopf und gähnte. Es war einfach zu schön und kuschelig unter der warmen Decke, aber eindeutig zu hell, penetrant hell. Wenn es auch noch so schön war in ihrem warmen Bett, an Schlaf war nicht mehr zu denken. Wenn sie auch nichts auf ihren geliebten Norden kommen ließ, aber so früh so hell war es in ganz Deutschland nicht. Da sie nun einmal wach war, konnte sie auch aufstehen, beschloss sie. Als sie den Kopf wieder unter der Bettdecke hervorstreckte, musste sie feststellen, dass sie am Abend bei Licht eingeschlafen war. Ach deshalb ... Hätte mich auch gewundert, Ende September, überlegte sie kopfschüttelnd.

Es war kalt in ihrer Stube; Oma dachte Ende September noch lange nicht daran, die Heizung einzuschalten. Irgendjemand hatte einmal gesagt, dass morgens um sechs die Welt noch in Ordnung sei – oder so ähnlich. Von wegen, morgens um sechs war die Welt saukalt, wenigstens heute und in Omas Haus besonders. Sie sprang aus dem Bett direkt in ihre Hausschuhe und spurtete ins Bad, um schnell unter die heiße Dusche zu kommen. Wenigstens das Wasser war warm, freute sie sich, als sie den heißen Wasserstrahl auf ihrer Haut spürte. Sie durfte gar nicht daran denken wie es sein würde, wenn sie aus der warmen Duschkabine in das kalte Badezimmer zurückstieg. Sie musste unbedingt ein ernstes Wort mit Oma reden, nahm sich Tomke vor, als sie sich in das weiche Badetuch wickelte. Hier fror man sich ja den Arsch ab. Tomke verzichtete heute auf Hautcreme, um schnell in ihre Kleider zu kommen. Sie zog sich Jeans, Shirt und einen flauschigen Pullover über, föhnte das blonde Haar schnell durch und verließ das Bad.

In der Küche wurde sie herzlich begrüßt: „Moin, Deern. Hest du good slapen?“ Oma und Tant‘ Fienchen saßen schon am Küchentisch bei Tee und Graubrot mit Marmelade. Der Wasserkessel dampfte auf dem Herd, und es war mollig warm.

„Moin, ihr zwei. Ja, ich habe geschlafen wie ein Murmeltier, aber das Aufstehen hier bei euch ist jedes Mal wieder eine Qual.“

„Wenn du auch immer so viel arbeitest, ist es doch kein Wunder, dass du morgens nicht aus den Federn findest, Kind.“

Oma verstand nicht. „Nee, nee, Oma, das ist es nicht. Oben in meiner Stube ist es kalt. Um deutlich zu werden: saukalt. Da mag man das Bett gar nicht verlassen. Und wenn ich es dann ins Bad geschafft habe, ist es nicht anders. Ich wundere mich, dass überhaupt warmes Wasser aus der Dusche kommt. Ich würde mich nicht wundern, wenn es da bald Eiswürfel regnet.“

Oma und Tant‘ Fienchen schauten sich an. Fienchen meinte erstaunt: „Sollen wir etwa schon die Heizung anmachen? Es ist doch noch September. Ihr jungen Leute seid aber auch gar nichts gewohnt. Die Heizkosten kann doch kein Mensch bezahlen. Also, mir ist nicht kalt. Dir, Jettchen?“, fragte sie ihre Schwester.

„Lat man, dat Kind is nix mehr wennt. Früher war sie nicht so verweichlicht. Ist wohl ‘ne richtige Städterin geworden“, winkte sie ab und blinzelte Fienchen zu. „Dass du aber auch immer duschen musst. Wir waschen uns jeden Tag ordentlich und das reicht. Oder stinken wir etwa?“, setzte sie noch einen drauf. Nun nahm Fienchen den Ball auf und meinte: „Genau. Oben rum, unten rum, jeden Tag, und sonnabends wird gebadet. Das machen wir schon immer so, hat uns nicht geschadet. Dass ihr immer duschen müsst“, wiederholte sie kopfschüttelnd.

Die beiden senkten die Köpfe über ihre Teetassen und Marmeladenbrote. Tomke war sprachlos. Sie setzte sich auf die Holzbank neben Tant‘ Fienchen und griff nach der Teekanne. Da bemerkte sie, dass die beiden Alten sich amüsiert angrinsten. Tomke schaute fragend von einer zur anderen, bis Oma plötzlich meinte: „Na, was meinst du, Schwester, da wollen wir mal nicht so sein und für die Deern die Heizung anschalten. Wegen uns müsste das ja noch lange nicht sein, aber dat jung Volk hollt eenfach nix ut.“

Tomke musste lachen. „Ihr seid mir zwei. Von wegen oben rum und unten rum. Am besten noch hier in der Küche mit Wasser aus dem Kessel dort vom Herd.“

„Ja, was denn sonst?“, meinte Oma und biss in ihr Brot. „Im Bad ist es viel zu kalt.“

Die drei schauten sich an und brachen in heftiges Gelächter aus. Tomke konnte sich kaum beruhigen. Nach drei Tassen Tee – denn drei Tassen sind Ostfriesenrecht –, einem Marmeladenbrot und der Ermahnung, nicht zu lange zu arbeiten, brach Tomke auf. Gerade als sie in ihr Auto stieg, kam Oma, trotz verletztem Fuß hinter ihr hergelaufen und winkte mit einer riesigen Brotbüchse, randvoll gefüllt mit belegten Broten. „Haben wir extra für dich gemacht, da ist Hausmacher-Wurst drauf von Schlachter Oldewurtel. Du isst ja sonst wieder nichts.“

Meine beiden, dachte Tomke liebevoll und fuhr rückwärts vom Deich.

Carsten stand schon vor dem Haus, diesmal allein. Michaela und Marie mussten erst später weg. „Pünktlich ist was anderes. In deiner SMS stand 7.45 Uhr, und wie spät ist es jetzt?“ Er deutete auf seine Armbanduhr.

„Korinthenkacker“, meinte Tomke nur und zeigte auf die Plastikbox, die auf dem Armaturenbrett lag. „Proviant von Oma und Fienchen. Frieden?“

Carsten öffnete den Deckel, nahm ein belegtes Brot heraus und biss kräftig hinein. „Frieden“, antwortete er kauend.

Klein-Hajo war schon im Büro. Wieder einmal der Erste, dachte Tomke. Ganz schön ehrgeizig, der junge Kollege.

„Ich habe da schon mal etwas vorbereitet“, begrüßte er die beiden. „Drei Tote, drei ganz unterschiedliche Typen und trotzdem nicht ohne Zusammenhang. Die vierte Mappe ist für den vermissten Jojo de Vries. Wollen wir das mal zusammenbringen?“

Tomke war begeistert und musste zugeben, dass sie am Vorabend nicht wirklich viele Fakten sortiert hatte, wie sie es eigentlich hatte tun wollen. Sie war einfach zu müde gewesen.

Das, was Klein-Hajo da zusammengestellt hatte, war wirklich super.

„Na, wenigstens habe ich gestern noch den Bericht an den Chef fertiggemacht und ihm zugemailt; so müssen wir uns gegenüber unserem jungen Kollegen nicht ganz so sehr schämen.“ Carsten zwinkerte Tomke zu. „Das muss jetzt hier einmal ganz offiziell erwähnt werden: Hajo, du machst wirklich einen tollen Job, und wir können uns glücklich schätzen, dich im Team zu haben. Oder siehst du das anders, Tomke?“

Tomke wartete darauf, dass Klein-Hajos Ohren wieder Signalfarbe annahmen, aber nichts. Macht sich, der Junge, macht sich, dachte sie und sagte: „Du hast vollkommen recht, Carsten, aber das habe ich auch schon mehrmals bestätigt und werde es bei nächster Gelegenheit auch unserem Chef gegenüber erwähnen. Wat mutt, dat mutt.“

„Das könnt ihr gerne tun, vor mir aus mehrmals täglich! Kann ja nicht schaden“, entgegnete Hajo selbstbewusst.

Jeder der drei nahm sich eine von Klein-Hajos Mappen.

„Rundlesen“ war wieder einmal angesagt. Nachdem knapp drei Stunden vergangen, zwei Kannen Kaffee getrunken und Omas Brotbüchse leergegessen waren, stand Tomke auf und öffnete weit das Fenster. Die Luft war zum Schneiden und ihr Kopf rauchte. Den beiden Männern ging es nicht anders. Es war sehr still im Büro, alle hingen noch ihren Gedanke nach. Tomke schloss nach einigen Minuten das Fenster wieder und ließ die Außenjalousie herunter, um die Aufzeichnungen, die sie schon am Vortag auf der Fensterscheibe gemacht hatten, weiterzuführen.

„Lasst uns das alles noch einmal zusammenfassen. Im Groben haben Carsten und ich das gestern schon beim Mittagessen getan, aber es muss immer wieder sein, damit wir nichts übersehen. Also, hier nochmal ganz offiziell und zum Mitschreiben: Wir haben drei Tote und einen Vermissten. Alle haben eine Verbindung zu dieser Immo-Invest-Sonstnochwas-Bank. Die erste Leiche ist Henry van Hook, 36 Jahre alt, ledig, vorbestraft, gefunden am Strand von Harlesiel. Ob dort abgelegt oder angeschwemmt, wird uns Manninga noch mitteilen, denke ich. Laut der Sekretärin der Bank ein übler Bursche, der die Drecksarbeit für den Direktor machte. Was wissen wir noch über ihn, außer dass er früher Werftarbeiter war?“

Alle schwiegen, bis Tomke weiter sprach. „Dann haben wir den Chef von dem Ganzen: Direktor Jan Jannssen, 65 Jahre, verwitwet, eine Tochter. Die haben wir bisher auch noch nicht gefunden, oder? Hajo, bist du da dran?“

„Ja, ich habe sie allerdings noch nicht aufgetrieben. Zwei Kollegen aus Wilhelmshaven waren bei der Wohnung, da öffnet aber niemand. Sie haben versprochen, dran zu bleiben.“

Tomke griff über den Schreibtisch. „Nun, über Jannssen haben wir ja schon einiges zusammengetragen.“ Sie hob eine dicke Aktenmappe hoch. „Gut, dann also weiter: Ganz skurril ist das mit diesem Bernd Köhler, den hat jemand hinter die Stubentür gehängt. Oder glaubt einer von euch, dass er das selbst getan und das Ende des Strickes an den Türgriff gebunden hat? Ich denke eher nicht", beantwortete sie ihre Frage selbst. Carsten grinste.

„Wie lange er da hing, muss uns auch Manninga sagen. Wenn ich mich recht erinnere, hatte er eine Wunde an der Schläfe. Könnte die Todesursache sein. Köhler ist, nein, war, genau wie dieser Jojo, Immobilienmakler in dem Unternehmen. Ich hatte den Eindruck, die Sekretärin mochte ihn nicht, kann mich aber auch täuschen. Dann ist da noch der Vermisste, Jojo de Vries, verheiratet mit Heike Hoffmann, deren Vater wiederum ein guter Bekannter von dem alten Jannssen ist."

„Richtig." Klein-Hajo hielt ein Foto hoch, auf dem beide zu sehen waren.

„Besitzt ein Haus am Mittelweg, nicht vermietet, sondern von ihm selbst bewohnt, zeitweise jedenfalls."

„Genau. Wenn ihn die Alte nervte, wie sein Bruder meinte", warf Klein-Hajo ein.

Tomke warf ihm einen strengen Blick zu, sie wollte jetzt nicht unterbrochen werden. „Auch er Immobilienmakler bei der Immo-Sonstnochwas und, wie die Sekretärin meinte, mit einem Sonderauftrag betraut, bei dem es sich um ein Objekt in Küstennähe handeln soll. Ist er der Mörder? Ich denke, wir sollten ihn jetzt offiziell zur Fahndung ausschreiben."

Sie schaute ihre beiden Kollegen an: „Ich komme mir vor wie ein Wiederkäuer. Und, gehe ich Recht in der Annahme, dass wir den Zusammenhang für die Morde bei der Bank zu suchen haben? Wenn man diese vier Akten, die Hajo zusammengestellt hat, liest, bleibt nur diese Überlegung."

Beide nickten stumm.

„Aber trotzdem, Hajo, bleibe bitte weiterhin dran und suche auch nach einem privaten Zusammenhang, wir wollen da nichts verpassen."

„Warten wir ab, was die Kollegen an Unterlagen bei der Durchsuchung der Bank finden. Vielleicht hilft uns das weiter. Außerdem müssen wir auch noch die Ergebnisse der Durchsuchung der Jannssenschen Villa abwarten", meinte Carsten.

„Richtig. Und wir müssen nach weiteren Querverbindungen suchen. Wenn es stimmt, was die Sekretärin angedeutet hat, dann haben die Herrschaften sich doch einige Feinde gemacht. Ich will wissen, wer da ‚entwohnt' oder ‚entmietet' wurde. Wer hat Haus, Wohnung oder Grundstück durch die Bank verloren? Hajo, kümmere dich bitte auch darum. Wir haben viel zu tun, legen wir los. Mein Gott, es ist ja schon wieder Mittag."

„Von wegen viel zu tun. Ja, vor allem ich", stellte Klein-Hajo nicht ohne Unterton fest, „und was macht ihr?"

„Schau sich mal einer den Lehrling an. Carsten, haben wir ihn zu sehr gelobt? Wird unser junger Kollege übermütig?"

„Sieht ganz so aus. Kaum hat er die Nase bei der Kripo reingesteckt, wird er frech. Na warte, für dich lassen wir uns noch etwas einfallen, nicht wahr, Tomke?"

„Allerdings. Aber zuerst will ich mit einigen Mitarbeitern in der Tourist-Immo-Invest-Bank reden. Carsten, bitte ruf die Sekretärin an, sie soll versuchen, die Mitarbeiter zusammenzutrommeln. Ich denke, bis 14 Uhr müsste sie es geschafft haben. Und du, Hajo, such dir einen kompetenten Kollegen aus dem Team da draußen", sie deutete auf die Bürotür, „der dir bei den Recherchen hilft. Wir dürfen keine Zeit verlieren. Ich möchte nicht, dass man uns fremde Kollegen vor die Nase setzt, schließlich haben wir es mit drei Morden und einem Vermissten zu tun. Also ran, meine Herren." Kurz bevor sie das Revier verließen, lief Tomke noch einmal zurück zu Klein-Hajo und erinnerte ihn daran, dass Jojo de Vries nun endgültig zur Fahndung ausgeschrieben werden müsse. Schließlich sei er ein Tatverdächtiger.

Wieder einmal unterwegs nach Wilhelmshaven diskutierten sie angeregt die Fakten. Sie kamen immer wieder zu der Frage, ob der Vermisste de Vries etwas mit den Morden zu tun haben könnte.

„Warum sonst ist er verschwunden? Vielleicht sogar untergetaucht? Haben wir ihn zu spät in die Fahndung gegeben?"

„Oder er ist auch schon tot", meinte Carsten lakonisch.

„Mensch, hör bloß auf. Noch ein Toter und der Chef entzieht uns wegen Unfähigkeit den Fall."

„Mal bloß nicht den Teufel an die Wand; so weit kommt es noch." Carsten schüttelte den Kopf.

Tomke blickte auf ihre Armbanduhr und überschlug die Zeit: „Wenn wir in zwei Stunden mit den Bankern durch sind", überlegte sie laut, „reicht es noch zu einem Besuch bei Hajo Manninga in der Rechtsmedizin. Heute muss er uns Ergebnisse liefern können."

„Freu dich mal nicht zu früh, schließlich hat er drei Leichen auf dem Tisch."

„Ach, ich kenne doch den alten Griesgram, der arbeitet durch und gibt keine Ruhe, ehe er nicht alles aus den Toten herausgeholt hat, äh, ich meine …

„Schon gut, ich habe verstanden", schmunzelte Carsten. Aber sie hatte recht: Manninga war sicher mittlerweile ein gutes Stück weitergekommen und konnte ihnen bestimmt einige Neuigkeiten berichten. Hoffentlich brachte sie das dann weiter, sonst drehten sie sich im Kreise.

ZUR SELBEN ZEIT AUF DEM POLIZEIREVIER IN WITTMUND

„Aber nicht, dass er dann auch abspringt und zur Kripo will!", rief ihm der Revierleiter noch nach. Klein-Hajo hatte einen Kollegen gefunden, der ihm bei der mühsamen Recherchearbeit unter die Arme greifen sollte. Er kannte Ingo Fischer noch aus der Zeit, als er selbst hier auf dem Revier als Streifenhörnchen unterwegs gewesen war und schätzte ihn als pfiffigen und loyalen jungen Kollegen.

„Dann lass uns mal anfangen. Ich habe hier von den Kollegen einen Stapel Akten, diese schaust du dir bitte genau an. Es handelt sich um Geschäfte, die von der Tourist-Immo-Invest-Bank getätigt wurden, und um Leute, denen die von der Immo-Invest auf mehr oder auch weniger feine Art Haus, Grundstück oder auch Wohnung abgekauft haben. Suche bitte die heraus, die sauer auf die Bank sein könnten, zum Beispiel wegen Schulden, Zahlungsunfähigkeit, irgendwelcher Sauereien, mit denen man ihnen ihre Immobilie weggenommen hat, und die nun vielleicht Rache üben könnten. Wir suchen jemanden, der bereit ist, einen oder gar mehrere Morde zu begehen; da muss ganz viel Hass im Spiel sein. Wir müssen dann Kontakt mit der jeweiligen Hausbank aufnehmen und die Leute aufsuchen. Also, bitte alles ordentlich durchlesen. Wenn dir etwas auffällt oder du Fragen hast, ich bin da." Er deutete auf den Schreibtisch gegenüber.

Er selbst versuchte Hintergründe auf der privaten Ebene der drei getöteten Männer zu finden, ebenfalls auch von dem Vermissten de Vries. Die Fahndung nach ihm lief. Bevor er sich in den Bildschirm seines Computers vertiefte, hatte Hajo das Fenster auf Kipp gestellt. „Frische Luft hilft beim Denken, und ich darf die Tochter des Bankdirektors nicht vergessen, diese Bella Jannssen", meinte er mehr zu sich selbst.

Nach über zwei Stunden stand Ingo Fischer auf, stemmte die Hände in den Rücken und dehnte sich kräftig. „Wenn ich dich nicht störe – ich glaube, ich habe da etwas gefunden."

„Her damit. Ich sagte doch, wenn dir etwas auffällt …"

„Ja, da ist etwas. Eigentlich gibt es zwei Dinge, die mir aufgefallen sind. Nun, im Grunde stinkt fast jede Akte irgendwie, aber, wie gesagt, einige Fälle sind augenscheinlich." Er hob zwei Akten in die Höhe.

„Zeig mal her." Hajo war ebenfalls aufgestanden und um den Schreibtisch herumgegangen.

„Hier geht es um ein Wohnhaus in Wilhelmshaven, Randbezirk Richtung Küste. Das wurde vor drei Jahren abgerissen, und die ehemaligen Mieter wurden recht unsanft auf die Straße gesetzt. Man hat ihnen wohl damals Ersatzwohnungen angeboten, aber nur wenige wollten darauf eingehen. Ich habe es auch gleichzeitig im Internet recherchiert, denn irgendwie war mir da etwas in Erinnerung. Damals war es so, dass Alternativwohnungen und finanzielle Abfindungen von den meisten Bewohnern abgelehnt wurden. Sie hatten nämlich über andere Mieter in diesem Haus herausgefunden, dass diese angebotenen Wohnungen dem Investor, also der Immo-Invest, gehörten und die Mieten nach zwei Jahren enorm erhöht wurden. Wie man das durchsetzte, habe ich allerdings noch nicht in Erfahrung bringen können. Ich dachte immer, es wäre nicht ganz einfach, Mieten so drastisch zu erhöhen. Nachdem sich dann die restlichen Mieter geweigert hatten auszuziehen, brach in dem Haus ein Brand aus, der es komplett unbewohnbar machte und bei dem es auch einen Toten gegeben haben soll. Ich kann ich mich dunkel daran erinnern; ich war zu dieser Zeit noch in Wilhelmshaven eingesetzt."

Hajo warf einen Blick in die Akte und meinte: „Gut gemacht, da haben wir doch schon etwas. Wurde an dieser Stelle schon etwas Neues errichtet?"

„Na klar. Kennst du nicht dieses riesige Einkaufszentrum, das in den nächsten Wochen eröffnet werden soll?"

„Ach, da ist das!"

„Ja, genau. Die Zeitungen waren doch lange voll davon und die Politik rühmte sich damit, wie modern und fortschrittlich

Wilhelmshaven nun würde. Ein Einkaufszentrum im amerikanischen Stil. Übergroß, mit teuren Boutiquen und Restaurants. Mit vier Etagen und einer Rolltreppe, die vom Parterre bis zur Dachterrasse führt. In Frankfurt am Main gibt es auch so etwas. Irre, sage ich dir. Das hier in Wilhelmshaven soll wohl ein Abklatsch davon sein."

„Hast du nicht von zwei Fällen gesprochen? Was gibt es noch?"

„Es gibt einige alte Villen im Außenbezirk von Wilhelmshaven, die von der Immo-Invest aufgekauft wurden. Alte Häuser, die sehr sanierungsbedürftig waren und wohl von ihren Besitzern nicht mehr gehalten werden konnten. Da haben die Herrschaften wohl zu sehr kleinem Preis zugegriffen und die alten Besitzer auf unschöne Art und Weise auf die Straße gesetzt. An einem Fall bin ich noch dran; der ehemalige Eigentümer soll Selbstmord begangen haben. Und vorher hat er seine Frau umgebracht."

„Das wird ja immer drastischer. Okay, gute Arbeit. Mach weiter, wir brauchen alles, was uns irgendwie Motive darlegt. Ich werde jetzt Tomke und Carsten anrufen, vielleicht erwische ich sie noch bei der Immo-Invest. Mir ist da nämlich etwas aufgefallen."

Er griff zum Hörer und wählte Tomkes Handynummer.

„Ja, Tomke hier, was gibt's?"

„Seid ihr noch bei der Bank?"

„Ja, warum?"

„Macht euch doch mal schlau, ob die Tochter des Hauses einen Mann, Freund oder Lebensgefährten hat. Entweder sie lebt seit zwei Jahren als Nonne oder sie hat einen heimlichen Liebhaber oder sie hat ein Problem."

„Wie meinst du das?"

„Ich habe im Internet nichts über sie gefunden, beziehungsweise seit zwei Jahren taucht sie nicht mehr auf. Bis dahin gab es in der Presse und in den sozialen Netzwerken immer wieder Berichte über das reiche Mädchen oder auch Dinge, die sie selbst gepostet hat. Aber seit zwei Jahren ist Funkstille. Entweder sie hat sich da total zurückgenommen oder sie hat ein heimliches Privatleben, von dem keiner, vielleicht auch ihr Vater nicht, etwas wissen darf. Heimlicher Liebhaber oder Liebhaberin vielleicht?"

„Oder ein Ereignis hat dazu geführt, dass sie ihr Leben geändert hat?"

„Ich sagte doch, ein Problem."

„Danke, Hajo. Ich versuche mal, hier etwas in Erfahrung zu bringen. Sie studiert doch angeblich. Weißt du wo und was?"

„Ja, Kunst hat sie mal angefangen. Seit zwei Jahren ist sie für das Fach Tourismuswirtschaft an der Jade-Hochschule eingeschrieben. War mehr Zufall, dass ich das so schnell herausgefunden habe, aber egal."

„Seit zwei Jahren also. Das passt doch. Irgendetwas ist vor zwei Jahren passiert. Gut, ich höre mich in der Bank mal um. Ein Großteil der Mitarbeiter ist hier, vielleicht kann mir einer etwas sagen."

„Denn man to, wie der Ostfriese sagt. Viel Glück."

Tomke wischte über das Display und steckte ihr Handy weg, nahm ihren Notizblock aus der Tasche und notierte „Tourismuswirtschaft Jade-Hochschule, Bella Jannssen". Als sie sich wieder den Mitarbeitern der Immo-Invest zuwandte, waren diese im Begriff, den Konferenzraum, in dem Tomke und Carsten sie befragt hatten, zu verlassen. Tomke hielt sie auf und fragte in die Runde: „Wer von Ihnen kennt Bella Jannssen, die Tochter des Hauses, näher? Wer kann mir etwas über sie sagen?"

Betretenes Schweigen. Inka Petersen streckte die Nase in die Höhe und gab einen zischenden Laut von sich.

„Ja, Frau Petersen? Wir wissen, dass Sie sie kennen. Haben Sie uns etwas zu sagen?"

„Nein, ich halte mich raus. Außerdem wissen wir hier alle nichts Genaues, oder?“, fragte sie in die Runde.

Keiner der männlichen Mitarbeiter wollte sich äußern, bis Tomke laut wurde: „Herrschaften, hier geht es um Mord, nein, um Morde und um Ihren vermissten Kollegen! Also bitte! Wer weiß etwas über Bella Jannssen? Wer weiß, wo Johannes de Vries ist? Ich will jetzt endlich etwas von Ihnen hören. Sie können mir doch nicht erzählen, dass Sie gar nichts wissen. Sie“, sie deutete auf die versammelte Männerrunde, „und Sie auch, Frau Petersen. Ich sehe Ihnen doch an, dass Sie mit irgendetwas hinter dem Berg halten.“

Einer der Männer hob zögerlich die Hand und stotterte: „Also, ich weiß ja nicht, aber es wird viel geredet, und da hörte man in der letzten Zeit … Jedenfalls hat Bernd, ich meine Bernd Köhler, immer solche Andeutungen gemacht, dass Bella und Jojo ...“

„Wie bitte?“ Tomke schnellte herum. „Soll das etwas heißen, dass Bella Jannssen und Johannes de Vries ein Verhältnis haben?“

„Ja“, warf Inka Petersen trotzig ein, „da soll wohl etwas gewesen sein. Aber wie ich den Alten, ich meine Direktor Jannssen, kannte, hätte der das nie geduldet und dem Ganzen gleich einen Riegel vorgeschoben. Ihm entging schließlich nichts.“

„Und warum haben Sie uns das nicht schon früher erzählt?“

„Weil es mich nichts angeht vielleicht?“, antwortete sie schnippisch.

„Na, das lassen Sie mal unsere Sorge sein, liebe Frau Petersen. Wissen Sie denn, wo sich die beiden zurzeit aufhalten könnten? Frau Jannssen haben wir in ihrer Wohnung nicht angetroffen und Herr de Vries ist, wie schon erwähnt, seit einigen Tagen verschwunden.“

„Vielleicht hat Bellas Vater von der Sache erfahren und die beiden sind untergetaucht?“, stellte die Sekretärin in den Raum und wippte.

„Quatsch“, warf einer der Kollegen ein, „Jojo hätte seinen Job niemals aufs Spiel gesetzt, der war viel zu feige. Außerdem hätte ihm seine Heike was anderes erzählt!“

„Ich glaube eher, dass Jannssen und Adrian Hoffmann, Jojos Schwiegervater, da gemeinsame Sache gemacht und die Affäre ganz schnell beendet haben. Auf welchem Weg auch immer“, unterbrach ihn Inka Petersen. „Vielleicht haben die beiden ihn ja darum getötet und sind dann untergetaucht. Ausreichend Kohle hat das reiche Töchterchen ja. Wie gesagt, Ihre Mutter hat ihr einiges hinterlassen.“

Ihr Gesichtsausdruck drückte Hass und Neid aus, wie Tomke erkennen konnte. Was war mit Inka Petersen los? War sie neidisch auf Direktor Jannssens Tochter? Auf ihn selbst? Auf wohlhabende Menschen überhaupt? Oder steckte da etwas anderes dahinter? Tomke hatte den Eindruck, als würde ganz tief in Inka Petersen etwas fressen, etwas rumoren oder kochen. Sie kam ihr vor wie ein Dampfkochtopf kurz vorm Explodieren. Die unruhigen Augen, das ständige Wippen mit dem Oberkörper. In dieser Frau steckt ganz viel Unruhe. Was konnte das sein? Sie würde sich intensiver mit Inka Petersen beschäftigen müssen, denn ihr Bauchgefühl machte sich gewaltig bemerkbar. Da war etwas, vermutete sie; diese Frau hat ein Geheimnis. Wir müssen viel mehr über sie erfahren. Familie, Freunde, Bekannte, Vorleben. Wo sie vorher beschäftigt war und so weiter. Arbeit für Hajo. Tomke zog ihren kleinen Notizblock aus der Hosentasche, schrieb sich ein paar Stichpunkte auf und steckte ihn wieder weg.

Hier konnten sie im Moment nichts mehr weiter ausrichten, also machten Carsten und Tomke sich auf den Weg zurück zu ihrem Auto. Carsten schlug vor, doch gleich einmal bei der Jade-Hochschule vorbeizufahren, um dort im Sekretariat nach Bella Jannssen zu fragen. Wenn sie dort studierte, musste man ja Unterlagen über sie haben. „Vielleicht ist sie ja dort“, überlegte er laut. Doch ein Blick auf seine Armbanduhr ließ ihn erkennen, dass das jetzt wohl schon zu spät sein könnte. Es war kurz nach 17 Uhr.

„Egal", meinte Tomke, „jetzt sind wir schon mal in der Nähe, nun fahren wir auch hin. Einen Versuch ist es wert. Dann schaffen wir es allerdings nicht mehr zu Hajo Manninga in die Rechtsmedizin. Okay, das machen wir dann eben morgen. Hajo wird sich freuen, wenn wir heute noch nicht auf der Matte stehen."

Als sie auf dem Gelände der Hochschule ankamen, war dort noch lebhaftes Treiben. „Siehst du", grinste Tomke zu Carsten hinüber, „Studenten sind doch nicht so faul. Lass uns das Sekretariat suchen."

Sie stieg aus und sprach eine junge Frau mit Schlabberhose und pinkfarbener Leinenbluse an, die ihr gerade entgegen kam. „'Tschuldigung, kannst du uns sagen, wie wir zum Sekretariat kommen?" Unbewusst ging sie bei der flippigen jungen Frau in das legere „Du" über.

„Ja, schon, aber da werdet Ihr jetzt niemanden antreffen."

„Wieso? Hier ist doch noch ganz schön was los? Unterricht scheint ja noch zu sein."

„Unterricht schon, Studenten und ein paar Profs sind noch da, das geht bis 19 Uhr. Aber das Sekretariat hat nur Montag, Dienstag, Donnerstag und Freitag bis 12 Uhr und Dienstag und Donnerstag bis 15.30 Uhr geöffnet. Und da wir heute Mittwoch haben …, c'est la vie. Morgen ist auch noch ein Tag", meinte sie und ließ die beiden Kommissare einfach stehen.

„Halt, langsam, ich habe noch eine Frage." Tomke lief ihr nach. „Kennst du Bella Jannssen? Die soll hier studieren."

„Ne, da müsst Ihr schon jemand anderen fragen. Ich bin erst seit Anfang September hier, ein Frischling sozusagen. Kenn' noch nicht wirklich viele. Geht mal da vorne durch die Tür, da treffen sich gerade die Abschluss-Semester. Wenn die nichts wissen, dann weiß ich auch nicht ... Sorry, aber ich muss los, Geld verdienen. Studieren ohne Kohle is nich!" Mit diesen Worten verschwand sie.

Tomke schaute Carsten an, als wollte sie sagen: „Was war das denn für ein Vogel?", doch der zuckte nur mit den Schultern. Inzwischen hatte sich der große Platz vor der Hochschule weitgehend geleert; einige junge Leute liefen diskutierend vom Gelände, andere zog es zielstrebig in das Gebäude.

„Studiert wird hier bis 19 Uhr?" Carsten tippte auf seine Armbanduhr. „Dann haben wir ja vielleicht noch Glück und bekommen ein paar Auskünfte. Komm, lass uns hineingehen."

In der großen Eingangshalle des Gebäudes fanden sie nach etlichen Versuchen dann doch noch ein paar Studenten, die ihnen bereitwillig Auskunft gaben. „Ja, Bella ist hier bekannt", meinte einer. Sie sei seit knapp zwei Jahren an der Uni, keiner von ihnen habe einen Pfifferling drauf gegeben, dass sie durchhalten würde. Ein wenig verwöhnte reiche Tochter, hatten die Kommilitonen anfangs vermutet, doch sie habe zielstrebig ihre Arbeiten und Prüfungen durchgezogen. „Hatte keiner damit gerechnet, wirklich nicht, und eigentlich ist sie eine ganz Süße", beendete er seinen Erfahrungsbericht über Bella.

„Wann hast du sie das letzte Mal gesehen?", erkundigte sich Tomke.

„Moment, warum wollt Ihr das wissen?"

„Sorry, Tomke Evers und Carsten Schmied von der Kripo Wilhelmshaven", stellte Tomke sich und ihren Kollegen vor.

„Wie, Bullen? Was wollt Ihr denn von Bella?", brauste er auf und bekam einen roten Kopf.

„Nun mal ganz ruhig. Wir müssen sie nur sprechen. Also, wann hast du sie das letzte Mal gesehen?"

„Das ist schon einige Tage her. Genau kann ich es nicht sagen, da wir nicht immer im selben Hörsaal sitzen."

„Gibt es jemanden, der engeren Kontakt mit ihr hat? Hat sie hier eine Freundin oder einen Freund?“

„Nein, sie ist eher der Typ Einzelgänger, hat selten Kontakt gesucht, was ich so mitbekommen habe. Mich hat sie auch übersehen, leider. Jessie, Jessie!“, rief er plötzlich und winkte einer jungen Frau zu. „Da vorne ist Jessica, die sitzt manchmal mit ihr im Park, wenn Freistunde ist, das habe ich gesehen.“

Eine elegant gekleidete junge Frau kam mit fragender Miene auf sie zu.

„Hi, Jessie, die Bullen wollen was von dir wissen. Ich verdrück mich jetzt, ihr braucht mich ja nicht mehr.“ Er hob grüßend die Hand und verschwand.

Tomke stellte sich und ihren Kollegen erneut vor und fragte nochmal nach Bella, aber die junge Frau wusste auch nichts Genaues. Sie habe nur ab und zu mit ihr die Freistunden verbracht, mehr zufällig. Privates hätten sie nie besprochen, es ging immer nur um die Hochschule, Klausuren und so weiter. Nein, sie könne ihnen nicht helfen.

Tomke gab ihr noch ihre Visitenkarte. „Bitte, falls Sie Bella sehen oder sie sich bei Ihnen meldet, rufen Sie mich sofort an, ja?“

Die junge Frau betrachtet die Visitenkarte und meint: „Warum sollte die sich bei mir melden? Aber gut, ich rufe an …“

„Den Besuch hier hätten wir uns schenken können“, murrte Tomke.

„Lass mal, ich rufe morgen im Sekretariat an, vielleicht erfahre ich dann etwas. Jetzt fahren wir zurück nach Wittmund. Es geht schon auf 18 Uhr zu. Ich möchte gerne hören, was Klein-Hajo erreicht hat und dann mache ich Feierabend. Sonst sehe ich Marie auch heute nur schlafend in ihrem Bett liegen, und das nähme sie mir morgen früh wieder sehr übel. Komm, lass uns fahren. Außerdem bin ich müde.“

Tomke musste schmunzeln. Carsten hatte sich sehr verändert.

Er war ein richtiger Familienvater geworden, obwohl er mit Michaela nicht verheiratet und Marie nicht seine Tochter war. Gut so, fand sie. Das hatte er verdient, nach allem, was hinter ihm lag. Sicher war er mit seiner verstorbenen Frau und Tochter genau so liebevoll umgegangen, wie jetzt mit Michaela und Marie. Wortlos stiegen sie in ihren Wagen und fuhren zurück nach Wittmund.

Klein-Hajo saß noch immer im Büro und studierte Akten. Sein Helfer war schon nach Hause gegangen, denn der Revierleiter bestand darauf, dass er morgen wie gewohnt seinen Frühdienst absolvierte. Auch gut, hatte Hajo gedacht und ihm vorab seine Aufgaben für den nächsten Tag zugeteilt. „Ich bin spätestens um 8 Uhr da, fang du schon mal an", gab er ihm am Ende mit auf den Weg. Dieser verdammte Bürokram, viel lieber wäre er mit den Kollegen draußen unterwegs gewesen, aber als „Lehrling" durfte er sich nicht beschweren. Allerdings hatte er eine Menge herausgefunden. Einiges war sehr interessant, wie er fand, der Rest allerdings öde Sucherei, Akten lesen, Personalien überprüfen. Dabei war ihm das Internet sehr hilfreich. Gerade als Hajo beschloss, für heute Schluss zu machen, flog die Tür auf und Tomke schoss herein.

„Und? Was gibt es Neues, Herr Kollege?"

„Was soll ich sagen? Das meiste habe ich euch schon am Telefon mitgeteilt. Über die drei Toten gibt es nicht viel mehr als das, was wir bisher schon wussten. Auch über Henry van Hook gibt es nichts Neues: primitiver Schlägertyp, ehemaliger Werftarbeiter und Türsteher. Seit er bei der Immo-Invest arbeitete, stand er des Öfteren im Verdacht, in Sanierungsobjekten Feuer gelegt zu haben. Einmal soll er einen Wasserleitungsschaden verursacht haben, sodass das betreffende Haus unbewohnbar wurde. Aber wirklich beweisen konnte ihm das niemand. Einige Leute haben Anzeige erstattet, weil er sie bedroht haben soll, aber alles immer ohne Zeugen, sodass ihm keiner etwas anhaben konnte. ‚Entwohnen' nennt man das wohl. Sein Bankkonto habe ich überprüft, da gibt es keine ungewöhnlichen Ein-oder Ausgänge. Gehaltseingang von der Bank, dann Miete und Nebenkosten, diverse Überweisungen und Barabhebungen. Aber", er machte eine Pause und grinste die beiden älteren Kollegen an, „auch wenn ich nicht den Auftrag von euch hatte, habe ich seine Wohnung durchsuchen lassen. Dort hat die Spusi in einem Versteck jede Menge Bargeld gefunden, was vermuten lässt, dass seine unsauberen Leistungen in bar bezahlt wurden. Höre ich Applaus?"

„Frecher Kerl", meinte Tomke nur. Ihr wurde der junge Kollege immer sympathischer. Der hatte so eine Art ... „Aber ja, gute Arbeit. Über deine frechen Bemerkungen allerdings sprechen wir noch, nicht wahr, Carsten?"

„Absolut, absolut, das geht so nicht weiter mit dem Jungvolk!" Er blinzelte Tomke zu.

Klein-Hajo ließ sich nicht beeindrucken und fuhr fort: „Bernd Köhler ist eigentlich sauber, allerdings sagt man ihm nach, ein skrupelloser Makler zu sein. Es heißt, der verkaufe einem Eskimo 'nen Kühlschrank, wenn ihr wisst, was ich meine. Er konnte Häuser und Grundstücke mit hohen Renditen verkaufen und den Käufern das Blaue vom Himmel versprechen, um dann, wenn sie die Hypotheken nicht bezahlen konnten, alles wieder zum Niedrigstpreis zurückzukaufen. Das muss wohl auch das Geschäftsgebaren der Bank sein. An einem Fall bin ich noch dran. Da geht es um ein Baugebiet an der Küste. Dort haben ihm und der Bank wohl zwei Bauern im Wege gestanden. Aber dazu kann ich noch nicht viel sagen. Morgen mehr. Dann haben wir noch den toten Direktor, der Teufel schlechthin. Es gibt bisher diesen Stapel", er schlug mit der Hand auf einen dicken Stoß Akten und Computerausdrucke, „aber ich garantiere euch, das ist noch lange nicht alles. Wir sind erst am Anfang. Einer Sache bin ich auf der Spur, die ist ganz niederträchtig. Das Resultat ist, dass der Betroffene, nachdem Jannssen sich dessen Haus auf übelste Art und Weise angeeignet hatte, sich und seine Frau umgebracht hat. Tochter und Sohn standen auf der Straße. Dazu auch morgen mehr, denn ich mache jetzt Feierabend. Wer geht noch mit auf ein Bier?"

„Normalerweise gerne, denn es wird Zeit, dass du deinen Einstand gibst. Aber ich sagte schon zu Tomke, dass ich mich endlich mal bei Tageslicht zu Hause sehen lassen muss. Marie nimmt es mir sonst übel! Aber Tomke kann doch ..."

„Wie soll das denn gehen, wir sind doch gemeinsam mit einem Auto da! Soll ich nach Clinsiel laufen?" Tomke war ärgerlich, eigentlich hätte sie gerne den Abend mit Hajo verbracht, auch ohne Carsten.

„Stimmt. Na, dann nicht. Komm, lass uns fahren. Wir heben uns das Bier für morgen auf."

„Gut, dann bis morgen. Acht Uhr, ist das okay?"

„Will ich meinen!" Carsten war schon aus der Tür und Tomke folgte ihm widerstrebend.

Auf dem Parkplatz nahm sie Carsten den Autoschlüssel aus der Hand und stieg ein. „Ich fahre, ich habe noch etwas vor."

„Was denn? Willst du etwa zurück zu Klein-Hajo und dem Bier?"

„Quatsch. Ich will in ..."

„Sag nicht Quatsch. Ich habe genau gemerkt, dass du gerne geblieben wärst. Ist er nicht ein wenig zu jung für dich? Ach nein, das ist Quatsch."

„Wie bitte?"

„Tomke, mach mir nichts vor. Ich sehe doch, dass du einen Narren an dem jungen Kollegen gefressen hast."

„Das heißt aber noch lange nicht, dass ich ihn vernaschen will."

„Nein?“

„Nein!“

Sie sahen sich an und brachen in schallendes Gelächter aus.

„Ach, mach doch was du willst.“

„Mach ich auch.“

„Hauptsache, du legst endlich deinen Rucksack ab.“

„Wie bitte? Was meinst du?“

„Du weißt genau, was ich meine. Ich habe dir damals von meinen Problemen, vom Mord an meiner Frau und meiner Tochter, erzählt. Davon, wie lange ich das nicht verarbeiten konnte und welche Vorwürfe ich mir gemacht habe, ja, heute manchmal noch mache. Glaube nur nicht, dass ich jetzt, da ich Michaela und Marie getroffen habe, nicht mehr an die beiden und diese Schuld denke. Hätte ich damals nicht so beharrlich diese Mafiatruppe verfolgt, würden die beiden noch leben. Aber jetzt reden wir schon wieder über mich. Damals spürte ich genau, dass auch du ein Bündel, einen schweren Rucksack, mit dir herumträgst. Willst du noch immer nicht darüber reden? Aber vielleicht hilft dir ja eine Affäre mit einem hübschen jungen Kollegen.“

„Mit einem Kollegen? Nie wieder!“, rief Tomke entsetzt aus.

„Aha, das ist es also. Da war mal was mit einem Kollegen.“

Erleichtert hielt Tomke vor dem Haus, in dem Carsten mit Michaela und Marie wohnte. Nun konnte sie Carsten aussteigen lassen und er würde endlich aufhören zu fragen. Sie war einfach noch nicht so weit, darüber zu sprechen und mit Carsten schon gar nicht.

„So leicht kommst du mir nicht davon“, meinte Carsten und stieg aus. „Tschüss, bis morgen.“

„Ja, bis morgen früh, eben vor acht.“

„Eben vor acht, eben vor acht ...“, murmelte Carsten. „Diese Ausdrücke der Ostfriesen werde ich nie verstehen.“ Er ging ins Haus, wo er lautstark von Marie begrüßt wurde. Tomke wendete das Auto und fuhr Richtung Ortsmitte. Sie hatte noch etwas vor. Ihre Augen funkelten vor Vergnügen. Bevor sie nach Hause zu Oma und Tant' Fienchen fuhr, machte sie noch einen kurzen Umweg durch den Ort. Hier gab es einen kleinen Laden, in dem man jede Menge verschiedene Sorten Fruchtgummis, Gummibärchen und Co. kaufen konnte. Tomke wusste aus eigener schmerzlicher Erfahrung, dass es eine Sorte gab, die sehr scharf war. Ihr waren, kaum dass sie darauf gebissen hatte, die Tränen in den Augen geschossen. Eine Freundin hatte sich damals einen Scherz mit ihr erlauben wollen; noch heute dachte Tomke mit Grauen daran zurück. Vielleicht gab es in dem Laden hier in Clinsiel diese Sorte ja auch. Die wollte sie kaufen und morgen Klein-Hajo unterjubeln - als Strafe für seine Frechheiten.

Sie parkte auf dem Parkstreifen vor dem Süßwarenladen und stieg aus. Es war zwar schon kurz vor sieben Uhr, aber im Laden brannte noch Licht. Als sie gegen die Eingangstür drückte musste sie feststellen, dass doch schon geschlossen war. „Mist, schon zu, aber es brennt doch noch Licht“, fluchte sie leise. Vielleicht öffnete jemand, wenn sie klopfte? Hinten im Laden bewegte sich jemand und Tomke klopfte gegen die Glastür. „Hallo, machen Sie doch bitte nochmal auf, ich brauche noch etwas.“

„Wir haben geschlossen! Morgen ab neun Uhr können Sie kommen!“, rief ihr die Verkäuferin zu.

„Nein, da kann ich nicht! Ich muss jetzt noch etwas kaufen, bitte!“

Die Verkäuferin hob resignierend die Hände, kam zur Tür und entriegelte sie. „Dann kommen Sie halt noch rein. Sie haben Glück, dass ich noch da bin. Normalerweise schließen wir um sechs. Ich habe noch Ware aufzufüllen, sonst wäre ich schon längst weg. Was wollen Sie denn?“

„Die Scharfen. Haben Sie die ganz scharfen Fruchtgummis?“

„Die mit Chili? Ja, die haben wir auch.“

„Dann hätte ich gerne eine Tüte und eine von den ganz normalen."

„Ah, da bekommt wohl jemand einen Streich gespielt, was?"

„Ja, ein ganz besonders vorwitziger Kollege, der hat es verdient", grinste Tomke. „Die vermische ich mit den anderen und dann ..."

Die beiden Frauen mussten lachen. „Ja", meinte die Verkäuferin, „für solche Zwecke wird diese scharfe Sorte meistens gekauft. So, bitte schön." Sie schob die beiden Tüten über die Verkaufstheke und kassierte.

„Vielen Dank, dass Sie für mich nochmal aufgeschlossen haben. Morgen früh hätte ich nicht kommen können, muss um acht schon im Büro sein."

„Alles gut", erwiderte die Verkäuferin, „wie heißt es so schön? ‚Jeden Tag eine gute Tat', und das war meine für heute. Tschüss, schönen Abend und viel Spaß morgen."

Tomke verabschiedete sich und ging zurück zum Auto, die Tüten voller Vorfreude in der Hand wiegend. Im Auto legte sie den Einkauf ins Handschuhfach und fuhr los Richtung Wittmunder Straße, um dann direkt nach links zum Museumshafen abzubiegen. Dort blieb sie stehen, stellte den Motor ab und schaute gedankenverloren hinaus auf die wunderschönen alten Plattbodenschiffe und die Harle.

Es war schön hier, fand sie. Eigentlich verspürte sie noch gar keine Lust, nach Hause zu fahren, auch wenn sie müde war. Konnte das eigentlich alles sein? Arbeiten, essen, schlafen? Ein Blick auf die Uhr zeigte ihr, dass es gerade mal kurz nach halb acht war. Was sollte sie jetzt schon bei Oma und Tant' Fienchen? Ob sie nochmal nach Wittmund zurückfahren sollte – auf ein Bier mit Hajo? Nein, Frau Evers, sagte sie sich, kommt nicht in Frage! Obwohl - ein Schnuckelchen ist er ja wirklich. Mit einem Knackarsch zum Schwachwerden ...

Sie riss sich zusammen, parkte ihr Auto seitlich am Hafeneingang und stieg aus. Sie beschloss, noch auf ein Bier in die „Stechuhr" zu gehen. Einen Augenblick hatte sie überlegt, zuerst das Auto nach Hause zu fahren. Ach, was. Ein Bier war schon erlaubt.

Als Tomke in die kleine Raucherkneipe im Museumshafen von Carolinensiel eintrat, traute sie ihren Augen nicht. Am Tresen saß, in ein Gespräch mit Marcel, dem Wirt, vertieft, Klein-Hajo und zog an einer Zigarette.

„Wie, du hier?", sprach sie ihn von hinten an und tippte ihm dabei auf die Schulter. „Das glaub ich jetzt nicht."

„Tomke, hallo! Dann klappt das ja doch noch mit dem Bier!" Er strahlte sie an und drückte seine Zigarette aus.

„Ich dachte, du wolltest in Wittmund ... Und jetzt ... du rauchst?", stotterte sie.

„Und ich dachte, wenn der Prophet schon nicht zum Berg, dann …, na, du weißt schon. Nein, quatsch. Von Wittmund hatte ich doch gar nichts gesagt, und ihr wart ja so schnell weg. Ich bin öfter mal hier in der ‚Stechuhr'. Das ist auch der einzige Ort, an dem ich rauche, nur zu deiner Beruhigung. Komm, setz dich zu mir." Er zog ihr einen Barhocker heran. „Außerdem habe ich auch noch mit Gurken-Herbert gesprochen."

Tomke wusste nicht, was sie sagen sollte. Die Situation war ihr sehr unangenehm. Vor ein paar Minuten hatte sie noch über das Schwachwerden nachgedacht, und nun saß sie neben Hajo mit einem Glas Bier in der Hand. Mit den Worten „Moin Tomke, zum Warmwerden", stellte ihr der Wirt grinsend ein Glas „Böses Obst", das Hausgetränk, hin. „Warst auch schon lange nicht mehr da."

„Moin, Marcel, stimmt. Hab viel zu tun, außerdem war ich ein paar Monate auf einem Lehrgang." Sie wandte sich wieder Hajo zu und fühlte sich sehr unsicher. Was war das? „Zum Wohl,

Hajo, auf das Ende eines arbeitsreichen Tages."

Er hob sein Glas und ließ sie dabei nicht aus den Augen.

Mein Gott, sie musste hier weg, dachte sie. Er hatte etwas an sich, das ihr gefährlich werden könnte. Diese Augen ... An den Knackarsch dachte sie in diesem Moment nicht.

Klein-Hajo war, wie sich herausstellte, ein wunderbarer Unterhalter. Er brachte sie immer wieder zum Lachen, erzählte Storys, die er mit einigen Schiffern aus dem Museumshafen erlebt hatte, und Tomke merkte nicht, wie die Zeit verflog. Er sprach von seiner Ausbildungszeit, die nun noch ein knappes halbes Jahr dauern würde und deren Rest er zum Glück bei ihr und Carsten verbringen könnte. Marcel brachte zwischenzeitlich noch weitere Biere und das eine oder andere „Böse Obst". Hajo erzählte Anekdoten von Kollegen und Ausbildern, von der Zeit davor auf dem Revier und davon, dass er es als großes Glück empfunden habe, dass Carsten und sie, Tomke, damals nach Wittmund kamen, um von dort aus im Fall Pflegeheim Abendrot zu ermitteln. „Der Zufall wollte es, dass ich euch dabei helfen durfte – obwohl – an Zufälle glaube ich nicht", meinte er und strahlte sie aus leuchtend grünen Augen an.

Sie spürte ein eigenartiges Kribbeln. Sie musste nach Hause, das hier würde kein gutes Ende nehmen. „Marcel, zahlen bitte, ich muss los", unterbrach sie plötzlich die Unterhaltung.

„Ich bringe dich." Hajo stand auf.

„Nein, ich bin doch mit dem Auto. Ach so, nein, das geht wohl nicht mehr. Ich werde das Stück besser laufen."

„Genau, und ich bringe dich."

„Lass mal, ich bin ein großes Mädchen. Ich finde den Weg."

„Keine Widerrede. Marcel", rief er dem Wirt zu, „ich zahle."

„Okay, wenn es unbedingt sein muss", gab Tomke nach und merkte, dass sie einen Schwips hatte. Das war jetzt ein ganz heißes Eisen. Gut, dass sie bei Oma und Tant' Fienchen übernachtete, sonst hätte sie nicht gewusst, wie es … Der hatte aber auch Augen … „Und wie kommst du nach Hause? Autofahren darfst du auch nicht mehr."

„Ich dachte, ich könnte bei dir … Nein, nein, das war ein Scherz. Ich schlafe, wenn ich hier bin, immer oben bei Marcel im Gästezimmer. Also, keine Panik, ich fahre auch nicht mehr."

Hajo übernahm die Zeche und sie verließen die Kneipe. An der frischen Luft wurde Tomke sofort klar, dass sie wohl ein „Böses Obst" zu viel getrunken hatte, denn sie hatte das Gefühl, von einem Vorschlaghammer getroffen worden zu sein. Alles drehte sich. Klein-Hajo hatte diese Probleme wohl nicht, denn er hakte sie unter und ging festen Schrittes mit ihr durch den Museumshafen, vorbei am Kapitänshaus und am Groothus, um dann nach dem „Postbüdel" in die kleine Lohne abzubiegen.

Tomke ließ sich führen; es war besser so. „Weißt du denn, wo ich wohne?", fragte sie vorsichtig nach.

„Jo, bei den beiden renitenten alten Damen aus der Bahnhofstraße", zwinkerte er.

„Du weißt …?"

„Klar, das weiß doch jeder auf dem Revier, dass deine beiden Verwandten damals die Ostfriesen-Demo in der Bahnhofstraße angezettelt haben." Hajo hatte kurz Tomkes Arm losgelassen, um seine Jacke zu schließen und griff aber geistesgegenwärtig wieder zu, denn sie hatte einen leichten Drall nach rechts und wäre um ein Haar gegen die Hauswand gelaufen.

„Peinlich, mein Gott, ist das alles peinlich!"

„Wieso denn? Das war doch eine tolle Aktion! Wir alle fanden das damals gut."

„Nein, das meine ich ja gar nicht. Ich finde es peinlich, dass du mich nach Hause bringen musst."

„Ne, finde ich eher süß", grinste er. „Das macht meine große Chefin so menschlich …"

„Schnack nich", stöhnte Tomke und konzentrierte sich auf den Weg. Je länger sie sich an der frischen Luft aufhielt, desto mehr merkte sie, dass sie nicht nur einen Schwips, sondern einen ausgewachsenen Rausch hatte. Hajo hatte seine liebe Mühe, sie nach Hause zu bringen. Dass sie versuchte, auf dem Kreisel den windschiefen Baum geradezubiegen, würde er ihr besser niemals erzählen…

AM NÄCHSTEN TAG

Als der Wecker klingelte, schlug der Vorschlaghammer erneut zu. Tomke öffnete vorsichtig die Augen und zog sich sofort die Decke über den Kopf. Sie sortierte ihre Erinnerungen und ganz langsam wurde ihr klar, was am Vorabend passiert war. Oh Gott, sie hatte doch nicht? Vorsichtig drehte sie den Kopf zur Seite und stellte erleichtert fest, dass sie alleine im Bett lag. Wenigstens das, dachte sie und griff sich an den dröhnenden Kopf. Hatte sie wirklich so viel getrunken? Das war aber mal ein fetter Absturz gewesen, so etwas war ihr schon lange nicht mehr passiert. Mit einem Blick unter die Bettdecke stellte sie fest, dass sie ihr Schlafshirt trug. Sie erhob sich vorsichtig um zu prüfen, ob ihr noch immer schwindelig war. Es ging. Langsam setzte sie sich in ihrem Bett auf und lehnte sich an das Kopfteil. Wenigstens war ihr nicht schlecht. Mit einer oder zwei Kopfschmerztabletten müsste es gehen, wenn nur endlich das Dröhnen und Rauschen nachlassen würde.

Das Rauschen hörte plötzlich auf. Sie hörte eine Tür knarren und Schritte auf dem alten Dielenboden vor ihrem Zimmer. Mit einer Hand den Kopf haltend schlug sie mit der anderen die Bettdecke zurück und erhob sich stöhnend. Leise öffnete sie ihre Zimmertür und sah gerade noch das in ein Badetuch gewickelte Hinterteil von Klein-Hajo im Zimmer gegenüber verschwinden. Das träumte sie doch hoffentlich! Das war nicht wahr, oder? Schnell drückte Tomke die Tür wieder zu und lehnte sich entsetzt dagegen. Der hatte hier übernachtet? Ein erneuter Blick auf die unberührte Hälfte ihres Doppelbettes ließ sie aufatmen. Wenigstens hatte sie hier alleine geschlafen! Als ihr Blick auf den Wecker auf ihrem Nachttisch fiel, zuckte sie zusammen. Viertel nach sieben! Sie musste unter die Dusche, alles andere würde sie später klären.

Als sie 20 Minuten später nach unten zu Oma und Tant' Fienchen in die Küche kam, saß Hajo mit den beiden am Tisch, grinste Tomke an und zuckte mit den Schultern.

„Kind, wie kannst du nur", wurde sie von Oma begrüßt.

„Oma, ich hab' nix gemacht", verteidigte sie sich und hob zur Bekräftigung die Arme.

„Ja eben, das meine ich. Wie kannst du dem netten jungen Mann, der dich volltrunken nach Hause gebracht hat, zumuten, sich irgendwo ein Zimmer zu suchen? Zum Glück musste ich, als du kichernd an der Haustür gestanden hast, gerade zur Toilette, und wir haben dich gemeinsam nach oben verfrachtet."

„Dann hast du mich ausgezogen und ins ..."

„Ja, natürlich, wer denn sonst? Und ich habe darauf bestanden, dass Herr Hajo im Gästezimmer übernachtet. Das ist doch wohl das Mindeste, wo er doch auch noch ein Kollege von dir ist und einer von ..." Sie winkte ab. „Ach, Kind, was du aber auch machst", stöhnte Oma und schenkte ihr eine Tasse Kaffee ein. Das „Kind" setzte sich an den Tisch und nahm einen kräftigen Schluck. Das angebotene Brot schlug sie aus. Klein-Hajo dagegen aß mit großem Appetit, als wäre nichts gewesen. Sie beobachtete ihn aus den Augenwinkeln und stellte fest, dass er sich hier wohl sehr heimisch fühlte. Tant' Fienchen saß auf der Küchenbank am Tisch, trank ihren Tee und schaute grimmig.

Als Tomke ihren Kaffee ausgetrunken hatte, drängte sie zum

Aufbruch. Schließlich mussten sie beide noch zum Museumshafen laufen, wo ihre Autos standen. Tomke überlegte, ob sie wohl noch Restalkohol intus hatte und überhaupt fahren durfte. „Wo hast du dein Auto geparkt?", fragte sie auf dem Weg.

„Auf dem Parkplatz am Siel."

„Woher kennst du dich hier so gut aus? Ich denke, du bist aus Wittmund?"

„Ja, bin ich, aber ich war als Kind oft hier in Caro bei meinen Großeltern. Seit ich deren Haus geerbt habe, muss ich ab und zu nach dem Rechten schauen. Ich habe es nämlich vermietet."

„Aha, und wo steht dieses Haus?"

„Nicht weit von deiner Oma entfernt, Richtung Ortsausgang."

„Und du warst in den Ferien immer bei deinen Großeltern? Wieso kenne ich dich nicht?"

„Vielleicht weil du damals schon ein großes Mädchen warst und ich ein kleiner Junge?"

Tomke rechnete nach. Er war acht Jahre jünger als sie. Klar, dass sie einen so kleinen Kerl nicht wahrgenommen hatte. Als sie zu Oma und Tant' Fienchen kam, nachdem ihre Eltern bei einem Unfall ums Leben gekommen waren, war sie zwölf und er erst vier Jahre alt gewesen. Und als sie Abitur gemacht hatte, war er höchstens zehn Jahre alt. Danach war sie schon bald von hier fortgegangen.

Bei Tomkes Auto verabschiedeten sie sich und Hajo verstand den Blick von Tomke sofort. Er legte den Finger auf die Lippen und meinte nur: „Schön war's trotzdem. Ich würde das so oder anders gerne wiederholen." Dann drehte er sich um und überquerte die Straße Richtung Parkplatz.

Als Tomke bei Carsten vorfuhr, wartete er noch nicht auf der Straße. Sie stieg aus, ließ den Autoschlüssel stecken, ging um das Fahrzeug und setzte sich auf den Beifahrersitz. Nach ein paar Minuten kam Carsten, setzte sich auf den Fahrersitz, schnüffelte und meinte lakonisch: „Das ist wohl auch besser so. Kann es sein, dass dein Restalkohol für zwei Promillesünder reicht?“ Tomke verdrehte die Augen und schwieg.

„Schönen Abend gehabt? Aber in Wittmund zum Bier mit Klein-Hajo warst du nicht, oder? Übrigens, im Handschuhfach findest du Pfefferminz.“ Tomke schüttelte nur den Kopf und öffnete die Klappe des Faches. „Na, das muss ja ein heftiger Absturz gewesen sein, so wie das hier riecht. Und wenn ich Dich ansehe ...“

„Riecht man das wirklich noch? Ich hab doch geduscht und sogar zweimal die Zähne geputzt.“ Tomke schüttelte sich und griff nach den Pfefferminzbonbons. Dabei fielen ihr die Tüten mit den Fruchtgummis in die Hand.

„Was ist denn das?“, fragte Carsten, während er um den Kreisel in Richtung Wittmund fuhr, und deutet auf die Tüten im Handschuhfach.

„Die habe ich gestern noch besorgt. Wir wollen Hajo doch einen Streich spielen, obwohl“, sie schob die Tüte wieder zurück, „vielleicht ist das auch albern.“

„Warum? Was hattest du denn vor?“

Als sie ihm von den Chili-Gummis erzählte, beschlossen sie, es doch durchzuziehen. Carstens Fragen nach dem gestrigen Abend ließ Tomke unbeantwortet.

Im Büro saßen Klein-Hajo und sein junger Helfer aus dem Revier schon zusammen und brüteten über Akten, die noch vom Vortag übriggeblieben waren.

„Ach, deshalb ‚wir‘“, meinte Carsten und deutete auf den jungen Mann am Schreibtisch.

„Bitte?“ Hajo hob fragend den Kopf.

„Gestern haben wir uns gewundert, warum du am Telefon von ‚wir‘ gesprochen hast“, erklärte er.

„Ach so, ja, das ist Ingo Fischer. Der Revierleiter war so

freundlich, ihn uns für ein paar Tage zu überlassen, ihr seht ja …“ Er deutete auf den Aktenberg auf dem Schreibtisch.

„Meine Rede“, meinte Tomke, ließ sich schwer auf ihren Schreibtischstuhl fallen und stützte den Kopf in die Hände, er brummte noch immer.

„Soll ich aus dem Lazarett einen Kaffee holen?“, fragte Klein-Hajo spöttisch in die Runde.

Tomke hob den Arm und stöhnte: „Gute Idee.“ Dann aber sprang sie von ihrem Stuhl auf und meinte: „Ich mach ihn“, was bei den Kollegen für Verwunderung sorgte. Ihr war trotz des brummenden Schädels eingefallen, dass das eine gute Gelegenheit war, Klein-Hajo die Fruchtgummis unterzujubeln. Der Übermut in ihr war stärker als der Kater. In der Kaffeeküche des Reviers fand sie eine Schale, in die sie eine Mischung der beiden Sorten füllte. Die Kanne mit dem frisch gebrühten Kaffee in der einen, die Glasschale in der anderen Hand kam sie zurück ins Büro. „Einer der Herren darf dann noch die Tassen holen“, unterbrach sie das Gespräch der Kollegen. „Ich geh schon“, bot sich Ingo Fischer an.

Carsten telefonierte inzwischen mit dem Sekretariat der Jade-Hochschule. Dort hatte er tatsächlich jemanden gefunden, der etwas über Bella Jannssen sagen konnte; viel war es allerdings nicht. Gerade als die Tassen, Milch und Zucker für den Kaffee gebracht wurden, klingelte Tomkes Handy.

„Ja, Tomke hier“, meldete sie sich in der ihr eigenen Art, aber heute mit gedämpfter Stimme und lauschte auf das Gespräch. Nach kurzer Zeit meinte sie knapp: „Wir kommen, lasst alles dort so liegen wie es ist, benachrichtigt die Spusi und vor allem bleibt vor Ort und passt auf, dass mir keiner an die Sachen geht.“ Sie drückte das Gespräch weg, strich mit dem Display über ihren Oberschenkel und steckte das Handy weg.

„Carsten, wir müssen los, der Kaffee muss warten.“

„Wie, gibt es etwa schon wieder eine Leiche?", stöhnte Carsten.

„Nein. Ein aufmerksamer Mitarbeiter des Bauhofes hat während seiner … Ach was, komm, ich erkläre es dir unterwegs." Und zu Klein-Hajo gewandt: „Du bleibst bitte an den Akten und denke bitte auch an deinen Freund mit dem Boot im Museumshafen, du wolltest ihn nach dem Strömungsprofil fragen. Wir müssen wissen, ob und wie der Tote von der Wasserseite her an Land gekommen ist. Also ran!"

Tomke griff nach dem Autoschlüssel, doch Carsten war schneller. Er drohte ihr mit dem Zeigefinger und meinte nur: „Nix da, du hast noch genug Restalkohol."

Sie zog eine Grimasse und trabte hinter ihm her. In der Bürotür drehte Tomke sich nochmals um und deutete auf die Glasschale mit den Süßigkeiten auf dem Schreibtisch. „Hajo, wir haben dir etwas mitgebracht, damit dir die Büroarbeit nicht zu langweilig wird. Lass es dir schmecken."

„Danke, sehr nett, aber ..." Doch Carsten und Tomke waren schon verschwunden. „Nimm du mal, nach dieser Nacht ist mir noch nicht nach Süßem, ich brauche zuerst viel schwarzen Kaffee und eine deftige Grundlage." Hajo goss sich von dem frisch gebrühten Kaffee ein und schob Ingo die Glasschale rüber. Der griff erfreut zu.

Auf dem Weg zum Fahrzeug erklärte Tomke ihrem Kollegen, was es mit dem Anruf auf sich hatte. „Ich glaube, Kommissar Zufall kommt mal wieder ins Spiel. Ein aufmerksamer Mitarbeiter des Bauhofes hat während einer Pinkelpause nahe der Goldenen Linie in einem Gebüsch einen Bootstrailer ohne Nummernschild entdeckt. Darauf fand er dann noch zerrissene Männerkleider und eine weiße Wolldecke. Das war ihm alles sehr suspekt, darum hat er die Polizei informiert."

„Vermutest du da einen Zusammenhang mit unserem Toten vom Strand? Das kann doch alles reiner Zufall sein."

„Mein Bauchgefühl sagt mir da etwas ganz anderes. Reiner Zufall? Nein, eher Kommissar Zufall, vermute ich. Glaube mir. Trotz Restalkohol: Auf mein Bauchgefühl kann ich mich verlassen."

„Hast du die genaue Adresse?"

„Nein, nur so ungefähr. Zur Goldenen Linie jedenfalls. Fahr einfach mal durch Clinsiel durch und hinter der Tankstelle links rein. Tomke stutzte kurz und hatte das Gefühl, ein Déjà-vu zu erleben. Hatte sie eine solche Situation nicht so oder ähnlich vor einem Jahr erlebt? Mit diesen Worten waren sie damals durch Carolinensiel gefahren, zu der toten Frau im Siel. Nur dass Carsten damals Restalkohol im Blut gehabt hatte. Dass sie daran jetzt denken musste …

Sie bogen am ersten und auch am zweiten Kreisel nach rechts ab in die Bahnhofstraße und Tomke erkannte im Vorbeifahren, dass Tant' Fienchen an der Straße stand und sich mit ihrer Nachbarin Mariechen unterhielt. Direkt nach der Tankstelle beugte sie sich vor und rief: „Stopp, hier musst du links rein!" Doch Carsten hatte schon den Blinker gesetzt und warf ihr einen genervten Blick zu. „Ich weiß, wo die Goldene Linie ist, schließlich lebe ich schon fast ein Jahr hier."

„'Tschuldigung", antwortete sie kleinlaut.

Sie fuhren an den überdimensionalen Silos vorbei, die nach Tomkes Dafürhalten nicht in die Landschaft passten, und über ein Stück freies Land, bis sie bei einer seitlichen Ausbuchtung zwei Fahrzeuge stehen sahen, ein orangefarbener Pritschenwagen des Bauhofes und das Fahrzeug der Kollegen. Als sie ausstiegen, deutete der Kollege auf das Gebüsch mit dem Wäldchen dahinter und winkte ihnen, ihm zu folgen. Tatsächlich stand in dem Gebüsch versteckt ein alter Bootstrailer.

„Ein Nummernschild wäre auch zu schön gewesen", murmelte Carsten.

„Also glaubst du auch an einen Zusammenhang?"

„Nein, aber mit Nummernschild hätten wir die Angelegenheit schneller klären können.“ Er deutete auf das alte Teil: „Soll ich dir sagen, was ich denke?“

„Kann ich dich davon abhalten?“

„Nein. Ich glaube, da wollte einer seinen Schrott loswerden und hat gleichzeitig noch ein paar alte Klamotten dazu gepackt“, meinte er lakonisch.

„Nee, lass mal. Ich glaube, die Spusi macht da einen Fund. Irgendwie bringt uns das weiter, glaube mir.“ Sie klopfte sich auf die Brust.

Sie wandte sich an den Mitarbeiter des Bauhofes und meinte: „Das haben Sie gut gemacht. Vielen Dank, dass Sie uns informiert haben. Wofür eine schwache Blase so alles gut ist …“

Der Arbeiter winkte ab und meinte nur: „Kann ik nu weer los? De Arbeit maakt sük nich van alleen.“

„Jo, wenn Sie meinem netten Kollegen hier noch Ihren Namen und ihre Anschrift geben, gerne.“

Carsten machte sich die entsprechenden Notizen, Tomke zog sich Gummihandschuhe an und begann, die abgelegten Sachen zu inspizieren. Der Bootstrailer hatte wirklich schon bessere Tage gesehen. Er stand allerdings erst seit einigen Tagen hier, denn das Unkraut darunter war zerdrückt und noch nicht wieder hoch gewachsen. Das Bündel mit den Kleidungsstücken war achtlos daraufgeworfen worden. Mit spitzen Fingern zog Tomke ein Kleidungsstück hervor. Es war ein schwarzes Shirt. Sie schaute in den Kragen und konnte erkennen, dass es die Größe 3XL hatte. „Passt“, murmelte sie. Vorsichtig zog sie das zweite Kleidungsstück hervor, einen Blouson, ebenfalls in 3XL. „Passt auch.“

„Carsten, ich gehe jede Wette ein: Diese Klamotten gehörten unserem toten Henry. Und mit diesem Hänger ist ein Boot transportiert und dann irgendwo zu Wasser gelassen worden.

Klein-Hajo muss sich dringend um das Strömungsprofil kümmern. Ich bin mir sicher, dass das Boot hier an der Küste ins Wasser gebracht wurde.“

„Tomke, das kann doch überall passiert sein“, wehrte Carsten ab.

„Unlogisch, vollkommen unlogisch. Wieso sollte der Täter dann den Aufleger hier abstellen? Der fährt doch nicht unendlich weit durch die Gegend, um das Ding loszuwerden. Nein.“ Sie schüttelte den Kopf und presste die Lippen zusammen. „Wenn ich, zum Beispiel vorne in Harlesiel, heimlich ein Boot ins Wasser lasse und belastende Gegenstände so schnell wie möglich loswerden will, suche ich mir das nächste unbewohnte Gebiet. Das ist entweder rechts der Schwerinsgroden oder links über die Brücke am Schöpfwerk vorbei die Gegend Richtung Goldene Linie – also genau hier.“

Tomke war in ihrem Element und niemand hätte sie in ihrem Gedankengang stoppen können. Carsten kannte das und versuchte es deshalb erst gar nicht.

„Genau“, sprach sie weiter, „der Täter ist vom Schöpfwerk kommend in die Deichstraße abgebogen, das Stück am Deich entlang und nach rechts ab hierher gefahren. Hat den Aufleger abgekuppelt und in diesem Gebüsch versteckt. Die Klamotten gleich mit dazu. Du darfst mich Tante Waltraud nennen, wenn ich falschliege“, endete sie und blinzelte ihn triumphierend an.

„Wieso ausgerechnet Waltraud?“

„Weil ich eine Tante hatte, die Waltraud hieß, und das war eine Zimtzicke. Egal, wenn dir der Name nicht schlimm genug erscheint, darfst du dir einen anderen aussuchen. Aber gib dir keine Mühe, denn ich habe sowieso recht.“ Sprach‘s und setzte sich in den Wagen. Carsten schüttelte den Kopf. Sie warteten noch, bis die Kollegen von der Spurensicherung aus Wilhelmshaven eintrafen, erklärten kurz die Zusammenhänge und ließen die Fachleute ihre Arbeit tun.

Als sie losfuhren, stöhnte Tomke: „Ich brauche jetzt einen Kaffee, sonst garantiere ich für nichts."

„Bekommst du, bekommst du. Ich denke, den hast du dir verdient, nachdem du dein alkoholisiertes Hirn so arg strapaziert hast. Ich lade dich zu einem Cappuccino ein."

„Oh ja, wo?"

„Bei uns zu Hause. Wir haben uns einen Kaffeeautomaten geleistet, mit allen Schnacken."

„Mit was?"

„Mit allen ..., ach, das ist so ein Ausdruck aus der alten Heimat. Mit allem Drum und Dran eben. Mit Milchaufschäumer, Bohnenmahlwerk, du wirst schon sehen. Und Michaela freut sich sicher. Sie hat heute frei und ist zu Hause."

„Na, denn man to, ich freue mich auch."

„Dann kannst du mir auch erzählen, wo und mit wem du gestern Nacht so versackt bist."

„Von wegen, das könnte dir so passen. Nix da!"

Carsten parkte das Auto vor dem Haus, schloss die Haustür auf und rief die Treppe hoch: „Michaela, ich bin es und ich habe Tante Waltraud mitgebracht!" Tomke versetzte ihm einen Hieb in die Seite.

Michaela kam ihnen entgegen und fragte: „Welche Tante …? Ach, Mensch, das ist ja Tomke. Du immer mit deinen Späßen."

„Wir haben eine Wette laufen, und wenn ich die gewinne …"

„Vergiss es", unterbrach ihn Tomke. „Diese Wette habe ich schon gewonnen, glaube mir. So. Und wo gibt es denn nun den tollen Cappuccino?"

„Ach so, ihr wollt hier Pause machen. Wie finde ich das denn?", scherzte Michaela. „Solltet ihr nicht Mörder fangen?"

„Michaela, sei bitte milde, Tomke ist noch nicht so ganz fit, sie hat eine anstrengende Nacht hinter sich", grinste Carsten. „Gönnen wir ihr eine kleine Pause. Ich habe so sehr von unserem neuen Kaffeeautomaten geschwärmt, deshalb machen wir unsere Kaffeepause heute hier."

„Gut, ihr zwei, dann werfe ich das gute Stück gleich mal an. Kommt mit in die Küche und setzt euch an den Küchentisch, da ist es am gemütlichsten. Tomke, darf ich vorstellen?" Sie deutete auf die große silberne Maschine. „Das ist Swantje", meinte sie und musste sich das Lachen verkneifen.

„Swantje? Wieso heißt eure Kaffeemaschine Swantje?"

„Frag mich nicht, das war Maries Idee. Sie fand, eine solch schöne Maschine müsste einen Namen haben und da könnte man mit Swantje ja schon mal üben, denn sie wünscht sich dringend eine Schwester, die dann Swantje heißen soll. Tut mir leid, das hat sie beschlossen", meinte Michaela zu Carsten. „Aber keine Angst, wenn die Schwester dann da ist, wird die Maschine umgetauft, auch das hat sie schon beschlossen", erzählte sie weiter und musste laut lachen. „Dieses Kind hat Fantasie, sage ich euch."

„Ja, wie, ist denn schon …?" Tomke deutete auf Michaelas Bauch.

„Ach was, wo denkst du hin. Aber wer weiß, was kommt. Und wenn Marie einmal etwas beschließt, kann Carsten ihr nichts, aber auch gar nichts abschlagen. Ich bin hier gewaltig in der Minderheit", seufzte sie mit einem bekümmerten Augenaufschlag und schaltete den Kaffeeautomaten an.

„Von wegen du! Ich bin doch hier in der Einzahl. Was soll ich denn gegen euch ausrichten?", tat Carsten bekümmert.

Michaela winkte ab. Sie hantierte mit Tassen, füllte Kaffeebohnen ein und holte die Milch aus dem Kühlschrank. Als sie sich wieder umwandte, waren Tomke und Carsten in eine Diskussion über ihr weiteres Vorgehen vertieft. Tomke beharrte darauf, dass man dringend dieses Strömungsprofil benötigte, sie wollte unbedingt die Möglichkeit beweisen, dass ein Boot mit der Leiche von Henry van Hook in Harlesiel ins Wasser gelassen wurde.

Michaela kümmerte sich weiter um den Cappuccino, schnitt für jeden ein Stück Rosinenstuten ab und brachte alles auf den Tisch. „So, nun ist aber mal Schluss mit Ermitteln und Diskutieren, genießt Kaffee und Rosinenbrot. Ich will von euren Mördern nichts hören. Was mich viel mehr interessiert, Tomke: Ich höre, du hast eine aufregende Nacht hinter dir?“, meinte sie augenzwinkernd.

„Aufregend? Von wegen. Aufgeregt habe ich mich erst heute Morgen, als ich merkte, welchen Brummschädel ich mir da eingefangen habe. Aber so langsam geht es wieder.“

„War er denn nett?“

„Wer? Der Brummschädel?“

„Nein, aber du warst doch sicher nicht alleine.“

„Wieso kommt ihr nur auf die Idee, dass ich mit einem Mann zusammen war? Man kann zum Beispiel auch mit einer Freundin versacken oder alleine!“

„Ich würde es dir jedenfalls wünschen – das mit dem Mann, meine ich“, entgegnete Michaela und stand auf, um die Zuckerdose zu holen.

„Lass mal, den brauche ich nicht. Der Cappuccino schmeckt wirklich fantastisch. War das Teil teuer?“ Sie deutete auf den Kaffeeautomaten.

„Geht so. Wir haben zusammengelegt, aber es hat sich gelohnt, denke ich.“

„Auf jeden Fall“, erwiderte Tomke und hielt Michaela ihre leere Tasse hin. „Einer geht noch, oder, Carsten?“

„Immer. Für mich auch bitte, Michaela.“

Sie diskutierten noch ein wenig über die Maschine, über Marie und ihre Fantasien und über den Gedanken an ein Baby. Michaela wollte sich noch nicht festlegen, wobei sie hervorhob, dass ihre biologische Uhr dann aber doch irgendwann ablaufen würde. Tomke stand auf, sie wollte das Thema beenden. Michaela warf Carsten einen Blick zu, doch er zuckte nur mit den Schultern. Sie gingen zusammen durch das Treppenhaus nach unten und Tomke überlegte, dass die kleine Dachwohnung für die drei sicher langsam zu klein werden würde. Und wenn dann vielleicht noch ein Baby käme?

Michaela küsste Carsten zum Abschied und umarmte Tomke herzlich. „Komm doch bald mal wieder, ich würde mich sehr freuen. Vielleicht treffen wir uns auch einmal zu einem Mädchenabend?"

„Gute Idee, das machen wir! Ich freue mich."

Auf dem Weg zurück nach Wittmund nahm Tomke ihr Handy und rief bei Klein-Hajo an: „Hast du etwas über das Strömungsprofil erfahren?"

„Ja, aber das erzähle ich dir besser hier vor Ort, am Telefon ist das zu langwierig. Seid ihr auf dem Weg? Schöne Grüße von Ingo übrigens."

„Wir sind in zehn Minuten da, dann müssen wir alle Fakten durchgehen, dann möchte ich etwas über das Strömungsprofil hören, und ich will wissen, wer weshalb welches Motiv hat. Bereite schon mal alles vor, bitte. Wir müssen so langsam in die Gänge kommen. Die Ereignisse überschlagen sich, und wir kommen nicht nach", beklagte sich Tomke. „Der Chef wird sicher auch noch etwas hören wollen, der wird mir heute garantiert noch auf den Füßen stehen." Was das mit den Grüßen von Ingo auf sich hatte, verstand sie nicht und ging deshalb auch nicht darauf ein.

„Geht es dir besser?", wollte Hajo noch wissen. Doch Tomke drückte das Gespräch weg, ohne seine Frage zu beantworten.

„Warum bist du so muffelig zu Hajo? Er macht doch einen guten Job."

„Das weiß ich, aber er nimmt sich manchmal zu viel heraus."

„Nun, er ist verliebt in dich. Und du? Dass es zwischen euch knistert, ist ja nicht zu übersehen."

„Quatsch, das meinst du nur."

Tomke drehte den Kopf zur Seite und blickte aus dem Fenster. Das Gespräch war beendet. Tomke wollte einfach nicht darüber reden. Vielleicht wollte sie es auch nicht wahrhaben. Weil nicht sein konnte, was nicht sein durfte. Und warum sollten sie nicht dürfen? Aber wollte sie das? Nochmal mit einem Kollegen? Und dann auch noch mit einem jüngeren? Einem so viel jüngeren? Was, wenn er auch ein Kind wollte? Mit ihr ging das nicht, selbst wenn sie wollte. Sie sprachen kein Wort mehr, bis sie auf dem Revier in Wittmund eintrafen.

Als sie das Büro betraten, warf Ingo Fischer ihnen einen bösen Blick zu und Klein-Hajo grinste. Was war hier los?

Hajo sah ihren fragenden Blick und meinte nur: „Danke für die Fruchtgummis. Sie waren wohl für mich bestimmt, aber es hat den Falschen getroffen." Er deutete auf Ingo, der noch immer grimmig in die Runde schaute.

„Oh, Entschuldigung, war's schlimm? Das war so nicht geplant. Wir wollten eigentlich Klein-Hajo wegen seines vorlauten Mundwerks treffen. Da müssen wir uns wohl eine Wiedergutmachung ausdenken und für Hajo einen neue kleine Bösartigkeit. Keine Sorge, mein Lieber, so kommst du uns nicht davon. Aber nun an die Arbeit. Habt ihr etwas Neues für uns?"

„Sagt ihr doch bitte erst einmal, was euer Ausflug gebracht hat. Waren das nun Gegenstände, die zu unserem Fall passen könnten?"

„Ich denke, ja, aber der Kollege Schmied ist da eher skeptisch. Wir haben eine Wette laufen, die er aber hundertprozentig verliert."

„Echt? wie denn?"

„Später. Ich will hier jetzt erst einmal weiterkommen. Sag du uns lieber, was dein Freund aus dem Sielhafen erzählt hat."

„Ja, Herbert. Gurken-Herbert, meine ich. Das war gar nicht so einfach, denn er wollte sich zuerst nicht festlegen. Ich habe aber dann doch so einiges aus ihm herauskitzeln können. Irgendwann hat er dann eine Theorie entwickelt, die sehr plausibel ist."

„Schieß schon los." Tomke wurde ungeduldig. Carsten hatte sich neben Ingo Fischer gesetzt und in die Glasschale mit den Fruchtgummis gegriffen, zum Glück jedoch keine Niete gezogen.

„Also, Folgendes habe ich erfahren, und theoretisch könnte es so gewesen sein: Wenn ein Boot im Außenhafen von Harlesiel ins Wasser gesetzt wird, kann es durch das ablaufende Wasser entlang des Leitdammes nach draußen gezogen werden. Eigentlich treibt es dann Richtung Osten weg, weil der Leitdamm eine leichte Kurve nach Osten macht. Haben wir aber Ostwind, besteht die Möglichkeit, dass es um den Steindamm herum in Richtung Westen und ostfriesische Küste getrieben wird. Irgendwann fällt es dann mit Sicherheit trocken, weil die Ebbe kommt. Mit auflaufendem Wasser könnte das Boot gekentert und die Leiche an den Strand getrieben worden sein. Schließlich war sie in einen Plastiksack verpackt. Das ist zwar alles ‚hätte', ‚wenn' und ‚aber', jedoch ganz sicher nicht außer Acht zu lassen. Eine andere Möglichkeit wäre natürlich, dass das Boot nicht gekentert, sondern leckgeschlagen und gesunken ist und dass die Leiche aus diesem Grund an den Strand kam. Wie auch immer, Herbert hält das inzwischen auch für möglich. Wir haben uns das auf seiner Seekarte angesehen und sagen: Warum nicht?"

„Plausibel, durchaus plausibel. Carsten, was sagst du?", wandte sich Tomke an ihren Kollegen.

„Nichts sage ich dazu, ich bin ein Trockendockler und habe keine Ahnung. Wenn der Fachmann allerdings meint …"

„Ein Trockendockler! Der Ausdruck ist gut, den muss ich mir merken", kicherte Tomke. „Ich schicke die Spusi an den Anleger am Außenhafen, die sollen dort jeden Millimeter nach Spuren absuchen."

„Was ist denn mit dem Strand? Könnte man das Boot nicht auch über den Strand ins Wasser gebracht haben?", wollte Carsten wissen, aber Hajo unterbrach ihn.

„Nein, das nicht, Herbert hält das für unwahrscheinlich."

„Ich auch. Außerdem hätte man im Sand irgendwo Reifenspuren vom Trailer sehen müssen. Da war nichts, ich habe das überprüft. Also dann: auf ein Neues. Die Kollegen werden sich freuen." Sie griff zu ihrem Handy und wählte die Nummer der Spurensicherung in Wilhelmshaven. „Moin, Tomke hier, ihr müsst nochmal raus nach Caro kommen, wir haben da etwas für euch." Sie lauschte kurz auf die Antwort und meinte: „Stimmt, das passt, dann können sie direkt weiterfahren. Warte, ich erkläre dir, wohin." Sie gab kurz noch ein paar Anweisungen und drückte das Gespräch weg. „Die Kollegen sind noch an der Goldenen Linie und fahren dann gleich weiter zum Außenhafen", erklärte sie.

Die Männer hatten sich in ein Gespräch vertieft. Tomke drängte sich dazwischen. „Darf ich mitspielen? Was gibt es hier?"

„Jede Menge Gründe, diesen Direktor Jannssen und auch seinen Mitarbeiter Bernd Köhler zu ermorden, würde ich sagen", erklärte Ingo Fischer.

„Ach so, ja, Ingo. Von Hajo weiß ich, dass du ihn in den letzten Tagen sehr gut unterstützt hast. Dein Chef da draußen allerdings besteht darauf, dass du ab morgen wieder regulären Dienst in deiner Abteilung machst. Tut mir leid, er hat es mir gesagt, als wir eben angekommen sind. Aber für heute können wir noch auf dich zählen. Also, dann legt mal los. Was habt ihr herausgefunden?"

„Viel. Zu viel. So viel, dass einem schlecht werden könnte. Das ist wirklich eine rücksichtslose Bande, diese Leute von der Tourist-Immo-Invest-Bank. Ein ganz dicker Hund ist hier in der Nähe passiert. Ich hatte es gestern Abend schon angedeutet. Aber auch hier kann man ihnen nicht wirklich etwas nachweisen. Es sollte ein riesiges, ein überdimensionales Feriengebiet entstehen. Über 90 Prozent des Geländes gehört der Bank bereits, aber zwei Bauern, Brüder übrigens, wollten ihre Äcker und Grundstücke nicht verkaufen. Man hat wohl lange mit ihnen verhandelt, immer neue Angebote gemacht, aber sie haben abgelehnt. Irgendwann ist dann der Hof des einen abgebrannt“, endete Ingo Fischer.

„Ich will die zwei hier haben, sofort!“ Tomke schnellte hoch.

„Wir sind schon dran, aber das ist nicht einfach: Die beiden sind wie vom Erdboden verschluckt“, schaltete sich Klein-Hajo ein. „Aber das sind nicht die einzigen, die ein Motiv haben. Wir müssen auch die Kinder des Mannes suchen, der seine Frau getötet und dann Selbstmord begangen hat, weil man ihm seine Villa abgeluchst hatte. Auch sie haben ein Motiv. Da bin ich jetzt dran, aber es kann dauern. In beiden Fällen sind die Leute verschwunden. Dann gab es vor einiger Zeit eine Leiche nach einem Brand in einem Haus, dessen Mieter auf die Straße gesetzt werden sollten. Die Frau des Mannes lebt allerdings inzwischen bei ihrer Tochter und ihren fünf Enkelkindern in Bayern. Ich bezweifle sehr, dass sie hier in den Norden kommt, um einen Rachefeldzug zu starten. Deshalb konzentriere ich mich jetzt auf die beiden ersten Fälle.“

„Gute Arbeit, ihr zwei. Danke, macht weiter so und bleibt da dran, auch an der bayerischen Großmutter. Man weiß ja nie. Versucht bitte außerdem auch etwas über die Sekretärin von Jan Jannssen, Inka Petersen, zu erfahren. Sie ist mir nicht geheuer – mein Bauchgefühl, wisst ihr …?“

Tomke wurde unterbrochen, denn ein Kollege von der Telefonzentrale kam in das Büro und reichte Carsten einen Zettel. Der warf einen Blick darauf und meinte: „Kannst du uns das erklären? Wer hat angerufen?" Tomke schaute ihn fragend an.

Der Kollege zuckte die Schultern und grummelte nur: „Anonym, hat keinen Namen genannt, und eine Telefonnummer war auch nicht zu erkennen. Hat wohl von einem Prepaid-Handy aus angerufen. Steht alles da drauf." Er deutete auf den Zettel und wollte das Büro verlassen.

„Stopp! Mann oder Frau? Das wirst du doch wohl erkannt haben, oder?", rief Tomke ihm nach.

„Een Wief was dat", brummte er und zog die Tür hinter sich zu.

„Was war denn das für einer?", erkundigte sich Carsten.

„Ach, das ist Hermann Becker. Der ist immer so, darf man sich nichts draus machen", versuchte Ingo Fischer zu erklären.

Carsten reichte den Zettel an Tomke weiter und sie las laut vor: „Heike Hoffmann-de Vries hat ein Verhältnis mit Bernd Köhler. Die sollten Sie mal unter die Lupe nehmen …"

Diese Nachricht schlug im ersten Moment wie eine Bombe ein, doch die Euphorie legte sich schnell, denn man war sich einig, dass Heike Hoffmann-de Vries wohl kaum in der Lage war, ihren Liebhaber an einem Strick hinter die Stubentür des Hauses ihres Mannes zu hängen. Carsten und Tomke diskutierten lautstark, während Klein-Hajo zum Telefon griff und eine Nummer wählte.

„Das wird ja immer verrückter!", rief Tomke. „Und mit wem telefonierst du denn jetzt?"

Hajo winkte ab und beendete das Gespräch. „Möwenweg, Carolinensiel", rief er seinen Kollegen zu.

„Was ist dort?", fragte Carsten.

„Eventuell das Liebesnest der beiden. Die werden ihre Schäferstündchen ja wohl nicht im Hause Hoffmann-de Vries abgehalten haben, dachte ich mir. Deshalb habe ich beim Einwohnermeldeamt nachgefragt, ob Köhler noch eine andere Wohnung als die in Wilhelmshaven hat. Und was soll ich sagen? Er besitzt einen Ferienwohnung in Caro!“

Carsten stand auf, zog einen imaginären Hut vor Hajo und meinte: „Ab sofort lassen wir das ‚Klein‘ vor Hajo weg, damit das klar ist!“

Tomke war sprachlos. Als sie sich wieder gefangen hatte, winkte sie Carsten und meinte: „Möwenweg, da fahren wir jetzt hin und anschließend zu Heike Hoffmann-de Vries. Na, der werde ich etwas erzählen. Tut so, als kenne sie Bernd Köhler nur ganz beiläufig als Kollegen ihres Mannes. Das wird ja immer schöner. Na, komm schon, Carsten“.

„Nein.“

„Wie, nein?“

„Nimm Hajo mit, der hat es verdient, das Büro mal zu verlassen, und außerdem geht mir dein Kommandoton fürchterlich auf die Nerven. Ich bleibe hier und übernehme vorübergehend Hajos Job. Lass deine Übersprunghandlungen heute mal an Hajo aus. Anschließend könnt ihr dann ja auf ein Bier gehen.“

„Carsten …!“, brauste Tomke auf, aber der hatte sich schon den Akten zugewandt. Sie gab auf und verließ mit Hajo das Büro.

„Willst du mir nicht sagen, was ich alles zu tun habe?“, rief ihr Carsten noch nach.

Blödmann, dachte sie. Als sich die Tür hinter den beiden geschlossen hatte, erklärte Carsten dem Kollegen Fischer, dass Tomke das manchmal brauchte, um wieder in die Spur zu kommen; er solle sich nichts dabei denken. Im Übrigen entschuldige er sich nochmals für die „scharfen Gummis“, die seien nun wirklich nicht für ihn gedacht gewesen. Eigentlich konnte Ingo Fischer inzwischen über die Aktion schon wieder lachen. „Mein Gaumen hat sich beruhigt.“ Das war irgendwie eine tolle Truppe, die von Mord und Totschlag, fand er.

Tomke war sauer, am meisten allerdings auf sich selbst. Carsten hatte ja recht. Sie war manchmal einfach unausstehlich. Aber dieser Fall war so verwirrend und kein Ermittlungserfolg in Sicht. Drei tote Männer mit, aber auch gleichzeitig ohne Zusammenhang, dem Augenschein nach wenigstens. Auf dem Parkplatz der Polizeistation wollte Tomke das Fahrzeug aufschließen, aber Hajo nahm ihr den Schlüssel ab.

„Spinnst du?", brauste Tomke auf.

„Du hast Restalkohol", erklärte Hajo trocken.

„Du auch." Tomke nahm ihm den Schlüssel wieder ab. Die beiden schauten sich an und fingen laut an zu lachen. Die Situation war einfach zu albern.

„Okay, fahr du und ich denke. Schließlich kennst du dich in Clinsiel besser aus." Er schaute auf seine Armbanduhr. „Unser Restalkohol dürfte langsam verflogen sein."

„Denke ich auch. Außerdem habe ich eine Idee", grinste sie verschmitzt. „Komm, steig ein."

Sie fuhren fast schweigend den Weg zurück nach Carolinensiel. Tomke war innerlich sehr aufgewühlt. Warum fühlte sie sich nur wie ein nervöser Teenager? Sie musste sich auf dieser fast geraden Strecke sehr konzentrieren, um nicht wieder zu schnell zu fahren. Hier hatte sie schon den einen oder anderen Strafzettel bekommen. Hajo genoss die Fahrt, so dicht und alleine neben der Frau, die er mehr als bewunderte. Kurz vor dem Kreisel fragte er: „Was ist das denn nun für eine Idee, von der du in Wittmund gesprochen hast?"

„Wir holen uns Fischbrötchen bei Ady – der steht heute beim Siel –, fahren raus zur Küste und vernichten unseren Restalkohol mit einem späten Katerfrühstück. Es ist auflaufendes Wasser, der Wind wird uns die letzten Nebel aus dem Kopf vertreiben."

„Okay, du holst die Fischbrötchen, ich besorge Mineralwasser und bringe noch ein Glas Gurken mit."

Tomke parkte auf dem kleinen Parkplatz an der Harle und musste beim Aussteigen an den Fall vom vergangenen Jahr denken, als sie gegenüber, im Fischhörn, die Leiche einer Altenpflegerin gefunden hatten. Damals hatte irgendwie alles angefangen, das mit Hajo. Obwohl sie ihn damals noch nicht wirklich als Mann wahrgenommen hatte. Und jetzt? Denk an etwas anderes, schalt sie sich selbst und marschierte zum Fischwagen von Ady, von wo ihr der Geruch von frischgebackenem Kibbeling entgegenwehte. Sonst liebte sie dieses Gericht, aber heute störte sie der Geruch gewaltig. Sie kaufte für jeden ein Brötchen mit Bismarckhering, verlangte extra viele rohe Zwiebeln und ging zurück zum Auto. Sie wusste genau, dass es an der Zeit war, die Gedanken nun endlich wieder auf den Fall zu konzentrieren. Eine kurze Pause am Strand, dann würde das Lotterleben ein Ende haben, sagte sie sich. Der Fall und auch der Umgang mit Hajo musste Professionalität annehmen.

Als Hajo mit zwei Flaschen Mineralwasser und tatsächlich einem Glas saurer Gurken zum Fahrzeug kam, musste sie lachen. „Kindskopf", murmelte sie und fuhr los. Es war trübe und windig und deshalb am Strand recht leer. Die Schranke zum Wohnmobilstandplatz direkt an der Mole war geöffnet, so dass sie bis zum Wasser vorfahren konnten. Die Kollegen von der Spurensicherung waren noch immer am Außenhafen damit beschäftigt, den kompletten Anleger nach Spuren zu untersuchen. Die Strecke war zirka 100 Meter lang und sie hatten gut zu tun. In einem kurzen Gespräch versuchte sie dem leitenden Beamten zu erklären, worauf sie besonderes Augenmerk legen sollten. „Hab's schon verstanden, Tomke. Keine Angst, wenn da etwas ist, finden wir es."

Tomke ging zurück zum Fahrzeug, griff sich ein Fischbrötchen, die Mineralwasserflasche und schwang sich mit einem lockeren Satz auf die Motorhaube. Diese war allerdings heiß und sie war genauso schnell wieder unten. Hajo prustete laut los. Tomke warf ihm einen bösen Blick zu, denn sie fand es gar nicht witzig, und biss in ihr Fischbrötchen. Der Job hatte sie wieder.

„Ich kann mir sehr gut vorstellen, dass hier, an dieser Mole, ein Boot mit der Leiche zu Wasser gelassen wurde. Vor allem – aber das will Carsten nicht einsehen –, weil wir diesen Bootstrailer, die Kleidung und diese Decke mit Blutspuren an der Goldenen Linie gefunden haben. Das passt zusammen; ich bin mir sicher."

Hajo hörte ihr wortlos zu, während beide ihr Fischbrötchen aßen und immer wieder in das Gurkenglas griffen. Die Wasserflaschen waren leer und Tomke drängte zum Aufbruch.

„Da wir schon mal in Harlesiel sind, fahren wir jetzt zu meiner lieben Freundin Heike", meinte sie mit süffisantem Lächeln, „darauf freue ich mich schon. Aber ich werde uns anmelden, damit wir nicht wieder eine Ewigkeit vor der Tür stehen." Hajo fing an, sich an Tomkes Methoden zu gewöhnen und stieg wortlos ein.

„Dann warten Sie eben diesen Moment noch ab, wir sind gleich da. Ja, es gibt Neuigkeiten, die wir mit Ihnen besprechen müssen." Ihr Tonfall wurde energisch. Als sie das Gespräch weggedrückt hatte, schüttelte sie den Kopf und stieg ein. „Sie hat nicht nach ihrem Mann gefragt, wollte nur wissen, ob es lange dauert. Sie habe einen Termin bei ihrer Kosmetikerin. Ich fasse es nicht! Ich glaube, den Termin versaue ich ihr jetzt mit Wonne!"

Das Gespräch mit Heike Hoffmann-de Vries verlief alles andere als harmonisch, und Hajo musste Tomke mehrmals am Ärmel zupfen, damit sie sich etwas mäßigte. Sie war auf Zweihundert. Als Heike Hoffmann-de Vries endlich zugab, ein Verhältnis mit Bernd Köhler gehabt zu haben, war sie sehr kleinlaut und trotzdem betonte sie am Ende, sie selbst habe es schon lange beendet und sie wisse gar nicht, wie es dazu hatte kommen können.

„Wo haben Sie sich getroffen und wann das letzte Mal?", wollte Tomke wissen.

„Das war – warten sie mal …" Heike Hoffmann-de Vries versuchte sich etwas Zeit zu verschaffen, denn sie hatte schon mehr zugegeben, als ihr recht war.

„Nein, ich warte nicht. Sie werden doch noch wissen, wann Sie das letzte Mal mit ihm zusammen waren. Also?"

„Donnerstag. Ja, genau. Donnerstag vor zwei Wochen in seinem Appartement", nuschelte sie.

Tomke atmete tief durch. „Das glaubt Ihnen doch kein Mensch. Ich habe die Nase von Ihren Lügen und dieser Verzögerungstaktik, die Sie hier an den Tag legen, gestrichen voll. Bernd Köhler ist tot! Sie werden in der nächsten Zeit nicht verreisen, und ich möchte Sie morgen früh um acht Uhr auf dem Revier in Wittmund sehen. Dann nehmen wir ein Protokoll auf und entscheiden, wie es weitergeht. Ich rate Ihnen, kooperieren Sie mit uns und lassen Sie diese Mätzchen wie Drohungen und Beeinflussung durch Ihren Vater. Der Schuss kann gewaltig nach hinten losgehen. Haben wir uns verstanden?"

Heike Hoffmann-de Vries nickte. „Aber ich bringe morgen meinen Anwalt mit", meinte sie trotzig.

„Das ist Ihr gutes Recht. Haben Sie einen Schlüssel von diesem Appartement?", fragte Tomke.

Heike schüttelte den Kopf. Tomke drehte sich wortlos um, nickte Hajo zu, und sie verließen die Villa.

„Mein lieber Mann, mit dir möchte ich aber keinen Streit haben. Bist du bei Vernehmungen immer so drauf?" Hajo schaute sie an.

„Nein, aber ich kann diese Zicke nicht leiden."

„Okay. Was wäre passiert, wenn ich eine Frage an die Dame gehabt hätte? Kommt man da überhaupt zwischen? So langsam kann ich Carsten verstehen – leicht hat man es mit dir als Kollegin nicht."

„Echt? Das ist mir noch gar nicht aufgefallen."

„Dann hörst du es jetzt von mir. Ich soll zwar von euch lernen, aber meine Meinung darf ich schon sagen, oder?" Jetzt wusste er auch, was Carsten heute mit „Übersprunghandlungen" gemeint hatte.

Tomke schluckte. Carsten hatte zwar immer mal wieder Andeutungen gemacht, aber so direkt war er nie geworden. Was dieser Jungspund von Hajo sich da herausnahm!

Sie wechselte das Thema und schlug den Weg zu der Ferienwohnung von Bernd Köhler ein. Unterwegs überlegte Hajo, was wohl der Grund war, dass Tomke so eigensinnig arbeitete. War das die Routine? Erfahrung? Oder wirklich nur ihre eigenwillige Art? Kollegial fand er ihr Verhalten nicht immer. Nun, er würde sehen, wie es weiterging.

Tomke fuhr in den Möwenweg und suchte einen Parkplatz, was sich allerdings als ein schwieriges Unterfangen erwies. Dort gab es fast nur Plätze für Anwohner und Mieter; die wenigen Besucherparkplätze waren belegt, und so parkte Tomke auf einem Grünstreifen am Ende der Straße. Das kurze Stück zum Haus gingen sie zu Fuß. Die Haustür war verschlossen, und da sie keinen Schlüssel hatten, drückte Tomke auf alle Klingeln des Hauses. Am Klingelschild unten rechts stand „B. Köhler". Ein Fenster im Obergeschoss öffnete sich und Tomke säuselte: „Ach, entschuldigen Sie bitte, ich habe meinen Haustürschlüssel vergessen. Würden Sie mir wohl bitte die ..." Der Kopf war schon wieder verschwunden, und kurz darauf summte der Türöffner. „Danke", rief Tomke durch den Hausflur.

„Nun haben wir nur noch das Problem mit der Wohnungstür, aber das dürfte nicht so schwierig sein." Bevor Tomke etwas erwidern konnte, hatte er sie mit einem kräftigen Ruck geöffnet.

„Wie - das ist doch sonst mein Part?" Tomke schaute Hajo erstaunt an. Sie waren drinnen. Tomke zog zwei Paar Gummihandschuhe aus ihrer Jackentasche und reichte Hajo eines davon. Die Wohnung war mehr als aufgeräumt. Nichts lag herum, nichts deutete auf einen Kampf hin. Auf den ersten Blick war nicht zu erkennen, ob Bernd Köhler eventuell hier ermordet worden war. Doch Tomke stutzte. Sie deutete auf die weiße Wolldecke auf der linken Armlehne der Couch.

„Schau doch mal, diese Decke hier. Genauso eine haben wir bei dem Bootstrailer an der Goldenen Linie gefunden. Wenn mich nicht alles täuscht, ist sie das Gegenstück dazu."

„Aber das passt doch hinten und vorne nicht. Ich denke, Carsten hat recht, du verrennst dich da. Du glaubst, dieser Tote vom Strand wurde mit einem Boot ins Wasser gebracht, von wo er dann irgendwie am Strand von Harlesiel gelandet ist. Das kann ich ja noch nachvollziehen, okay. Aber glaubst du wirklich, er ist hier in der Wohnung getötet worden und …" Er unterbrach sich, griff nach einer Statue auf der Fensterbank und hielt sie gegen das Licht.

„Wenn mich nicht alles täuscht, ist das ein Haar, und das Dunkle daneben könnte getrocknetes Blut sein."

„Yes!", triumphierte Tomke.

„Langsam, Tomke, das kann auch das Blut von Bernd Köhler sein, was mir übrigens viel wahrscheinlicher erscheint."

„Ist es ja auch. Wir haben es mit unterschiedlichen Todesfällen zu tun. Warum soll Bernd Köhler nicht hier ermordet worden sein? Spusi, die Spusi muss her. Mist – die sind ja noch am Außenhafen beschäftigt. Ich rufe trotzdem gleich an." Tomke war in ihrem Element. Sie zog ihr Handy gerade in dem Moment aus der Tasche, als es klingelte. „Tomke hier, was gibt's?"

Hajo Manninga, der Rechtsmediziner, war dran. „Ich habe dich vermisst, Tomke", begrüßte er sie. „Sonst stehst du mir alle paar Minuten auf den Füßen und jetzt? Was ist los? Willst du nicht wissen, was es Neues gibt?"

„Doch, aber hier brennt es in allen Ecken. Ich hatte keine Zeit, nach Wilhelmshaven zu kommen. Erzähl schon, was gibt's?"

„So kenne ich dich – ganz die Alte. Also, ich will dich nicht auf die Folter spannen. Erstens: Die Wasserleiche wurde von hinten erschlagen und zwar mit einem sehr spitzen, metallenen Gegenstand. Die Spitze der Tatwaffe hat sich bis ins das Gehirn gebohrt. Der Mann war sofort tot. Die Mordwaffe haben wir übrigens, es ist ein Gartengerät. Der Tote wurde post mortem transportiert, was allerdings nicht so leicht gewesen sein dürfte. Ich habe Blessuren an der Leiche entdeckt, die ihr allesamt nachträglich zugefügt würden. Außer der Wunde am Hinterkopf, die, wie gesagt, tödlich war. Der Täter hatte bei der Entsorgung viel zu tun, denn der Tote war schwer. Dabei wurde ihm die Oberbekleidung entfernt, und ich denke, eher ungewollt. Man hat sehr an ihm herumgezerrt, wobei die Sachen zerrissen sein müssen. Außerdem habe ich Holzsplitter an der Leiche entdeckt. Der Mann wurde in einem Gegenstand aus Holz transportiert, was bei der Küstennähe auf ein Boot schließen lässt. Es handelt sich um altes, verwittertes Holz. Ob es ein Boot war, stelle ich bei der genaueren Untersuchung des Holzsplitters noch fest. So viel zu dem Toten vorab; den kompletten Bericht maile ich dir zu. Zweitens, kurz und bündig: Direktor Jannssen wurde ebenfalls erschlagen und zwar von hinten. Allerdings war er nicht sofort tot, was wiederum erklärt, warum von seinem Telefon aus eventuell ein Notruf abgesetzt wurde. Wie ich schon andeutete, befanden sich in der Kopfwunde Glassplitter. Der ausführliche Bericht kommt ebenfalls per Mail. Und nun drittens: Die erhängte Leiche … Tomke, bist du noch da?"

Tomke hatte das Handy auf laut gestellt und hörte gespannt zu. Hajo stand neben ihr und war ebenfalls gespannt auf das, was noch kommen würde. „Ja, ja, weiter, ich bin noch dran."

„Dann also zur erhängten Leiche. Der Mann wurde nicht erhängt, sondern ebenfalls erschlagen. Also echt, ein wenig Abwechslung wäre nicht verkehrt!"

„Hajo, du bist unmöglich."

„Unterbrich mich nicht! Aber etwas abwechslungsreicher könnten meine Kunden mir die Arbeit schon gestalten. Also: ebenfalls erschlagen. Soweit ich bisher sagen kann, mit einem metallenen Gegenstand, nicht glatt, eher rau. Vermutlich wurde der Tote in Material aus Wolle transportiert und dann hinter die Stubentür gehängt. Zwischenzeitlich hat man ihn des Öfteren grob fallen lassen, was ich an körperlichen Blessuren, ebenfalls post mortem, festmachen kann. Auch hierzu bekommst du meinen Bericht per Mail. Abschließend möchte ich festhalten, dass es für mich den Anschein hat, dass alle drei Männer vom gleichen Täter ermordet wurden. Ich habe hier zwar keine DNA als Gegenprobe oder Ähnliches vorliegen, aber die Umstände …"

„Danke, Hajo. Wenn das alles war, machen wir hier jetzt weiter. Und ob es sich wirklich um denselben Täter handelt, werden wir sehen."

„Stopp, Frau Kommissarin, nicht so eilig, etwas habe ich noch. Im Garten des Hauses, in dem der Erhängte gefunden wurde, genauer gesagt in der Auffahrt, hat die Spusi die Tatwaffe und Blutspuren gefunden, und zwar Blutspuren von der Wasserleiche. Ich meine, wenn schon kompliziert, dann richtig. Nix für ungut, schönen Tag noch."

„Woher weißt du ..." Doch Hajo Manninga hatte schon aufgelegt.

„Das heißt", wandte sie sich an Klein-Hajo, „im Haus von Jojo de Vries, besser gesagt in seinem Garten, wurde die Wasserleiche ermordet und gleichzeitig der tote Bernd Köhler hinter die Tür gehängt. Verrückt."

Tomke schüttelte den Kopf. Wolldecke, Hajo erwähnte bei diesem Köhler eine Wolldecke. Sie hatten eine solche auf dem

Trailer gefunden. Die gleiche lag in Köhlers Wohnung, das Puzzle setzte sich zusammen. Das musste sie sich gleich mal notieren, überlegte Tomke, wischte über das Display und wählte die Nummer der Spurensicherung. Der Kollege versprach, so schnell es ging, eine Mannschaft in den Möwenweg zu schicken, aber es könne etwas dauern, da man ja noch am Außenhafen zu tun habe. Tomke versprach vor Ort zu bleiben, bis eine Streife zur Sicherung der Wohnung eintraf. Sie selbst wollte dann mit Klein-Hajo schnellstens weiter. Als die Polizisten eintrafen, erklärte Hajo kurz die Situation und sie fuhren zurück zum Revier.

„Manninga hat recht", unterbrach Hajo die nachdenkliche Stille während der Fahrt, „wenn schon kompliziert, dann aber richtig."

Tomke wollte in ihrem Gedankengang nicht gestört werden. „Sorry, tu mir bitte den Gefallen und sei für den Rest der Fahrt still, ich muss meine Gedanken sortieren und das alles auf die Reihe bekommen. Im Büro besprechen wir es dann mit Carsten." So fuhren sie das letzte Stück schweigend zurück nach Wittmund.

Im Büro überflog Carsten die Mails aus der Rechtsmedizin, die gerade auf seinem Rechner eingegangen waren, als Hajo und Tomke eintrafen. „Ist das nicht verrückt? Das wird immer schöner. Einen solch skurrilen Fall hatte ich auch noch nicht."

Tomke nahm sich einige Ausdrucke und reichte einen Teil an Hajo weiter. „Lasst uns gleich die Fakten sortieren, aber erst müssen wir die Berichte von Manninga genau durchlesen. Der große Hajo hat mich am Telefon nur stichpunktmäßig informiert. Dass uns da nur nichts durchrutscht. Wenn wir das gemacht haben, rufe ich den Chef an, wir brauchen seine Rückendeckung, damit wir weitermachen können." Alle drei vertieften sich in die Berichte der Rechtsmedizin.

Es war schon spät, als Tomke beschloss, für heute Schluss zu machen. Sie hatten, wie sie es immer nannten, die Fakten sortiert, und es war klar, dass Direktor Jannssen in seinem Haus, direkt an seinem Schreibtisch erschlagen wurde. Die Tatwaffe war noch nicht bekannt. Da es sich laut Manninga bei der Tatwaffe um einen kantigen Gegenstand aus Glas handelte, könnte es eventuell ein Pokal oder ähnliches sein, überlegte sie. Wie sie sich erinnerte, stand ja einiges an Pokalen und Trophäen in Jannssens Haus herum. Die Tatwaffe war allerdings nicht dabei. Henry van Hook wurde im Garten von Jojo de Vries' Kate erschlagen und dann, vermutlich mit einem Boot, über die Harle in die Nordsee verfrachtet. Tomke dachte, dass es ein Volltreffer wäre, wenn die Kollegen von der Spusi am Außenhafen die gleichen Holzpartikel fänden, wie Hajo Manninga am Körper des Toten. Man musste abwarten. Bernd Köhler wurde auch erschlagen, das war klar. Ob die Bronzefigur in seiner Ferienwohnung die Tatwaffe war, musste sich erst noch herausstellen. Dass diese drei Morde in einem engen Zusammenhang standen, war allen drei Ermittlern inzwischen klar, und auch Carsten gab seinen Widerstand auf. Wer aber war der Mörder? Gab es wirklich nur einen Täter oder doch mehrere?

Sie packten die Unterlagen zusammen und verschlossen sie in ihren Schreibtischen. Es war schon weit nach 22 Uhr und allen knurrte der Magen. Essen gehen oder gemeinsam ein Bier trinken war nun nicht mehr drin; alle wollten nur noch in ihr Bett. Tomke war natürlich nicht mehr dazu gekommen, den Chef in Wilhelmshaven anzurufen, nahm es sich aber gleich als erstes für den nächsten Tag vor.

Fast so schweigend wie am Nachmittag mit Hajo fuhr Tomke nun mit Carsten zurück nach Carolinensiel. Kurz bevor er sie bei Oma und Tant' Fienchen absetzte, meinte Carsten noch: „Wenn er dir gefällt, dann tu es. Lebe dein Leben und höre nicht auf das, was angeblich geht oder nicht geht. Auch wenn er acht Jahre jünger ist als du, und auch wenn es nur für eine kurze glückliche Zeit ist, wenn du es willst, dann tu es."

Tomke schaute Carsten an, strich ihm über den Arm und küsste ihn auf die Wange. „Danke, und schlaf gut. Morgen um acht Uhr?"

„Ja, um acht bin ich da, schlaf du auch gut."

Als sie in ihrem Bett lag, tobten die Gedanken wild durch ihren Kopf. Der Fall ließ ihr keine Ruhe. Gleichzeitig lenkten die Erinnerungen an die Sache mit Hajo sie immer wieder ab. Das Einschlafen fiel ihr schwer, obwohl sie todmüde war. Oma oder auch Tant' Fienchen, wahrscheinlich beide, hatten ihr einen Teller mit reichlich belegten Broten bereitgestellt, von dem sie sich mit Heißhunger bedient hatte. Das Bier, das sie sich aus dem Kühlschrank genommen hatte, war, wie ihr Magen nun signalisierte, für diese Uhrzeit zu kalt gewesen. Es dauerte sehr lange, bis Tomke eingeschlafen war.

FREITAGVORMITTAG AUF DEM REVIER

Am nächsten Morgen war alles wie immer. Der Wecker klingelte für Tomkes Gefühl viel zu früh und sie kroch noch einmal unter die Decke. Der Gedanke an das kalte Bad ließ sie erschaudern, aber es half nichts, sie musste aufstehen. Mit frischer Wäsche unter dem einen, Hose, Socken und Sweatshirt über dem anderen Arm machte sie sich auf den Weg in das Badezimmer und durfte zu ihrer großen Überraschung feststellen, dass es dort kuschelig warm war. Ihre beiden Lieben – sie hatten tatsächlich die Heizung eingeschaltet.

Am Frühstückstisch gab sie beiden einen dicken Kuss. „Dafür, dass es im Bad so schön war", erklärte sie zwei erstaunten Gesichtern. „Ach, da nich für", meinte Tant' Fienchen trocken.

Carsten wollte um acht Uhr kommen. Ein Blick auf die Uhr zeigte ihr, dass sie noch gut 15 Minuten Zeit hatte. Ob der Chef wohl schon im Büro war? Sie wählte seine Nummer.

„Es wird auch Zeit, dass Sie sich mal wieder melden. Aus der Rechtsmedizin und von der Spurensicherung hörte ich, dass es sich um einen höchst diffizilen Fall handelt. Schaffen Sie das oder brauchen Sie Hilfe da draußen auf dem flachen Land?"

„Ha, als wenn Ihr in Wilhelmshaven im Hochgebirge leben würdet. Aber Spaß beiseite, Chef. Ja, der Fall ist diffizil, aber wir haben ihn im Griff." Sie erzählte in allen Einzelheiten, was die Ermittlungsergebnisse hergaben, dass sich der Kreis so langsam schließe und endete damit, dass sie Heike Hoffmann-de Vries für heute Vormittag ins Präsidium bestellt habe. Schließlich sei sie, als die Geliebte von Bernd Köhler, eine Hauptverdächtige.

„Aber bitte übertreiben Sie es nicht", jammerte Gerdes, „ich weiß, dass sie die de Vries nicht leiden können, das müssen Sie ihr aber nicht in jeder Sekunde zeigen. Vor allem nicht, wenn sie einen Anwalt dabei hat, wie ich vermute."

„Keine Angst, Chef, ich behandle sie wie jede andere Verdächtige auch."

„Das habe ich befürchtet, Tomke, das habe ich befürchtet. Aber wenn es hilft …" Er resignierte.

Es hupte vor dem Haus und Tomke beendete das Gespräch. So, das war schon mal erledigt, der Tag konnte beginnen und sie freute sich diebisch auf die Vernehmung von Heike Hoffmann-de Vries.

„Wenn das so weiter geht, muss ich mir eine andere Bleibe suchen", begrüßte Carsten seine Kollegin, als sie ins Auto stieg."

„Moin erst mal! Was ist denn los? Habt ihr Stress, Michaela und du?"

„Naja, die beiden Damen haben heute Morgen rumgezickt, weil es gestern wieder so spät war. Und recht haben sie. Aber was will ich machen, wenn ich eine Kollegin habe, die keinen Feierabend kennt?“

„Ach so, dann bin ich also schuld?“

„Ja, es verkauft sich einfach besser, wenn ich sage ‚Tomke hat wieder kein Ende gefunden‘. Sorry, aber ich muss sehen, wo ich bleibe“, frotzelte er.

Tomke lehnte sich in ihren Sitz und meinte: „Okay, wenn ich damit deinen Hausfrieden rette ... Schließlich hast du es nicht leicht mit zwei Frauen.“

„Habe ich das richtig verstanden? Du hast schon mit dem Chef telefoniert? Seit wann ist der denn so früh im Büro?“

„Weiß ich nicht, aber ich bin froh, dass ich es hinter mir habe. Nun können wir uns voll auf den Fall und ich mich auf meine Freundin Heike konzentrieren.“ Sie rieb sich die Hände. „Wenn sie ihren Geliebten getötet hat, kitzele ich es heute aus ihr heraus, das kannst du mir glauben. Die nehme ich mir später derart zur Brust ...“

„Das wird dann ein ereignisreicher Morgen, fürchte ich.“

„Richtig. Auf in den Kampf und gib endlich Gas! Ich hab sie für acht Uhr bestellt.“

„Wie bitte? Warum hast du mir das gestern Abend nicht gesagt? Wir hätten doch viel früher losfahren müssen.“

„Die kann warten. Das hat sie mit uns auch gemacht.“ Tomke verschränkte trotzig die Arme.

Heike Hoffmann-de Vries saß auf dem Polizeirevier bei Hajo, der schon wieder der Erste im Büro war.

„Wo ist denn Ihr Anwalt, Frau Hoffmann-de Vries?“, fragte Tomke überaus höflich.

„Ich denke, dass ich keinen benötige; schließlich habe ich nichts zu verbergen und bin hier nur, um das Protokoll zu unterschreiben. Das sagten Sie gestern jedenfalls.“

„Ich sagte, dass wir ein Protokoll aufnehmen würden und sehen werden, wie es weiter geht, Frau Hoffmann-de Vries. Da jedoch einiges unklar ist, müssen wir uns heute noch etwas unterhalten. Und jetzt kommen Sie bitte mit, wir haben für solche Gespräche einen separaten Raum."

Tomke bemühte sich sehr, die Höflichkeit auch weiterhin zu wahren, bat sie, sich zu setzen und fragte, ob sie ihr einen Kaffee bringen lassen solle.

Nach kurzem Wortgeplänkel wurde Tomke direkt: „Frau Hoffmann-de Vries, wo ist Ihr Mann?"

„Wie kommen Sie denn jetzt auf meinen Mann? Ich denke, Sie befragen mich zu Bernd? Aber auch gut. Es tut mir leid, ich weiß nicht, wo mein Mann ist, und finde es schon sehr eigenartig, dass die Polizei ihn noch immer nicht gefunden hat. Am Ende ist ihm noch etwas passiert."

„Genau, liebe Heike. Ich darf doch Heike sagen? Wenn ich Sie während der ganzen Vernehmung Frau Hoffmann-de Vries nenne, sitzen wir morgen noch hier." Tomke schaute ihr Gegenüber mit einem honigsüßen Lächeln an.

„Wenn es sein muss, und vor allem, wenn ich dann schneller hier herauskomme, von mir aus." Heike war inzwischen klar, dass diese Vernehmung länger als vermutet dauern würde.

„Gut, Heike, nochmal: Wo ist Ihr Mann? Haben sie ihn auch ermordet?"

„Wieso ermordet, und wieso überhaupt auch? Ich habe weder Bernd noch meinen Mann getötet. Was soll das? Ich glaube, ich werde jetzt doch meinen Anwalt anrufen."

„Gerne, ganz wie Sie wollen, aber dann nimmt unser Gespräch einen offiziellen Verlauf und ich kann nichts mehr für Sie tun. Haben Sie Bernd Köhler getötet? Zum Beispiel hiermit?" Tomke griff unter den Tisch, zog das Foto der Bronzefigur hervor, die sie in Köhlers Wohnung gefunden hatten und legte es vor Heike auf den Tisch.

Die Verdächtige erstarrte. Jetzt bloß nichts Falsches sagen, überlegte sie. Diese Kommissarin war ein ganz raffiniertes Biest. Ob sie doch den Anwalt anrufen sollte? Besser nicht, das sähe aus, als bräuchte sie ihn. Nein, sie würde der Evers nicht auf den Leim gehen. Sie funkelte Tomke böse an. „Das ist doch eine Falle, eine ganz böse Falle! Ich kenne dieses Teil nicht." Sie deutete auf das Bild vor ihr auf dem Tisch. „Die Figur habe ich noch nie gesehen."

„Wirklich nicht? Wissen Sie", wechselte Tomke plötzlich das Thema, „ich verstehe Sie ja. Eine solch attraktive Frau wie Sie will ab und zu auch mal etwas Abwechslung haben. Wieso sollen denn immer nur die Männer fremdgehen dürfen? Wenn eine Hoffmann einen kleinen de Vries heiratet, kann sie doch eigentlich erwarten, dass er ihr treu ist, treu ergeben wie ein kleiner Schoßhund. Wenn nun aber dieser Schoßhund sich ein anderes Leckerli sucht, dann ist es nicht mehr als verständlich, wenn eine Frau ausrastet und ihren Mann tötet."

Heike wurde kreidebleich. Über Tomkes Andeutung, dass Jojo fremdgehen würde, war sie so geschockt, dass ihr der plötzliche Themenwechsel nicht gleich auffiel. „Moment, Moment, damit ich das richtig verstehe: Sie werfen mir vor, Bernd mit diesem Ding", sie deutete wieder auf das Bild, „getötet zu haben und gleichzeitig sagen Sie, dass mein Mann fremdgeht und ich ihn deshalb … Das ist ja absurd. Mit wem? Mit wem betrügt dieses Schwein mich?"

Tomke ging auf ihre Frage nicht ein, deutete wieder auf das Foto und pokerte: „Wir können beweisen, dass Sie dieses Teil in der Hand hatten und wir wissen, dass Bernd Köhler damit getötet wurde. Zähle ich eins und eins zusammen, dann sitzt eine Mörderin vor mir. Meinen Sie nicht auch?"

Heike sprang auf. „Na gut, dann habe ich diese Figur vielleicht einmal angefasst, aber meine Fingerabdrücke können gar nicht …"

Heike verstummte, doch Tomke hakte nach: „Warum nicht? Weil Sie sie abgewischt haben? Nein, Fingerabdrücke haben wir wirklich nicht gefunden, dazu ist die Figur viel zu rau. Aber DNA-Spuren und Seidenfasern haben wir entdeckt. Wenn wir nun Ihre DNA damit vergleichen und eventuell in Ihrem Schrank ein entsprechendes Kleidungsstück finden, dann wird es eng."

Heike verzog das Gesicht. „Du Miststück willst mich reinlegen. Ich rufe meinen Anwalt an, sofort." Sie kramte in ihrer Handtasche nach dem Handy.

„Aber gerne, das ist Ihr gutes Recht. Schließlich sind die Beweise so erdrückend, dass es sicher besser ist. Sie können auf Ihren Anwalt in unserem Besucherzimmer warten." Tomke betätigte den Knopf der Gegensprechanlage und bat eine Kollegin: „Bringen Sie unseren Gast bitte in unser Gästezimmer."

Als Heike Hoffmann-de Vries abgeführt wurde, kam Carsten zu Tomke ins Vernehmungszimmer. Tomke war euphorisch. „Ich habe sie, das schwöre ich dir, es fehlt nur noch ein winzig kleines Stück."

„Ich habe alles mitgehört. Das war ganz hart an der Grenze."

„Ach was, wenn wir unsere Mörder immer mit Seidenhandschuhen anfassen, kriegen wir sie nie." Sie sprang auf und lief aus dem Vernehmungsraum. Auf dem Flur traf sie auf Hajo und fragte nach der Webcam. „Du wolltest nachforschen, ob auf der Webcam im Außenhafen etwas zu sehen ist. Was sagt die Kurverwaltung? Hast du da schon eine Rückmeldung?"

„Ja, nein, ich meine nichts. Da ist nichts zu sehen es, ist alles dunkel. Die schalten das Teil während der Nacht auf Sparmodus.

EBENFALLS FREITAGVORMITTAG

Jojo saß im Auto vor der Jannssenschen Villa und beobachtete das alte Haus. Sein Kopf schmerzte, die Beule an der Schläfe war immer noch zu spüren. Seit mehr als einer Woche lebte er nun im luftleeren Raum und sein Leben hatte sich radikal geändert. Bella war verschwunden, ihr Vater tot. Sein kleines Haus in Clinsiel war, warum auch immer, von der Polizei durchsucht worden. Wurde Henrys Leiche etwa gefunden, sein Tod schon mit ihm in Verbindung gebracht? Eine andere Möglichkeit konnte er sich nur schwer vorstellen. Oder hatte man ihn etwa in Verdacht, seinen Chef, Jan Jannssen, ermordet zu haben? Sicher wurde er gesucht, und jede Polizeistreife war mit seinem Foto unterwegs. Er musste sehr vorsichtig sein. Sein Auto hatten sie bestimmt auch schon gefunden.

Seit er bemerkt hatte, dass sein Haus unter Bewachung stand, war Jojo ständig mit Henrys Auto unterwegs und froh, nicht erkannt und entdeckt zu werden. Er übernachtete sogar im Fahrzeug. Die ersten Tage, als er noch in sein Haus konnte, waren schon mühsam genug gewesen und er hatte sehr wenig Schlaf bekommen, aber nun ... Drei Tage hatte er weder geduscht noch die Kleidung gewechselt, bis ihm die Idee kam, im Freibad von Clinsiel zu duschen. Das schloss eigentlich Mitte September, aber in diesem Jahr hatten die sonnigen Tage wohl für eine Verlängerung der Freibad-Saison gesorgt. Er hatte sich eine Eintrittskarte gekauft und sich als Badegast ausgegeben. Glücklicherweise hatte jemand sein Duschgel stehenlassen. Bloß abtrocknen ging nicht, denn er hatte kein Handtuch dabei, aber das war nun auch egal.

Schlaf fand er nur wenig auf der harten Rückbank im Auto. Allerdings wollte er es auch nicht riskieren, in ein Hotel zu gehen. Die Angst vor Entdeckung war zu groß. Lange ging das so nicht weiter, das war ihm schon klar. Aber zuerst musste er Bella finden, wissen ob es ihr gut ging. Was danach kam, was dann mit ihm selbst geschehen würde, war ihm gleichgültig. Bella. Was hatte sie nur getan?

ZURÜCK ZUM FREITAG VOR EINER WOCHE

Als er in die Villa ihres Vaters kam, saß dieser tot an seinem Schreibtisch. Ohne groß nachzudenken, fühlte er den Puls am Handgelenk. Der Arm des Toten lag weit ausgestreckt auf dem Schreibtisch, direkt neben dem Telefon. Es war kein Puls mehr zu fühlen und die weit aufgerissenen Augen zeigten ihm, warum nicht. Am Kopf war eine große blutende Wunde zu sehen. Irgendjemand hatte ihn erschlagen. Bella?

Im Wintergarten stolperte er über eine gläserne Golftrophäe. Verwundert hob er sie auf, wusste er doch, dass sie Jannssens ganzer Stolz war. Beim näheren Hinsehen stellte er erschrocken fest, dass am Sockel frisches Blut klebte. Er stellte sie auf das kleine Sideboard neben der Wintergartentür. Damit hat man ihn sicher erschlagen, ging es Jojo durch den Kopf.

Der Alte! Mein Gott, der Alte war tot! Was hätte Besseres geschehen können? Wer hatte das getan? Hoffentlich nicht Bella! Ob sie es doch gewesen war, die er kurz vorher das Grundstück hatte verlassen sehen? War sie die Mörderin ihres Vaters?

Er mahnte sich zur Ruhe und war sich darüber im Klaren, dass er nun genau so kaltblütig denken und handeln musste wie vor einigen Tagen, als er Henrys Leiche weggeschafft hatte. Hier gab es eigentlich nichts weiter zu tun, als die vermutliche Tatwaffe zu entsorgen, falls Bellas Fingerabdrücke darauf sein sollten. Von irgendwo her war ein Geräusch zu hören. Jojo erschrak und machte ein paar Schritte in das Innere des Hauses. War der Mörder noch im Haus oder kam das von draußen? Bella? Nein, sie hatte doch augenscheinlich das Haus verlassen und war verschwunden. Oder war sie doch über das Nachbargrundstück wieder zurückgekommen?

Es dauerte einige Sekunden, bis Jojo erkannte, dass die Geräusche von draußen kamen. Eine Autotür schlug und gleich noch eine zweite. Kurz darauf klingelte es. Panisch überlegte er, wie er ungesehen das Haus verlassen konnte. Geistesgegenwärtig griff er nach dem gläsernen Pokal und verließ das Haus auf demselben Weg, auf dem er gekommen war. Mit wenigen Schritten war er an der Hecke des Nachbargrundstücks und schlüpfte hindurch. Keine Sekunde zu früh, denn plötzlich waren Stimmen zu hören. Er ließ sich hinter der Hecke auf den Boden fallen und versuchte zu beobachten, wer da kam. Polizei, es waren uniformierte Polizeibeamte. Wer hatte sie gerufen? Die Streifenbeamten gingen dicht an Jojo vorbei, nur durch die Hecke getrennt, um das Haus herum und riefen immer wieder den Namen vom Alten. Irgendjemand hat sie alarmiert, dachte Jojo. Vielleicht war es das letzte, was Jan Jannssen getan hatte, bevor er starb.

Er musste verschwinden, denn in der ganzen Gegend würde gleich die Hölle los sein. Und das Ding, das er in der Hand hatte, die vermutliche Mordwaffe, musste ebenfalls verschwinden. Weg damit, soweit wie möglich weg. Jojo schaute sich um und beschloss, sie hier auf diesem verwilderten Grundstück zu entsorgen. Geduckt schlich er durch das im hinteren Teil des Geländes immer dichter werdende Gestrüpp. „Hier wohnt wohl auch schon lange keiner mehr“, brummte er vor sich hin und schlug das dichte Gras und die Brennnesseln zu Seite. Am Ende des riesigen Grundstückes musste in guten Zeiten einmal ein Teich gewesen sein, jetzt war dort nur noch ein stinkender Tümpel. Mit einer weit ausholenden Bewegung warf Jojo die vermutliche Mordwaffe hinein. Der Beweis für Bellas eventuelle Tat versank langsam im Morast.

Auf dem Rückweg fiel Jojos Blick auf die Rückfront der alten verwitterten Villa. Das war ja einmal ein Schmuckstück, dachte er. Ein Wunder dass der Alte da nicht auch seine Finger drauf hatte. Obwohl, keiner wusste, was er mit der Tourist-Immo-Invest-Bank so alles am Laufen hatte. Das war vielleicht auch besser so. Er hätte viel früher aussteigen sollen. Im Grunde war ihm das, was dort ablief, doch immer gegen den Strich gegangen. Heike und ihr raffgieriger Vater hatten ihn ständig gedrängt, dort Karriere zu machen. Warum hatte er nur nicht den Absprung geschafft? Ihm wäre vieles erspart geblieben. Nun war er ein Mörder und auf der Flucht.

Bella war verschwunden, und so wie es aussah, ebenfalls zur Mörderin geworden. Ob sie mit mildernden Umständen rechnen konnten? Sein Gedankengang wurde jäh unterbrochen, als sich hinter der Gardine eines der vielen Fenster der alten Villa etwas bewegte. War da jemand? Bella? Er blieb stehen und fokussierte das Fenster genau, aber es war nichts mehr zu sehen. War Bella hier in diesem alten Haus verschwunden? Unmöglich war das nicht, denn sie kannte sich dort sicher aus, hatte sie doch einige Jahre nebenan gewohnt.

Jojo war unsicher. Sollte er versuchen, in das alte Haus einzudringen, um nach Bella zu suchen? Allerdings würde es in den nächsten Minuten nebenan nur so von Polizei wimmeln, denn die Streifenbeamten hatten sicher sofort ihre Dienststelle informiert. Er hatte den Gedanken noch nicht ganz zu Ende gedacht, als er von weitem schon Polizeisirenen hörte. Er beschloss zu verschwinden, bis die Polizei hier ihre Arbeit getan hatte. Anschließend konnte er sich in der alten Villa immer noch auf die Suche nach Bella machen.

Vorsichtig stapfte er durch das hohe Gras, riss sich die Hände an dornigem Gestrüpp auf und fluchte leise vor sich hin. Als er durch die Hecke auf die Straße schlüpfen wollte, erschrak er.

Genau vor ihm hielt ein Fahrzeug. Ein Polizist stürmte darauf zu und begrüßte offensichtlich zwei Kollegen. Jojo verstand nur Wortfetzen, aber es hatte den Anschein, dass er die beiden über den Stand der Dinge informierte. Weitere Streifenbeamte hatten sich auf der Straße positioniert.

Wenn er zum Auto zurückginge, liefe er ihnen garantiert in die Arme. Er schaute zurück zu der leerstehenden Villa. Das war die einzige Möglichkeit … Geduckt, das Nachbarhaus immer im Blick, schlich Jojo zurück. Vorsichtig umrundete er das Haus und fand im hinteren Teil eine Kellertür, die nur eingerastet, aber nicht verschlossen war. Mit einem leisen Knarren ließ sie sich öffnen, und Jojo verschwand im Haus. Es war dunkel, ein modriger Geruch stieg ihm in die Nase. Egal, Hauptsache er war in Sicherheit. Ohne jegliche Orientierung und ohne Licht war es schwer, sich einen Weg durch den Keller zu bahnen. Die Villa war riesig und scheinbar komplett unterkellert. Wie durch ein Labyrinth arbeitete sich Jojo voran, immer wieder die Richtung wechselnd. Endlich fand er eine Treppe und stieg vorsichtig die knarrenden Holzstufen hinauf. Am oberen Ende kam er an eine Tür. Vorsichtig stieß er sie auf und schlüpfte hindurch.

Der modrige Geruch zog sich unangenehm durch das ganze Haus. Hier war wohl wirklich seit Jahren kein Fenster mehr geöffnet worden, hier hatte seit Jahren keiner mehr gelebt. Das musste einmal ein wunderschönes Haus gewesen sein, ging es ihm durch den Kopf. Die wenigen Möbel, die noch in den düsteren Räumen standen, waren zum Teil mit Laken abgedeckt, zum Teil aber auch mit einer dicken Staubschicht überzogen. Jojo zuckte zusammen. Hatte er gerade das Schlagen einer Tür gehört? Er blieb einige Sekunden stehen und lauschte. Nichts. Er hörte wohl schon Gespenster, beruhigte er sich selbst. Leise ging er weiter. Im mittleren Teil des Haus befand sich eine geschwungene Holztreppe, die in das Obergeschoss führte. Schritt für Schritt, sich am stabilen Eichengeländer haltend, ging er die morsche, knarrende Treppe nach oben. Wieder war ein Geräusch zu hören, doch Jojo konnte weder einschätzen, was es war, noch woher es kam. Er war nicht alleine, schoss es ihm durch den Kopf, und er spürte, wie seine Hände schweißnass wurden.

„Hallo, ist hier jemand?", rief er. Und etwas lauter: „Ich tue Ihnen nichts. Bitte, zeigen sie sich! Ich suche meine Freundin. Bella, bist du hier?"

Nichts. Alles war wieder ruhig. Vorsichtig ging er weiter. Auf dieser Etage gingen von einem langen Flur etliche Türen ab. Als er die erste öffnete, blieb er wie vom Donner gerührt stehen, denn er befand sich in einer anderen Welt. Das Zimmer war hell, sauber und modern eingerichtet. Kein Staubkörnchen war auf den Möbeln zu sehen. Hier lebte eine Frau, sah er sofort, denn auf einem weißen Bord standen etliche Paare von Damenschuhen. Hinter der nächsten Tür befand sich ein Schlafzimmer, ebenfalls zeitgemäß und hell eingerichtet. An einem Kleiderständer hingen ein schwarzer Hosenanzug, eine schwarzweiß gestreifte Bluse und ein heller Blazer. Alles sah sehr ordentlich und aufgeräumt aus.

Er musste sich getäuscht haben, Bella konnte hier nicht sein. Das war der Lebensraum einer Frau, die sich versteckte, und sicher würde sie Bella nicht in ihr Refugium lassen. Die Frau, die er auf dem Grundstück hatte verschwinden sehen, war eine andere gewesen, das war ihm nun klar. Und trotzdem, sinnierte er weiter, sie war aus ihrem Elternhaus gekommen. Was hatte sie dort getan? Hatte sie ihren Vater getötet? Langsam und vorsichtig schlich er durch die Etage, öffnete Tür für Tür, traf aber niemanden an. Alle anderen Zimmer, außer dem Bad, waren in einem unbewohnten Zustand. Die letzte Tür war verschlossen, was Jojo allerdings nicht mehr störte. Von irgendwoher war ein Quieken zu hören. Mäuse, überlegte er, kein Wunder in diesem großen leeren Haus.

Er wollte nur noch weg. Die Villa war ihm unheimlich, und er war sich noch immer nicht sicher, ob nicht doch jemand im Haus war und ihn beobachtete. Bis das Polizeiaufgebot von nebenan sich verabschiedete, musste er hier durchhalten. Also sprach er sich Mut zu und wanderte weiter durch das Haus.

Plötzlich klopfte jemand heftig gegen die Haustür. Eine Männerstimme rief: „Hier ist die Polizei, bitte öffnen Sie. Hallo, ist da jemand?" Jojo verhielt sich ruhig und wahrte genügend Abstand zum Fenster, damit man ihn nicht sehen konnte. Die Polizisten verließen das Grundstück unverrichteter Dinge. Nach einer halben Stunde wagte Jojo einen vorsichtigen Blick durch das Fenster zur Straße und erkannte, dass nur noch ein paar Zivilfahrzeuge vor der Villa von Jan Jannssen standen. Jetzt konnte er gehen. Wenn er vorsichtig war, würde er sicher keinem Bullen mehr in die Arme laufen, überlegte er.

Auf dem Weg über die große Treppe nach unten fragte er sich, wieviel man heute in einem solchen Haus wohl an Betriebskosten aufbringen musste. Heizen war bei diesen fast vier Meter hohen Decken sicher unerschwinglich. Aber das sollte nicht seine Sorge sein. Auf dem Weg zurück zur Kellertreppe kam er an einer halb geöffneten Tür vorbei, die ihm vorher nicht aufgefallen war. Die Türen waren doch alle geschlossen gewesen! Sollte er sich so getäuscht haben? Verwundert ging er einen Schritt darauf zu und schob sie etwas weiter auf. Der Raum dahinter hatte offenbar kein Fenster, denn er war stockfinster. Ein automatischer Griff nach links neben den Türrahmen, wo sich üblicherweise ein Lichtschalter befand, ging ins Leere. Als Jojo weiter tastend an der Wand entlanggriff, bekam er einen harten Schlag in den Rücken, der ihn mit voller Wucht gegen ein hölzernes Regal schleuderte. Im selben Moment hörte er, wie die Tür ins Schloss fiel und ein Schlüssel umgedreht wurde. Er griff haltsuchend ins Dunkle, kippte zur Seite und fasste nach dem ersten Gegenstand, den er fühlte. Dieser gab nach, sodass Jojo das Gleichgewicht verlor und stürzte. Der Gegenstand, den er gegriffen hatte, knallte ihm gegen die Schläfe. Nicht nur in seinem Gefängnis, sondern auch in seinem Kopf war es nun dunkel.

Waren Minuten vergangen oder Stunden? Um ihn herum war es stockfinster und sein Kopf schmerzte. Vorsichtig griff Jojo sich an die Schläfe und spürte eine dicke Beule. Er tastete weiter und fühlte plötzlich einen keramischen Gegenstand. Das könnte ein Topf sein, überlegte er, groß und schwer, und er war nicht einmal zu Bruch gegangen. Kein Wunder, dass er eine riesige Beule hatte. Wieder griff er sich an den schmerzenden Kopf und erinnerte sich daran, dass ihn jemand fest gestoßen und dann die Tür geschlossen und abgesperrt hatte.

Wo war er hier nur? Und wer hatte ihn in diesen Raum gesperrt? Bella? Nein, ganz sicher nicht. Das musste eine andere Person gewesen sein. Die Frau vielleicht, die hier in den beiden Räumen hauste? Sicher hatte sie in ihm einen Einbrecher vermutet. Aber warum lebte sie hier in diesem heruntergekommenen Haus? Ob sie sich wohl vor jemandem versteckte? Dann ginge es ihr nicht besser als ihm. Aber jetzt musste er erst einmal sehen, dass er hier wieder heraus kam. Vollkommen orientierungslos erhob er sich und tastete nach einer Wand und von da aus immer weiter, bis er den Türgriff fühlte. Vorsichtig drückte er ihn nieder und stellte überrascht fest, dass die Tür nicht mehr verschlossen war. Egal was passierte, er musste die Gelegenheit nutzen und schnellstens verschwinden. Er wagte noch einen flüchtigen Blick nach rechts zur Treppe, von wo er eine Bewegung wahrnahm. Rasch wandte er sich zur Kellertreppe, sprang die Stufen hinab und hastete durch die langen Gänge nach draußen. Schwer atmend warf er die Kellertür hinter sich ins Schloss und lehnte sich dagegen. Luft, frische Luft … Das tat so gut.

Die Polizeifahrzeuge vor dem Haus des Bankdirektors waren verschwunden; so konnte Jojo ungesehen zum Auto gelangen. Er startete den Motor und gab Gas. Nach einigen Minuten fuhr er rechts ran, hielt an, schlug die Hände vors Gesicht und legte den Kopf aufs Lenkrad. Das träumte er doch alles nur, oder? Das konnte doch alles nur ein böser Albtraum sein. Aber die Erinnerungen ließen ihn erkennen, dass es kein Traum gewesen war. Was ging dort vor in dem alten Haus? Wer hatte ihn dort eingeschlossen und warum? Was hatte das alles zu bedeuten?

Ein Blick auf den Zeitmesser am Armaturenbrett von Henrys Auto zeigte ihm, dass er über drei Stunden in der Villa gefangen gewesen war, denn es war schon fast Abend.

INZWISCHEN

Die nächsten Tage verbrachte Jojo damit, nicht aufzufallen, und gleichzeitig war er weiterhin auf der Suche nach Bella. Es konnte nicht sein, dass sie vom Erdboden verschwunden war. Nicht seine Bella. Tagsüber fuhr er durch die Gegend, suchte die Orte ab, an denen er sie vermutete. Selbst an der Jade-Hochschule hatte er sich immer wieder positioniert. Er fand sie weder hier noch in ihrer Wohnung. Den Gedanken, sich zum Schlafen in Bellas Wohnung zurückzuziehen, hatte er schon nach der ersten Nacht wieder aufgegeben, denn auch dort waren ihm Polizeibeamte begegnet. Man suchte ihn offenbar bei Bella. Oder suchte die Polizei auch nach ihr? Egal. Wichtig war, dass sie ihn nicht fanden. So lange nicht, bis er wusste, wo Bella war und ob es ihr gut ging.

Mehrere Nächte schlief er sehr unbequem im Auto, für zwei Nächte hatte er sich in einer kleinen Pension einquartiert. Zum Glück wollte die Besitzerin keine Papiere sehen. Sicher kassierte sie seine Rechnung schwarz, aber das kam ihm entgegen. Besser als eine weitere Nacht im Auto und duschen im Freibad. Während dieser Woche verzweifelten Suchens nach seiner Freundin musste er immer wieder an die alte Villa denken. Allein die Angst, dort wieder überrumpelt, eingesperrt und vielleicht nicht mehr freigelassen zu werden, hatte ihn bisher davon abgehalten, nochmal in das Haus einzudringen. Heute, so beschloss er, würde er es erneut riskieren.

Er holte seine Gedanken zurück in die Gegenwart. Seit zwei Stunden stand Jojo nun schon mit dem Auto vor der alten Villa und beobachtete sie. Er war verzweifelt und klammerte sich an diesen letzten Strohhalm. Versteckte sich Bella doch hier? Immer wieder schaute er die Straße hoch und runter. Es waren nur wenige Menschen unterwegs und Bella schon gar nicht. Was hatte er erwartet? Etwa, dass sie hier plötzlich vorbeispazierte und im Haus verschwand?

Seine letzte Hoffnung war, dass das Unwahrscheinliche vielleicht doch möglich sein könnte, und er machte sich auf, noch einmal in das Haus zu gehen. Wie vor einigen Tagen schon umrundete Jojo die Villa und schlüpfte leise durch die Tür auf der Rückseite hinein. Wieder schlug ihm dieser modrige Geruch entgegen, doch diesmal störte er ihn nicht. Den Weg durch die langen Kellergänge zur Treppe kannte er jetzt, und so gelangte er in kürzester Zeit in das Parterre.

Die Furcht, wieder überrascht zu werden, ließ ihn sehr vorsichtig sein. Direkt hinter der Kellertür blieb er stehen und lauschte einige Minuten. Keine Regung war zu spüren, kein Geräusch zu hören. Trotzdem blieb er vorsichtig. Wenn jemand im Haus war, musste er die Person aufschrecken, überlegte er und schaute sich um. Auf dem Fußboden neben der großen Haustür stand eine Keramikvase aus früheren Zeiten - nicht schön, sicher nicht antik, nur alt und unmodern. Leise schlich er über den Dielenboden. Sorgfältig bedacht, jedes Knarren der alten Bretter zu vermeiden, hob er die Vase auf, warf sie in Richtung Treppe und versteckte sich hinter einem schweren Vorhang neben dem Eingang. Das Klirren der Keramikscherben machte höllischen Lärm. Im Haus blieb es weiterhin ruhig, niemand kam angelaufen. Nur das Quieken, das er schon bei seinem letzten Besuch bemerkt hatte, war wieder zu hören.

Jojo wartete noch einen Moment und begann vorsichtig, das Haus zu durchsuchen. Wieder quiekte es. Er hatte die Hausmaus aufgeschreckt, aber die sollte ihn nicht stören, er würde in jedes einzelne Zimmer gehen. Zunächst interessierte ihn der Raum, der vor einigen Tagen abgeschlossen gewesen war. Der Gedanke daran ließ ihm schon seit Tagen keine Ruhe. Mit einigen schnellen Schritten kam Jojo im Obergeschoss an und ging zielstrebig auf die betreffende Tür zu. Vorsichtig drückte er die Klinke nieder, auch heute war der Raum verschlossen. Er schlug mit der Hand dagegen und wieder war da das Quieken. Das war keine Maus! Da war jemand drinnen! Bella?. War sie hier eingesperrt?

Entschlossen schlug er gegen die Tür. „Bella, bist du da drin?" Wieder das Quieken. Mit aller Kraft trat Jojo gegen die Tür, sodass sie mit einem lauten Krachen aufsprang. Was er sah, zerriss ihm fast das Herz.

Bella saß gefesselt und geknebelt in einem großen alten Sessel. Die Augen weit aufgerissen starrte sie ihn hilfesuchend an. „Moment, mein Liebling, warte nur einen Moment! Ich hole dich hier heraus! Mein Gott, was ist passiert? Wie bist du nur hierhergekommen?"

Er schaute sich um und suchte verzweifelt nach einem Gegenstand, mit dem er sie befreien konnte. Außer einem Teller mit Löffel und Gabel war nichts zu finden. So zerschlug er den Teller und nahm eine Scherbe, um damit Bellas Fesseln durchzutrennen. Angstvoll deutete sie mit dem Kopf zur Tür hinter ihm. War da jemand? Jojo drehte sich um, aber es war niemand zu sehen.

FREITAGNACHMITTAG

Tomke saß an ihrem Schreibtisch und war in die Protokolle der Spurensicherung vertieft. Sie wollte nichts übersehen. Den Bericht der Rechtsmedizin hatte sie schon ausführlich studiert. Alles, was ihr Hajo Manninga zusammenfassend über die Obduktion der drei Leichen gesagt hatte, fand sich hier wieder, es gab nichts Neues. Die Protokolle der Befragung der Nachbarn von Direktor Jannssen in Wilhelmshaven, von Bernd Köhler am Möwenweg und auch der Nachbarn des Hauses von Johannes de Vries brachten sie nicht weiter. Es war schier zum Verzweifeln; hier war kein Hinweis zu finden. Plötzlich stutzte sie. Am und um den Möwenweg hatte zwar keiner etwas gesehen oder gehört, aber es fand sich die Notiz eines Kollegen, bei dem sich während der Befragung ein Anwohner über parkende Autos im Wendehammer des Möwenweges beschwert hatte. Dort herrschte absolutes Halteverbot, der Platz musste frei bleiben für Feuerwehr und Rettungsfahrzeuge.

Tomke las den Bericht noch einmal genau durch, doch um welches Fahrzeug es sich handelte, war nicht erwähnt. Wenn hier Kommissar Zufall mitspielte, hätten sie vielleicht Glück. Sie suchte nach dem Namen des Anwohners. Er hieß Herbert Bussmann, und sie fand auch seine Telefonnummer. Super.

„Nein, mein Mann ist nicht zu Hause, der hat heute Dienst im Sielhafenmuseum. Wir beide arbeiten dort ehrenamtlich und heute ist mein Mann dran. Ich habe ja an einem anderen Tag …"

„Kann ich Ihren Mann dort denn telefonisch erreichen, Frau Bussmann? Hat er ein Handy dabei?

So einen neumodischen Kram habe er nicht und die Telefonnummer vom Museum wisse sie jetzt auf die Schnelle auch nicht. „Was wollen Sie denn von ihm?“, fragte sie dann argwöhnisch.

Tomke versuchte zu erklären.

„Ach so, wegen diesem Mord rufen Sie an. Das ist ja ein Ding, und das bei uns hier in dieser ruhigen Ecke. Nein, dass hier so was passieren muss. Man ist wirklich nirgendwo mehr sicher. Ob mein Mann etwas gesehen hat, weiß ich nicht, aber er passt immer auf, dass hier keiner unbefugt parkt. Das ist sein Hobby“, kicherte sie.

Tomke unterbrach den Redeschwall. „Dann suche ich die Telefonnummer des Museums heraus, das ist ja kein Problem. Ich danke Ihnen, Frau Bussmann, und noch einen schönen Tag.“

„Ja, dann, wenn Sie meinen, rufen Sie eben im Museum an. Oder Sie versuchen es bei unserem Dorfsheriff.“

„Wen meinen Sie?“

„Na, der geht doch hier immer Streife und schreibt die Falschparker auf. Mein Mann meint ja, der kommt zu selten, aber an diesem Tag war der Hermann da, da bin ich mir ganz sicher.“

„Hermann? Und wie weiter?“

„Weiß ich nicht. Ich kenne nur seinen Vornamen, aber den Nachnamen herauszufinden, dürfte für die Polizei ja kein Problem sein.“

„Sicher nicht. Ich danke Ihnen, Sie haben mir sehr geholfen.“

„Da nich für“, antwortete Frau Bussmann knapp und legte auf.

Dorfsheriff? Dabei konnte es sich ja nur um einen Mitarbeiter des Ordnungsamtes handeln. Wenn er dort gewesen war und Falschparker notiert hatte, müssten ja Strafzettel verschickt worden sein. Sie würde dem Ordnungsamt eine offizielle Anfrage schicken. Doch dann änderte sie ihre Meinung und entschied sich für den kurzen Dienstweg. Sie wollte sofort Klarheit und griff deshalb zum Telefon.

Als Tomke den Hörer wieder auflegte, hatte sie ein breites Grinsen im Gesicht. „Jetzt habe ich dich", flüsterte sie. Sie lehnte sich in ihrem Stuhl zurück, legte die Füße auf den Tisch und schaute aus dem Fenster. Der Wind hatte gedreht und das Wetter sich damit schlagartig geändert. Nun war der Himmel grau. Regen prasselte gegen die Scheiben. Kaum zu glauben, dass sie sich noch vor einigen Tagen am Strand einen heftigen Sonnenbrand geholt hatte. Die Haut auf ihren Schultern schälte sich und war noch immer empfindlich. Als gebürtiger Ostfriesin machten ihr Regen und Sturm nichts aus. Im Gegenteil. Sie liebte den Wind, je heftiger, desto mehr. Er pustete ihr den Kopf frei und das war auch nötig. Denn nicht nur dieser komplizierte Fall hatte sich darin festgesetzt, sondern auch ein Gefühl, das sie eigentlich nicht zulassen wollte oder durfte. Sie musste zum Strand, beschloss sie.

Als sie sich umdrehte und aufstehen wollte, stand ein Mann hinter ihr, braungebrannt, in teurem Anzug und mit Hornbrille. In der rechten Hand hielt er einen Aktenkoffer, den er nun in die linke nahm und Tomke seine Rechte reichte. Ihr war sofort klar, wer der Schönling war. Sicher einer der teuersten Anwälte, den Adrian Hoffmann für seine Tochter hatte auftreiben können. Tomke kannte hier in der Gegend viele Anwälte, ihn hatte sie noch nie gesehen.

„Doktor Messerschmidt", stellte er sich vor und reichte ihr eine Visitenkarte. „Ich bin der Anwalt von ..."

„Frau de Vries, ich weiß", unterbrach ihn Tomke und betrachtete die Karte. Eine Kanzlei aus Düsseldorf, stellte sie mit Verwunderung fest.

Er zog die Augenbrauen hoch und konterte: „Frau Hoffmann-de Vries. Herr Hoffmann, der Vater meiner Mandantin, hat mich bestellt. Ich bin gerade gelandet."

„Gelandet?"

„Ja, auf dem Flugplatz von Harlesiel. Ich komme direkt aus Düsseldorf. Und es war kein angenehmer Flug, kann ich Ihnen sagen." Er rückte seine Brille zurecht.

„Entschuldigung, Sie kommen aus Düsseldorf angeflogen?", fragte Tomke ungläubig. „Halleluja."

„Ja, und ich möchte sofort meine Mandantin sprechen und selbstverständlich gleich mitnehmen. Es ist eine Ungeheuerlichkeit, dass Sie sie hier ohne Beweise und ohne ausreichenden Tatverdacht festhalten." Er machte eine verächtliche Geste in den Raum.

Tomke spürte, wie ihre Temperatur stieg. Schnösel, dachte sie, na warte. „Ja, natürlich. Dafür muss ich mich entschuldigen. Wie konnte ich nur", meinte sie honigsüß. „Ich lasse Ihre Mandantin sofort holen, dann können Sie sich unterhalten. Hier nebenan ist ein Raum frei, den dürfen Sie gerne benutzen. Wenn Sie fertig sind, habe ich noch ein paar abschließende Fragen und dann geht alles ganz schnell, das verspreche ich Ihnen."

Messerschmidt hatte wohl mit einer anderen Reaktion gerechnet, denn er schaute Tomke skeptisch an. Er konnte ihr unterwürfiges Benehmen wohl nicht so richtig einschätzen, gab sich dann aber zufrieden. Schließlich kam er aus einer der renommiertesten Kanzleien des Landes.

Als Heike von einer Polizeibeamtin gebracht wurde, warf sie Tomke einen bitterbösen Blick zu und fiel dem Anwalt um den Hals. „Bernhard, endlich! Warum hat das denn so lange gedauert?" Seine Erklärung, dass er schließlich aus Düsseldorf hatte anreisen müssen, hörte sie nicht und erging sich in heftigsten Beschwerden über die unmögliche Behandlung und ihre Verhaftung überhaupt.

„Liebste Heike, ich verspreche Ihnen, das ist ganz schnell vorbei. Kommen Sie mit nach nebenan, dort können wir uns in Ruhe unterhalten."

„Ich will mich nicht unterhalten, ich will hier raus!", keifte sie.

„Gleich, ich verspreche es, gleich. Nun kommen Sie erst einmal mit."

Er schob sie durch die Tür des Büros, das Tomke ihm zugewiesen hatte. Als sich die Tür hinter ihnen schloss, konnte Tomke nichts mehr hören. Sie sah nur, dass Heike Hoffmann-de Vries mit Händen und Füßen gestikulierte und ihr immer wieder einen wütenden Blick durch die Glasscheibe zuwarf. Der Anwalt versuchte sie zu beruhigen. Sicherlich versprach er ihr, dass sie sich gleich an ihren teuren Indoor-Pool legen oder ihre Kosmetikerin besuchen konnte. Aber ihr werdet euch wundern, feixte Tomke innerlich. Sie blieb noch einen Moment stehen und beobachtete das Geschehen, bis Carsten und Hajo durch den Flur auf sie zukamen.

Carsten schaute durch das Fenster und blickte Tomke verwundert an. „Ärger?", fragte er nur. Tomke schüttelte den Kopf. Hajo hatte den neuesten Bericht der Spurensicherung in der Hand und wollte gerade berichten, als Tomke ihn unterbrach.

„Nichts sagen, bitte. Lass mich mal raten. Im Fall Bernd Köhler hat die Spurensicherung festgestellt, dass die Seidenfasern an der Tatwaffe von dem Kleid einer gewissen Heike Hoffmann-de Vries stammen. Stimmt's?"

„Ja! Wie kommst du darauf? Dadurch haben wir schon einen Beweis, der nicht von der Hand zu weisen ist, aber ob das reicht? Jede Menge Fingerabdrücke, die aber älteren Datums sein müssen, haben sie auch…"

„Die interessieren mich nicht; wir haben sie!" Tomke deutete auf die Verdächtige hinter der Glasscheibe. „Sie weiß es nur noch nicht, und ich möchte sie eigentlich noch etwas zappeln lassen. Aber da hat wohl mein korrekter Kollege recht, oder?"

„Wie meinst du das?"

„Ein Mitarbeiter des Ordnungsamtes hat einem kleinen Sportflitzer am Tattag einen Strafzettel geschrieben, und was glaubt ihr wohl, wo das war?" Sie schaute genüsslich zu Carsten. „Genau", beantwortete sie ihre Frage selbst, „am Möwenweg. Madame hat im absoluten Halteverbot geparkt, man gönnt sich ja sonst nichts. Das soll sie uns einmal erklären. Und dann noch diese Fasern an der Tatwaffe ... Wenn das nicht reicht, fresse ich einen Besen mit Stiel." Sie deutete wieder auf die Glasscheibe und meinte: „ Die beiden malen sich sicher gerade aus, wie sie uns, und insbesondere mir, an den Karren fahren können. Die sind sich so sicher", gluckste sie. „Also gut, machen wir dem Ganzen ein Ende."

„Tomke", unterbrach Carsten sie, „mach bitte durch deine Antipathie dieser Frau gegenüber keinen Fehler. Nicht, dass sie uns irgendwie einen Strick drehen können."

„Ich sagte doch, da hat mein korrekter Kollege recht! Gut, dass ich dich habe. Du hast recht, jetzt ist Professionalität gefragt, und wir wollen unseren jungen Kollegen hier", sie deutete auf Hajo, „nicht versauen." Hajo schaute verwundert von einem zum anderen und zog die Augenbrauen hoch. Tomke hatte sich schon umgedreht, öffnete die Tür zum Büro und trat ein.

„Wenn wir Ihre Unterhaltung mal kurz stören dürften, wir hätten da noch ..."

„Sie haben gar nichts mehr", unterbrach sie Anwalt Bernhard Messerschmidt schroff. „Die ungeheuerliche Art und Weise, in der Sie meine Mandantin behandelt haben, wird ein Nachspiel haben. Und jetzt gehe ich und nehme meine Mandantin mit."

„Auf ein Wort noch", meinte Tomke freundlich, „nehmen Sie doch bitte einen Moment Platz. Da Sie auf mich so schlecht zu sprechen sind, hat mein Kollege hier noch eine Frage an Sie."

Carsten setzte sich auf die Tischkante und schaute für ein paar Sekunden auf ein Blatt Papier in seiner Hand. Irgendwie machte es auch ihm nun Spaß, die beiden zappeln zu lassen. „Frau de Vries, nein entschuldigen Sie, Frau Hoffmann-de Vries natürlich. So viel Zeit muss sein. Können Sie mir sagen, wo Sie am Donnerstag vor einer Woche waren? Falls das zu lange her ist, helfe ich Ihnen gerne: Das ist der Tag, an dem Ihr Liebhaber, Herr Köhler, erschlagen wurde."

Heike presste die Lippen zusammen und antwortete nicht.

„Meine Mandantin muss dazu nichts sagen", antwortete Messerschmidt für sie.

„Natürlich nicht. Aber kann sie uns vielleicht sagen, wo ihr Auto an diesem Tag war?"

Heike schaut unsicher in die Runde. Ihr Anwalt hob beruhigend die Hand. „Wieso möchten Sie das wissen? Was hat das mit dem Mord und Ihrer Anschuldigung zu tun?"

„Nun, Herr Anwalt, wenn Ihre Mandantin das nicht sagen kann oder will, dann tun wir es eben. Ein Fahrzeug, das auf Frau Heike Hoffmann-de Vries zugelassen ist, wurde an diesem Tag im Halteverbot geparkt und bekam einen Strafzettel. Wollen Sie nun raten, wo das war, oder soll ich es Ihnen sagen?"

Messerschmidt schaute Heike ungläubig an und flüsterte: „So dumm kann man doch gar nicht sein." Laut fragte er: „Und was soll das beweisen? Selbst wenn sie in der Nähe des Tatortes geparkt haben sollte, ich sage: sollte, heißt das noch lange nicht, dass sie die Mörderin dieses Mannes ist."

„Gut, weiter." Carsten ließ nicht locker und Tomke wusste, jetzt würde er die nächste Bombe platzen lassen.

„Vielleicht kann sie uns ja später noch etwas zu ihrem Alibi sagen. Aber bevor sich Frau Hoffmann-de Vries in weitere Lügenmärchen verstrickt, wüsste ich gerne, wie eine Stofffaser ihres Seidenkleides an die Tatwaffe geraten ist." Er hielt den

Bericht der Spurensicherung hoch. „Ich zitiere: ‚… und konnte eindeutig festgestellt werden …‘ und so weiter und so weiter ..., ja, hier kommt es: ‚… dass die an der Tatwaffe gefundene Faser eindeutig zu einem Kleid im Schlafzimmer des am …‘ und so weiter ‚… durchsuchten Hauses gefunden wurde.‘ Wollen Sie noch mehr hören? Aber vielleicht möchte Ihre Mandantin ja jetzt etwas zu ihrem Alibi sagen?“, fragte er und legte gespielt nachdenklich die Stirn in Falten.

Heike war aufgesprungen und rief: „Ich sage jetzt nichts mehr, gar nichts mehr. Ihr könnt mir nichts beweisen!“ Und zu Tomke gewandt: „Das wirst du mir büßen, du Schlampe!“

Der Anwalt versuchte sie zu beruhigen. Tomke hatte genug. Sie griff zum Telefon und bat darum, dass eine Polizistin kommen möge, um Frau Hoffmann-de Vries zu beaufsichtigen, bis der Haftbefehl da sei und man sie nach Wilhelmshaven überführen könne.

Heike ging erneut hoch und rief verächtlich: „Haftbefehl? Dass ich nicht lache! Meine Anwälte werden diese Anschuldigungen in der Luft zerreißen! Außerdem wird kein Richter einen Haftbefehl ausstellen, dafür wird mein Vater schon sorgen!“

Tomke überhörte die Äußerung; sie wollte sich nicht provozieren lassen, es stand zu viel auf dem Spiel. Sie erhob sich und meinte gelassen: „Das wird dann doch ein längerer Aufenthalt, richten Sie sich darauf ein. Ob Sie sich äußern oder nicht, ist nun fast gleichgültig. Die Beweise sind erdrückend. Sie sind wegen Mordes dran. Ich beantrage jetzt den Haftbefehl. Es wird keine Probleme machen, ihn zu bekommen. Anschließend bringt man Sie nach Wilhelmshaven in Untersuchungshaft. Ach ja, Herr Dr. Messerschmidt, über ihre Rechte habe ich Frau Hoffmann-de Vries heute Morgen bereits aufgeklärt. Sie dürfen gerne hier bei Ihrer Mandantin warten, bis ich mit dem Haftbefehl komme. Einen schönen Tag noch, die Herrschaften.“

Tomke, Carsten und Hajo verließen den Raum. Hinter der geschlossenen Tür hörten sie noch die jammernde Stimme von Heike und gleich darauf einen Wutausbruch, bei dem der Name Henry fiel. Der Anwalt schaute zur Tür, hinter der die Kommissare standen, und legte seiner Mandantin die Hand auf den Mund.

„Egal, woher der Anwalt kommt und wie renommiert die Kanzlei ist, ihr", Tomke deutete auf das Büro, „kann keiner mehr helfen."

„Sag das nicht", warnte Carsten, „bei allem, was wir tun, müssen wir sehr präzise sein. Wir dürfen uns keinen Fehler erlauben, keine Nachlässigkeit. Diese Kanzlei ist auf Gewaltverbrechen spezialisiert. Also volle Konzentration. Im Übrigen haben wir hier nur einen Mordfall aufgeklärt; die beiden anderen haben mit diesem nichts zu tun. Also lasst uns weitermachen."

Sie gingen zurück in ihr Büro, und Tomke vereinbarte einen kurzfristigen Termin mit Ermittlungsrichter Alexander Heinold. Danach begann Hajo mit einer Zusammenfassung des ausführlichen Berichts der Spurensicherung, den sie heute erhalten hatten.

„Das meiste wissen wir schon, grob jedenfalls. Die Berichte gehen allerdings noch ins Detail. Zum Beispiel hat die Spurensicherung am Außenhafen tatsächlich die Stelle entdeckt, an der ein altes, morsches Holzboot ins Wasser gelassen wurde. Die Kollegen haben wirklich tolle Arbeit geleistet. Es wurden kleinste Holzsplitter gefunden, welche mit denen, die an der Wasserleiche gefunden wurden, übereinstimmen. Was wir schon wussten: Im Hof von Jojo de Vries' Haus fand man Blut von der Wasserleiche. Also gehen wir davon aus, dass er dort ermordet und mit einem Boot weggeschafft wurde. Carsten und ich waren deshalb nochmal dort. Wir haben die Nachbarn speziell nach einem Boot befragt. Und siehe da, einer erinnerte sich plötzlich daran, dass dieser Jojo in seinem Schuppen ein altes

Holzboot hatte und einen Bootstrailer. Warum er das nicht bei seiner ersten Befragung angegeben hat, lag wohl am Köm, denn er hatte eine gewaltige Schnapsfahne. Jetzt plötzlich erinnerte er sich auch daran, dass Jojo irgendwann nachts höllischen Lärm in seinem Schuppen gemacht hatte und er dadurch trotz seines beachtlichen Alkoholkonsums aufgewacht sei. Also wissen wir jetzt: Der Bootstrailer von der Goldenen Linie gehört Jojo de Vries. Das Boot ist weg und wird wohl irgendwann irgendwo angetrieben werden. Wie allerdings die Decke mit dem Blut von Bernd Köhler in das Bild passt, weiß ich nicht."

Hajo blickte zu Carsten. Der hob mit geschlossenen Augen den Daumen und bedeutete ihm weiterzumachen. Von Tomke kam keine Reaktion, sie saß gedankenverloren auf ihrem Stuhl und hatte den Kopf in die Hände gestützt.

Carsten kannte das und meinte zu Hajo: „Madame sinniert, bitte nicht stören."

„Wenn sie nicht zuhört, kann ich auch aufhören."

„Ich höre zu und mache mir gleichzeitig meine Gedanken. Ich kann das, mehrere Dinge gleichzeitig tun, meine ich. Ich bin eine Frau. Was wäre wenn, Kollegen, ich meine, irgendwie hat das weder Hand noch Fuß, und genau das macht mir Angst, nämlich ob uns meine Freundin Heike nicht doch noch durch die Finger schlüpfen könnte. Ich weiß, ich rede gerade wirres Zeug, aber es kommt mir im Moment alles so in den Kopf … Wie ist der tote Köhler hinter die Stubentür gekommen? Ich traue ihr vieles zu, aber nicht solch eine Kraftanstrengung. Was wäre, wenn sie einen Helfershelfer gehabt hätte?"

„Du denkst an Henry van Hook, unsere Wasserleiche?", fragte Hajo.

„Ja. Ich bekomme es zwar noch nicht so ganz zusammen, aber möglich wäre es. Allerdings glaube ich wiederum auch nicht, dass sie Henry getötet und an den Strand befördert hat."

Tomke wurde unruhig. Das Schnüffelfieber, wie sie es nannte, hatte sie gepackt, und sie wusste genau, dass sie es nun so schnell nicht wieder loslassen würde. Wie Figuren auf einem Schachbrett schob sie ihre Gedanken hin und her. Irgendwann würde das Bild einen Sinn ergeben.

„Könnte Jojo, ihr Mann, ihr geholfen haben?“, warf Carsten, aus seiner scheinbaren Lethargie erwachend, ein.

„Nein, eher nicht“, meinte Hajo. „Er hat eine Geliebte und seine Frau hat ihn genervt“, sagt jedenfalls sein Bruder. Ich glaube eher, dass auch ihm etwas passiert ist. Das ist alles so was von verdreht, zum Verrücktwerden! Aber, wenn Tomke recht hat und dieser Henry ihr Helfer war, dann würde es ja bedeuten, dass der den toten Bernd Köhler hinter die Stubentür gehängt hat. Das muss man sich einmal vorstellen: Frau de Vries bestellt Henry, damit der ihren Geliebten entsorgt, den sie gerade gemeuchelt hat. Der fährt mit dem Toten durch den halben Ort, hängt ihn hinter die Stubentür des Ehemannes der Mörderin und wird dann anschließend selbst umgebracht. Ne, is dat moi! Daraus könnte man direkt einen Tatort fürs Fernsehen machen – so absurd ist das.“

„Die absurdesten Fälle sind manchmal die wahrscheinlichsten“, überlegte Tomke laut. „Wenn wir den geraden Weg gehen, kommen wir nicht ans Ziel. Wir müssen auch alle Merkwürdigkeiten bedenken. Hajo, hast du nicht gesagt, der alte Jannssen und Heikes Vater kannten sich?“

„Ja, die sind sogar richtig dicke miteinander. Warum sollte Direktor Jannssen seinem Freund und Geschäftspartner nicht den ‚Mann für alle Fälle‘ ausleihen? Vielleicht hat er das ja schon öfter getan.“

„Und dem Töchterlein auch!“ Tomke war von der Idee begeistert. „Da wird ein Schuh draus! So, und jetzt muss ich zum Ermittlungsrichter und den Haftbefehl für Heike abholen. Hajo, du kommst mit, kannst was lernen!“ Sie warf sich ihre Jacke über. Der Weg zum Gerichtsgebäude war zwar nicht weit, aber es regnete noch immer in Strömen. Hajo verzog das Gesicht, er mochte diesen Ton an Tomke nicht.

Ermittlungsrichter Alexander Heinold war ein gutmütiger untersetzter Mann in den Sechzigern. Er freute sich auf seine baldige Pensionierung und teilte das auch jedem gerne mit. Als Tomke ihm den Fall schilderte und er die Namen Jan Jannssen und Adrian Hoffmann hörte, lehnte er sich nachdenklich in seinem Sessel zurück. Nachdem Tomke geendet hatte, herrschte einen Moment lang Stille. Man hätte im Amtszimmer des Richters eine Stecknadel fallen hören können. Tomke wurde unruhig. Warum schwieg Heinold so lange?

Plötzlich schob der Ermittlungsrichter sich in seinem Sessel hoch und schaute Tomke direkt an. „Liebe Frau Kommissarin, ich hoffe doch sehr, dass Sie und Ihr junger Kollege da“, er deutete auf Hajo, „wissen, worauf Sie sich einlassen.“

„Herr Richter“, fuhr Tomke auf, „wollen Sie mir damit etwa sagen, dass ...?“

„Ich will damit sagen, dass Sie das Ding absolut wasserdicht machen müssen. Aber wenn ich das jemandem zutraue, dann Ihnen. Schließlich eilt Ihnen ein Ruf voraus. Adrian Hoffmann und Jan Jannssen haben mir fast während meiner gesamten Amtszeit das Leben mit ihren verschlagenen Anwälten schwergemacht. Und nicht nur mir. Dass ich noch immer hier in Wittmund sitze, habe ich denen zu verdanken. Die haben nichts, aber auch gar nichts, unversucht gelassen, sich aus ihren kriminellen und korrupten Geschäften herauszuwinden. Wenn dann mal ein Fall für sie schlecht aussah, haben sie Richter und Staatsanwälte im ganzen Land bestochen, oder, wenn diese sich nicht darauf eingelassen haben, ihnen Knüppel zwischen die Beine geworfen. Jetzt im Alter macht es mir nichts mehr aus, hier in Wittmund zu sein, denn so ist mir der Stress der Großstadt erspart geblieben und – im Gegensatz zu vielen Kollegen – vielleicht auch ein Herzinfarkt. Sie bekommen von mir mit großer Freude einen Haftbefehl für Hoffmanns Tochter, aber bitte passen Sie auf, dass Sie den Anwälten nicht ins Messer laufen. Er nahm das vor ihm liegende ausgefüllte Formular zur Hand, klopfte einen Stempel darauf und setzte seine Unterschrift darunter.

„Hier“, meinte er und reichte es Tomke, „viel Erfolg. Nehmen Sie Ihren schweigsamen und staunenden Kollegen und zeigen ihm, wie man es richtig macht. Ich glaube, von Ihnen kann er viel lernen.“

Tomke stand auf, nahm das Papier und reichte Heinold die Hand. „Vielen Dank, Herr Richter, wir geben alles“, zwinkerte sie.

„Da nich für, da nich für! Und nun raus, ich muss mich auf meine Pensionierung vorbereiten!“

Hajo ging voran und sie verließen das Amtszimmer des Richters. „Wow“, meint er, als er die Tür hinter Tomke geschlossen hatte, „das war jetzt ein Erlebnis!“

„Ja, und wir haben Glück, dass wir an ihn geraten sind. So manch anderer hätte sich vielleicht in die Hose gemacht und sich geweigert, den Haftbefehl auszustellen. ‚Die Tochter von Adrian Hoffmann? Wie können Sie nur?‘, hat vor vielen Jahren mal ein Richter zu mir gesagt.“

„Bei der Beweislage?“, fragte Hajo ungläubig.

„Du hast ihn ja gehört. Allerdings glaube ich inzwischen, dass sich unsere süße Heike durch Dummheit, gepaart mit Eitelkeit, jetzt selbst das Genick bricht. Warten wir es ab. Lass uns den Haftbefehl überbringen, damit die Hoffmann-de Vries nach Wilhelmshaven überstellt werden kann; ich will sie vorerst hier nicht mehr sehen. Wochenende in der JVA, das hat doch was. Da wurde schon manch anderer Verdächtige mürbe. Am Montag werden wir sie weiter vernehmen. Ich bestelle sie für acht Uhr hier aufs Revier, dann muss die Dame früh raus", kicherte sie.

„Biest", grinste Hajo.

„Das habe ich nicht gehört. Du weißt doch: Jeder bekommt, was er verdient."

Als Tomke an ihren Schreibtisch zurückkam, lag dort ein Zettel mit einer Auflistung von Utensilien, die Heike dringend in der Untersuchungshaft benötigte. Es handelte sich ausschließlich um so wichtige Dinge wie Kosmetika, diverse exotische Obstsorten, seidene Wäsche und ähnliches, was man ihr aus ihrem Haus besorgen sollte.

Tomke schüttelte den Kopf und meinte trocken: „Die hat ja wohl das Porzellansyndrom."

„Was bitte?", fragte Hajo.

„Ach, den kenn ich schon", mischte sich Carsten ein. „Tomke meint: ‚Die hat nicht mehr alle Tassen im Schrank' und Recht hat sie." Die drei brachen in Gelächter aus.

Es wurde noch ein arbeitsreicher Abend. Wieder musste der Hausitaliener liefern, und die drei saßen noch lange und brüteten über dem Fall. Immer und immer wieder sortierten sie die Fakten, schoben Möglichkeiten hin und her, waren sich aber bewusst, dass sie ohne Beweise keinen Schritt weiterkommen würden.

Carsten versuchte ein Resümee zu ziehen: „Klar ist", betonte er, „dass wir den Fall Bernd Köhler so gut wie gelöst haben, es fehlt eigentlich nur das Geständnis deiner Freundin, liebe Tomke." Sie streckte ihm die Zunge heraus. „Und eine Erklärung dafür, wie der Tote hinter die Stubentür kommt. Die Indizien allerdings sind erdrückend. Es müsste mit dem Teufel zugehen, wenn sie sich da herauswinden könnte. Der Fall Henry van Hook ist da schon wesentlich komplizierter. Wir haben zwar einen Verdächtigen, aber der ist verschwunden. Außerdem fehlt uns hier das Motiv. Wir haben ein Boot – oder auch nicht; jedenfalls hat die Spurensicherung nachgewiesen, dass es sich um das Boot von Jojo de Vries handelt. Wir haben den Trailer und Blut auf seinem Grundstück, aber der Mann ist wie vom Erdboden verschwunden. Welches Motiv hätte er gehabt, Henry zu töten? Da fehlt uns noch sehr viel. Genauso geht es uns im Fall Direktor Jannssen. Hier gibt es viele Motive, aber jeder Verdacht führt irgendwie in eine Sackgasse." Er ließ sich auf seinen Stuhl fallen. „Das bringt heute nichts mehr. Lasst uns schlafen gehen, morgen ist auch noch ein Tag", gähnte er.

„Ja", stimmte Tomke ihm zu, „lasst uns Schluss machen, es ist schon nach 11 Uhr. Morgen früh um zehn Uhr hier? Wir müssen alle einmal ausschlafen." Die Männer nickten ihr zu und packten ihre Sachen zusammen.

Auf dem Weg nach Clinsiel fiel Carsten ein, dass er Marie versprochen hatte, morgen mit ihr schwimmen zu gehen. Die neue „Cliner Quelle" hatte eröffnet und Marie, die kleine Wasserratte, wollte unbedingt mit ihm in das neue Bad. „Kannst du mir morgen für zwei Stunden Deckung geben?", fragte er Tomke während der Fahrt.

„Wie bitte? Wie meinst du das?"

Er erzählte ihr von seinem Versprechen und dass sie die Sache schon einmal hatten verschieben müssen.

„Okay, gegen eins auf dem Revier?"

„Du bist ein Schatz!"

„Ich weiß, aber das kostet einen Cappuccino."

„Gerne auch zwei."

„Wenn jemand nach dir fragt, sage ich, du klapperst Freunde und Bekannte von diesem Jojo de Vries ab. Pass also auf, dass du nichts anderes sagst."

„So machen wir das."

„Nee, so mook wi dat, wie der Ostfriese sagt."

„Auch gut", murmelte Carsten und schlief schon fast auf dem Beifahrersitz.

FREITAG. SPÄTER NACHMITTAG IN DER ALTEN VILLA

Bella versuchte aufzustehen, aber die Beine versagten ihr den Dienst. Zu lange und fest waren ihre Knöchel gefesselt gewesen, das Blut musste erst wieder langsam zu zirkulieren beginnen. Jojo hatte ihr die Fesseln an Händen und Füßen durchtrennt, das Klebeband vorsichtig vom Mund gelöst. Er massierte ihr die Fußknöchel und sie selbst rieb sich die Handgelenke. Ihre Zunge klebte am Gaumen, sodass sie kaum sprechen konnte. Er kannte das Gefühl, schließlich hatte er über mehrere Stunden gefesselt und geknebelt in einem Kofferraum verbringen müssen. Immer wieder redete er beruhigend auf sie ein, doch sie zitterte am ganzen Körper.

„Bitte, Liebling, versuche ganz ruhig zu bleiben. Ich bringe dich sofort zum Arzt, am besten in ein Krankenhaus. Du bist völlig erschöpft und dehydriert. Ich habe solche Angst um dich."

Bella versuchte zu sprechen, doch sie brachte kaum ein verständliches Wort hervor. Jojo blickte sich im Raum um und suchte nach etwas Trinkbarem, aber es war nichts zu finden. „Warte bitte einen Moment, Liebling, ich bin gleich wieder da. Ein paar Türen weiter ist das Bad, von dort hole ich dir Wasser."

Doch Bella stöhnte auf. „Nein!", versuchte sie zu schreien, doch es kamen nur unverständliche Töne hervor. Wieder waren, wenn auch weit entfernt, Geräusche zu hören. Bella wurde panisch, schüttelte wild den Kopf und versuchte erneut aufzustehen. Sie wollte weg, nur weg von hier, das hatte Jojo nun verstanden.

„Sie … im Haus … kommt zurück …"

Viel mehr konnte er nicht verstehen. Sie hatte wohl Angst, dass die Person, die sie hier festgehalten hatte, zurückkommen könnte. Die Geräusche machten auch ihn unsicher. Er half ihr nochmals aufzustehen und es gelang. Er fasste sie um die Taille, legte ihren rechten Arm um seinen Hals und hielt ihn fest. Vorsichtig half er ihr, und mit jedem Schritt wurde sie sicherer. So gingen sie langsam Richtung Treppenhaus. Als sie an der Badezimmertür vorbeikamen, hielt er an und lehnte Bella gegen die Wand. „Bella, du brauchst unbedingt Wasser, ich hole schnell welches, warte hier." Bella schloss die Augen. Als er zurückkam, hatte er ein Glas mit Wasser in der Hand, das er ihr behutsam an die Lippen führte. Bevor sie einen Schluck nahm, schaute sie sich angstvoll um, denn erneut vernahm sie Geräusche. Ein paar Papiertücher, die er im Bad gefunden hatte, faltete Jojo zusammen, tränkte sie mit Wasser und schob sie Bella zwischen die Lippen. „Das wird dir gleich helfen, du wirst sehen. Sauge einfach daran. Und nun gehen wir." Schritt für Schritt führte er sie zur Treppe und versuchte seine eigene Angst zu unterdrücken. Jetzt war er sicher, dass jemand im Haus war. Ganz plötzlich spürte er einen Windzug, der durch die alte Villa fuhr. Jemand musste eine Tür geöffnet haben. Jojo war sich ganz sicher, dass er die Außentür im Keller geschlossen hatte. Es half nichts, sie mussten weiter; wahrscheinlich hatte man sie schon längst entdeckt. Als sie zur Treppe kamen, konnte er von oben den großen Dielenbereich überblicken und wusste nun, woher der Windzug kam. Die schwere hölzerne Haustür stand weit offen.

Bella blieb wie angewurzelt stehen und fing wieder an zu zittern. „Ist da …, sie ist da … Jojo …"

„Ruhig, Liebling, wenn man uns etwas tun wollte, hätte man die Tür nicht geöffnet. Hier will uns jemand loswerden", versuchte er sie zu beruhigen, war sich aber nicht sicher, ob es vielleicht doch ein Falle war. Wenn sie hier oben blieben, kämen sie nicht weiter. Es gab keine andere Möglichkeit, als es zu versuchen. Vorsichtig, die schwankende Bella fest umklammert, ging er mit ihr Stufe für Stufe die knarrende Holztreppe hinunter. Im Haus war es düster, wie schon an den Tagen zuvor, und durch die geöffnete Außentür fiel auch nur ein ganz schwaches Licht herein, denn draußen setzte schon die Dämmerung ein. Manchmal konnte er nicht erkennen, wohin er den nächsten Schritt setzte. Um sich abzulenken, zählte er die einzelnen Stufen. „14, 15, 16, 17, 18, 19, … geschafft. Jetzt noch ein paar Schritte bis zur Tür, Bella, dann sind wir in Sicherheit."

Bella fing wieder an zu zittern und spuckte die feuchten Papiertücher aus.

„Atmen, Bella, ganz ruhig atmen, gleich ist es vorbei."

Vor der Haustür führten fünf Stufen in den Vorgarten. Als Jojo sich noch einmal umdrehen wollte, fiel die Haustür hinter ihm ins Schloss. „Lass uns schnell von hier verschwinden. Wir wurden die ganze Zeit beobachtet. Mein Gott, was musst du mitgemacht haben. Komm schnell zum Auto."

Noch im Garten zog Jojo den Autoschlüssel aus der Tasche und betätigte die Fernbedienung. Er setzte Bella auf den Beifahrersitz und schloss die Tür. Als er noch einmal einen Blick zum Haus warf, bewegte sich hinter einem Fenster im ersten Stock die Gardine. Er fröstelte. Bella saß in sich zusammengesunken auf dem Sitz, als Jojo einstieg. Sie schaute ihn entsetzt an und hielt ihm einen Zettel hin. „Der lag auf dem Beifahrersitz", krächzte sie.

Jojo griff hinter sich auf die Rückbank nach einer Wasserflasche und reichte sie ihr. „Hier, trink erst einmal etwas, aber ganz langsam."

Sie nahm Schluck für Schluck und musste immer wieder husten. Als er gelesen hatte, was auf dem Zettel geschrieben stand, murmelte er entsetzt: „Also doch. Liebling, was hast du getan?"

„Ich weiß es nicht, ich weiß es wirklich nicht", antwortete sie mit noch immer rauer Stimme, aber schon wesentlich besser verständlich. „Jojo, mir geht es nicht gut. Alles dreht sich, und ich kann nicht richtig sehen. Was ist das?"

„Du bist völlig ausgetrocknet. Ich fahre dich in eine Klinik." Er startete den Motor und fuhr los. „Wie lange hat man dir nichts zu trinken gegeben?"

„Lange … Ich weiß nicht wie lange, ich dachte ich müsste sterben."

„Du weißt, wer das war. Sag es mir."

Sie deutete auf den Zettel und schüttelte den Kopf. „Nein, du hast es ja gelesen."

„Ich weiß. Da steht 250 000 Euro, und dass du deinen Vater getötet hast. Und wenn du ein Wort über die alte Villa oder ihre Bewohner verlierst, wird man der Polizei alles erzählen, ja. Aber mir kannst du es doch sagen! … Moment, hast du vorhin im Haus ‚sie' gesagt? Du sagtest: ‚Sie ist da.' Also war es eine Frau, die dich dort gefangen gehalten hat. Wer erpresst dich, Liebling?"

Bella blickte zur Seite und schüttelte den Kopf.

„Kennst du sie? Kenne ich sie?"

Bella schüttelte immer wieder den Kopf.

„Bella, bitte."

„Nein. Ich weiß nicht, was ich getan habe. Aber wenn ich meinen Vater getötet habe, dann hat er es verdient, und für dieses Schwein gehe ich nicht ins Gefängnis", antwortete sie und musste wieder husten. Sie lehnte ihren Kopf gegen das Seitenfenster und schloss die Augen. „Zu viel ist passiert. Henry hat mich in diese Klinik gebracht, wo ich unser Kind verloren habe. Ich dachte, ich sehe dich nicht wieder. Ich dachte, ich sterbe. Irgendwie bin ich von dort weggekommen, ich weiß nicht mehr wie. Alles ist wie ausgelöscht. Meine Erinnerung kam erst zurück, als ich am Schreibtisch meines Vaters stand mit dieser gläsernen Golftrophäe in der Hand. Dann stand sie plötzlich vor mir und nahm sie mir aus der Hand. ‚Was hast du getan?', fragte sie und …"

Er stoppte den Wagen. „Wer, Bella? Wer ist sie?"

Sie schüttelte den Kopf und schloss wieder die Augen. „Fahr, fahr endlich weiter, es geht mir nicht gut." Er fuhr sie in die Klinik nach Sanderbusch und bestand darauf, bei ihr zu bleiben. Auch nachdem man Bella untersucht und über einen Tropf mit Flüssigkeit versorgt hatte, wich er nicht von ihrer Seite. Spät in der Nacht kam ein Gynäkologe und untersuchte sie; sein Blick verhieß nichts Gutes.

SONNABEND. FRÜHER MORGEN

Peter Hagen, der diensthabende Klinikarzt im Nordwest-Krankenhaus Sanderbusch, hatte schon in der Nacht erkannt, dass es sich bei dem eigenartigen Pärchen um die beiden gesuchten Personen handelte. Die Klinik hatte von der Polizei eine Rundmail erhalten, die dann an alle Stationen weitergeleitet worden war. Warum sie gesucht wurden, stand nicht dabei. Es gab keine besonderen Hinweise darauf, dass es sich bei den beiden um Schwerverbrecher handelte, also beschloss der Arzt, sie für diese Nacht erst einmal zur Ruhe kommen zu lassen. Die Frau hatte ein schweres Schlafmittel bekommen und der Mann, nachdem er mit dem Gynäkologen gesprochen hatte, ebenfalls. Weglaufen würden die beiden mit Sicherheit nicht.

Am frühen Morgen kurz vor Dienstende öffnete er nochmals die E-Mail mit den Fotos und der Beschreibung der beiden Gesuchten. Es war ganz sicher, dass es sich um seine beiden Patienten handelte. „Nun muss ich wohl", murmelte er und griff zum Hörer. Er wählte eine Handynummer, und es dauerte eine

Weile, bis sich am anderen Ende jemand meldete.

„Ja, Tomke hier, was gibt's?“, meldete sich eine verschlafene Frauenstimme. „Ich sagte doch zehn Uhr. Ich schlafe noch.“

„Ich würde auch gerne schlafen, aber mein Dienst ist noch nicht zu Ende.“

Tomke richtete sich in ihrem Bett auf und fragte erschrocken: „Wer ist da?“ Ein Blick auf das Display zeigte ihr, dass es sich bei dem Anrufer nicht um Carsten handelte, und der Wecker auf ihrem Nachtisch, dass es gerade mal sechs Uhr vorbei war.

„Doktor Peter Hagen, Nordwest-Krankenhaus Sanderbusch. Wenn Sie dann wach sind, würde ich Ihnen gerne erklären, warum ich anrufe“, hörte sie eine sehr muntere Männerstimme sagen.

Tomke setzte sich auf und meinte mürrisch: „Ich bin wach, einigermaßen jedenfalls. Was ist denn passiert?“

„Ich bin Arzt in Sanderbusch und habe eine Suchmeldung von Ihnen in meinem Computer; kann das sein?“

Tomke war sofort hellwach. „Ja. Entschuldigen Sie bitte. Ich bin Tomke Evers und die Suchmeldung ist von mir oder besser gesagt, von meinem Kommissariat. Wissen Sie denn, wo die beiden Personen sich aufhalten?“

„Darum rufe ich an, und entschuldigen Sie bitte, dass ich Sie so früh aus den Federn werfe. Auf dem Revier wollte ich nicht anrufen, die Handynummer hatte eher einen persönlichen Touch. Es ist mir nämlich wichtig, dass hier nicht ein Polizeiaufgebot hereinstürmt und die beiden aus dem Bett weg verhaftet. Übrigens, was haben sie denn verbrochen?“

„Sie sind bei Ihnen in der Klinik? Beide?“

„Ja, Frau Bella Jannssen und Herr Johannes de Vries sind seit heute Nacht auf meiner Station“.

„Ich komme sofort! Lassen Sie die beiden bloß nicht vorher gehen.“

„Sie müssen sich nicht beeilen, die beiden schlafen tief und fest. Sie haben ein starkes Schlafmittel bekommen. Nun sagen Sie mir doch …“

„Sagen Sie mir erst, warum Frau Jannssen und Herr de Vries bei Ihnen sind. Hatten sie einen Unfall?“

„Nein, hatten Sie nicht, und warum Sie hier sind, kann ich Ihnen nicht sagen. Sie verstehen doch …, die ärztliche Schweigepflicht.“

„Aber andeuten könnten Sie …“

„Ja, ich kann andeuten, dass beide, wenn sie wach werden, in der Lage wären, unser Haus zu verlassen und dass es für Frau Jannssen besser wäre, wenn sie noch ein bis zwei Tage unsere Patientin bleiben würde.“

„Okay, ich bin schon unterwegs. Ach so, in welche Abteilung muss ich denn?“

„In die Innere. Mein Dienst ist zwar gleich zu Ende, aber ich warte auf Sie.“

„Das ist nett. Ich rufe meinen Kollegen an; wir kommen dann umgehend.“

Tomke drückte das Gespräch weg und wählte die Kurzwahl von Carsten. Nach zweimaligem Klingeln unterbrach sie die Verbindung. „Der hat ja heute Familienvormittag mit Marie, da will ich mal nicht so sein“, murmelte sie leise und wählte die Nummer von Hajo. Der meldete sich sofort.

„Bist du schon auf?“, fragte Tomke, ohne sich zu erkennen zu geben.

„Moin, Tomke. Ja, ich bin schon auf. Komme gerade aus der Dusche und bin nackt wie …“

„Das will ich gar nicht wissen. Moin“, unterbrach ihn Tomke lachend, „zieh dich an und hol mich in Caro ab; wir müssen nach Sanderbusch.“

„Hast du kein Auto? Und was ist mit Carsten?“, fragte Hajo.

„Das erzähle ich dir alles, wenn du hier bist. Also bitte, verpack deinen Revuekörper und mach hin. Ich springe auch schnell unter die Dusche. Bis du hier bist, bin ich fertig."

Tomke war mit dem Telefon ins Bad geeilt, streifte ihr Schlafshirt ab und stellte sich unter die Dusche. Das warme Wasser prasselte auf ihren Körper, und sie seifte sich mit einem neuen Duschgel ein. Ein minzig-fruchtiger Geruch stieg ihr in die Nase und weckte ihre Lebensgeister. Warum die beiden wohl in der Klinik waren, fragte sie sich, während sie sich die Haare kämmte und hastig die Wimpern tuschte. Sie streckte ihrem Spiegelbild die Zunge heraus und verließ das Bad.

In der Küche war schon Leben. Oma und Tant' Fienchen waren wie immer sehr früh auf.

„Was macht ihr denn schon so früh auf den Beinen?", fragte Tomke und gab jeder einen dicken Kuss auf die Wange. „Ich muss weg!"

„Das haben wir uns gedacht, ich habe nämlich dein Telefon gehört." Sie deutete auf eine grüne Plastikbox, „Hier, ich habe dir ein paar Brote gemacht. Für ein anständiges Frühstück hast du sicher wieder keine Zeit.". Sie schenkte ihr eine Tasse Kaffee ein und meinte mit gespielter Strenge: „Der wird getrunken, sonst lassen wir dich nicht aus dem Haus." Tant' Fienchen stand mit verschränkten Armen vor der Küchentür.

„Okay, okay, ich gebe mich geschlagen. Ich muss sowieso auf meinen Kollegen aus Wittmund warten."

„Ach, der nette junge Kollege von vor ein paar Tagen? Und was ist mit Carsten?"

„Carsten kommt erst heute Mittag zum Dienst und ..."

Draußen hupte es. Sie stellte ihre Kaffeetasse ab und sprang auf. „Ich muss weg, und danke für die Brote, die reichen ja für eine ganze Kompanie."

Sie klopfte an die Autoscheibe und bat Hajo, ihr nachzufahren. Dann stieg sie in ihr Auto und fuhr vom Deich. Vor dem Haus, in dem Carsten mit Michaela und Marie wohnte, stellte sie das Fahrzeug ab, warf den Autoschlüssel in den Briefkasten und stieg bei Hajo ein.

„Moin! So, und nun ab nach Sanderbusch.“

„In die Klinik? Wer liegt denn da? Und was ist mit Carsten?“

„So viele Fragen auf einmal, und das am frühen Morgen. Carsten hat heute ‚familienfrei‘ bis gegen 13 Uhr. Er hat Marie schon mehrmals einen Schwimmbadbesuch versprochen und das Kind immer wieder versetzt. Lass den mal sein neues Familienleben aufbauen, das hat er sich verdient. Offiziell besucht er heute Vormittag Freunde und Bekannte von Jojo de Vries, um sie zu befragen, wo dieser sein könnte. Ach, Scheiße, das geht ja nun nicht mehr, wir haben ihn ja. Da müssen wir uns …“

„Wie, wir haben ihn? Wo? Fahren wir seinetwegen nach Sanderbusch?“

„Ja, seinetwegen und wegen Bella Jannssen; die sind beide dort“, antwortete Tomke und erzählte von dem Anruf in der Frühe.

Da es Samstag und früher Morgen war, kamen sie schon nach 15 Minuten in der Klinik an, die Straßen waren frei. Hajo fand sofort einen Parkplatz. Der gläserne Eingangsbereich und auch der Empfang waren verwaist. Tomke suchte auf der großen Tafel neben der Treppe die Innere Abteilung und sie spurteten, immer zwei Stufen nehmend, die Treppen in den zweiten Stock hinauf.

Doktor Peter Hagen empfing sie an der Tür zur Station. „Ich habe ein Auto auf den Parkplatz fahren sehen und dachte mir, dass nur Sie das sein konnten. Heute ist es hier zum Glück sehr ruhig“, begrüßte er die beiden.

Schöner Mann mit müden Augen, dachte Tomke und reichte ihm die Hand. „Moin, Herr Doktor Hagen, ich bin Tomke

Evers, und das ist mein Kollege Hajo Mertens. Wir kommen aus Carolinensiel. Deshalb hat es auch etwas gedauert. Wo sind die beiden denn?“

„Sie schlafen noch. Ich war gerade dort und ich bitte Sie, ihnen noch eine Stunde Ruhe zu gönnen. Beide sind, und Frau Jannssen besonders, vollkommen übermüdet und erschöpft. Bei Frau Jannssen kommt noch dazu, dass es ihr gesundheitlich nicht sehr gut geht. Sie hat einiges hinter sich.“

„Können Sie mir sagen, was das ist?“

„Nein, warten Sie bitte, bis sie es Ihnen selbst sagt. So lange es keinen wirklich dringenden Grund gibt, muss ich mich an meine ärztliche Schweigepflicht halten. Außerdem machen die zwei mir nicht den Eindruck, als seien sie Schwerverbrecher, oder?“

Tomke zuckte mit den Schultern. „Ich hoffe nicht. Wir wissen es aber nicht wirklich. Im Moment suchen wir sie hauptsächlich als Zeugen. Bei Herrn de Vries …, na wir werden sehen.“ Sie schaute auf die Stationsuhr und wurde unruhig. „Herr Doktor, seit Ihrem Anruf ist nun mehr als eine Stunde vergangen, diese sei den beiden gegönnt, aber länger können wir nicht warten. Wir haben noch etwas anderes zu tun. Also, wo finden wir sie?“

Der Arzt schaute auf seine Armbanduhr und seufzte: „Also gut, dann bringe ich Sie jetzt zu ihnen. Aber bitte ...“

„Ja, wir sind doch keine Unmenschen.“ Tomke wusste, was er sagen wollte.

Sie gingen über einen langen Flur, um dann in einen Nebenflügel abzubiegen. Vor einer Tür blieb der Arzt stehen und klopfte. „Liegen beide auf demselben Zimmer?“, fragte Tomke.

„Privatstation“, antwortete der Arzt und klopfte nochmals.

Tomke schob ihn zur Seite und öffnete die Tür. „Wir können nicht länger warten, nu is dat good.“

Im Krankenzimmer standen zwei Betten, die wohl jemand provisorisch zusammengeschoben hatte. In der Mitte war ein

Spalt, trotzdem hielten sich die beiden schlafenden Patienten an den Händen. Als Tomke in das Zimmer stürzte, hob Jojo de Vries verschlafen den Kopf und schreckte beim Anblick der fremden Menschen augenblicklich hoch. Polizei, schoss es ihm durch den Kopf, und schon saß er aufrecht im Bett. Bella schlief noch. Die starken Beruhigungsmittel wirkten noch immer. Er legte den Zeigefinger auf die Lippen und deutete Tomke und Hajo an, dass er mit ihnen nach draußen kommen würde. Im Gehen warf er einen ängstlichen Blick auf Bella. „Gehen Sie nur, ich bleibe hier“, beruhigte ihn Doktor Hagen.

Tomke stellte sich und Hajo vor und zeigte ihm ihren Polizeiausweis. „Herr de Vries, wo waren Sie in den letzten Tagen? Wir haben Sie gesucht, und Ihre Freundin da drinnen ebenfalls.“ Tomke zeigte auf die Zimmertür.

Gerade erst aufgewacht und von dem Schlafmittel noch immer etwas benommen, wollte Jojo nicht spontan antworten, aber Tomke ließ nicht locker. „Herr de Vries, bitte. Sie wissen doch sicher ganz genau, warum wir hier sind.“

„Ja, ich kann es mir denken, im Radio war einiges zu hören …“

Tomke atmete tief ein und unterbrach ihn. „Seit Tagen waren Sie weder dort, wo Sie mit Ihrer Ehefrau wohnen, noch an Ihrem Arbeitsplatz und auch nicht in Ihrem Haus am Mittelweg. Auf die Suchmeldung im Radio haben Sie nicht reagiert, obwohl Sie diese gehört haben. Wir mussten davon ausgehen, dass Sie untergetaucht waren und fragen uns nun, warum?“

Sie schaute ihn an, ließ ihm aber keine Zeit zum Antworten. „Es hat in Ihrem Umfeld in den letzten Tagen drei Leichen gegeben“, hakte sie nach. „Sie kannten alle drei Männer. Herr de Vries, was haben Sie getan? Oder ist Ihre Freundin, Frau Janssen, eine Mörderin?“

„Nein, weder ich noch Bella!“, rief er. „Lassen Sie Bella bitte in Ruhe, ihr geht es sehr schlecht, und sie hat vor ein paar Tagen eine Fehlgeburt erlitten, bitte …" Jojo schaute flehend von Tomke zu Hajo. „Nehmen Sie mich fest, aber bitte lassen Sie Bella in Ruhe."

Plötzlich wurde es hektisch auf dem Krankenhausflur. Ein Arzt und zwei Pflegerinnen hasteten an de Vries, Tomke und Hajo vorbei in das Zimmer, in welchem Bella lag. De Vries wollte hinterher, aber die Tür wurde sofort wieder geschlossen. „Was ist passiert?!", schrie er, „Bella, was ist los?"

Nach einigen Minuten kam Doktor Hagen heraus. An ihm vorbei wurde Bella in ihrem Krankenbett aus dem Zimmer geschoben. „Frau Jannssen hat starke Blutungen, die Gynäkologen müssen operieren. Gut, dass ich gerade im Zimmer war und eingreifen konnte. Wo wurde die Abtreibung vorgenommen? Wir brauchen Unterlagen zur Vorgeschichte."

„Abtreibung?" Jojo de Vries zuckte zusammen. „Ich dachte, sie hatte eine Fehlgeburt?"

„Das ist vorerst einmal egal. Wo?"

„In der Sören-Klaas-Klinik, vermute ich. Aber genau weiß ich das nicht."

„Wie bitte? Das darf ja nicht wahr sein, nicht schon wieder!" Der Arzt war entsetzt; er schien die Klinik zu kennen.

„Kann ich zu Bella?", fragte Jojo noch.

„Jetzt nicht", meinte der Arzt, „sie wird sofort operiert. Bis sie wieder ansprechbar ist, kann es einige Stunden dauern." Er verabschiedete sich; sein Dienst wäre schon lange zu Ende gewesen.

„Ich bleibe hier", rief Jojo dem Arzt noch nach.

„Nein, Herr de Vries, sie kommen mit uns. Wir müssen uns dringend auf dem Revier mit Ihnen unterhalten. Es gibt nun keinen Grund mehr, dass wir hier auf dem Krankenhausflur weiterreden. Kommen Sie bitte mit."

„Okay, aber Sie müssen mir versprechen, dass ich später wieder zu Bella darf, sie braucht mich. Außerdem möchte ich mich kurz frisch machen und mir die Zähne putzen, Sie haben mich schließlich aus dem Bett geholt."

„Gut, zehn Minuten", meinte Tomke, „wir warten hier vor der Tür."

„Ich laufe Ihnen schon nicht weg." Jojo verschwand im Krankenzimmer.

SONNABEND IN DER CLINER QUELLE

Carsten hatte mit seinen beiden Mädels ausgiebig gefrühstückt und sich dann gegen zehn Uhr auf den Weg in die „Cliner Quelle" gemacht. Marie war heute schon sehr früh wach gewesen und hatte voller Vorfreude ihre Badesachen gepackt. Sie konnte kaum abwarten, dass es endlich losging. Michaela versuchte, sie zu beruhigen: „Das Schwimmbad öffnet erst um zehn Uhr, Marie, eher könnt ihr nicht rein. Also lass uns in Ruhe frühstücken."

Nun standen die beiden an der Kasse der „Cliner Quelle" und Carsten kaufte zwei Tickets für das Bad. Draußen regnete es inzwischen. Es war ein richtig herbstlicher Tag. Kaum zu glauben, dass vor ein paar Tagen noch solch ein wunderbares Wetter gewesen war. Aber an der Nordsee waren extreme Wetterwechsel üblich. Carsten kannte das inzwischen. Vor einigen Tagen war die neue „Cliner Quelle", ein richtiges kleines Schmuckstück, eröffnet worden. Marie hatte schon befürchtet, der Badetag würde wieder ins Wasser fallen, weil Carsten arbeiten musste. „Wie kann denn eigentlich ein Tag ins Wasser fallen?", hatte sie auf dem Weg hierher gefragt, und Carsten hatte große Mühe, ihr dieses geflügelte Wort zu erklären. Solche Fragen hatte seine Tochter auch immer gestellt, dachte er wehmütig.

Carsten war heute das erste Mal in der neuen „Cliner Quelle. Vom Eingangsbereich aus konnte man durch eine große Glasscheibe die Schwimmer im Außenbereich beobachten. Da es draußen heute ziemlich kalt war, sah das Wasser aus, als würde es dampfen. Marie kannte sich schon aus, denn sie war am Eröffnungstag mit Michaela hier und sofort hellauf begeistert gewesen. Als Carsten aus der Umkleidekabine kam, tobte sie schon über die große gelbe Rutsche. So eine Wasserratte! Sorgen musste er sich keine um sie machen, denn sie war mit ihren sieben Jahren schon eine hervorragende Schwimmerin. Er signalisierte ihr, dass er in das Schwimmerbecken gehen würde.

„Ich bin fünfmal durch die Tunnelrutsche gesaust", erzählte sie ihm wenig später völlig außer Atem. Sie schwammen und tobten eine Weile im Schwimmerbecken, was heute, da noch nicht viele Gäste da waren, ohne Ärger mit dem Bademeister möglich war. Marie tauchte gerade nach einem Gummiring, als Carsten plötzlich stutzte. Auf einer der Liegen am Beckenrand rekelte sich eine Frau, die ihm schon vor ein paar Minuten aufgefallen war, da sie ein Handy ans Ohr hielt, das sie mit der Hand abdeckte. Sollte niemand zuhören? Jetzt bemerkte er, dass sie ihm bekannt vorkam. Woher bloß? Natürlich, das war die Sekretärin des ermordeten Bankdirektors aus Wilhelmshaven! Ohne schickes Kostüm und Schminke sah sie ganz anders aus. Was machte sie in Carolinensiel, und warum telefonierte sie hier im Bad so geheimnisvoll? Er würde schon gerne hören, was sie die ganze Zeit zu quatschen hatte. Wenn das nur ein Freundinnentratsch war, konnte sie von ihm aus noch stundenlang ... Aber vielleicht ...? So ganz sauber war sie ihm – und Tomke erst recht – von Anfang an nicht vorgekommen. Er müsste irgendwie näher an sie herankommen.

„Marie", rief er, als das Mädchen wieder aufgetaucht war, „ich brauche mal deine Hilfe. Ich müsste dringend wissen, worüber die Frau mit dem Handy dort drüben redet. Kannst du ..."

„Gefällt sie dir etwa besser als meine Mama?“, fragte Marie mit zusammengekniffenen Augen.

„Ach was, meine Maus, das hat etwas mit unserem Fall zu tun. Vielleicht auch nicht, aber das möchte ich schon gerne wissen. Wenn ich mich einfach auf die Liege daneben lege, erkennt sie mich vielleicht; das wäre blöd, weißt du.“

Marie wischte sich eine nasse Haarsträhne aus den Augen und betrachtete Carsten mit strengem Blick. „Wenn das so ist, dann muss ich dir ja helfen. Frauen sind nämlich cleverer als Männer, wusstest du das?“, meinte sie altklug und war auch schon weg. Mit ein paar Schwimmstößen gelangte sie an den Beckenrand, stemmte sich hoch und stieg aus dem Wasser. Aus der großen Regalwand mit den Ablagefächern griff sie sich ihr Handtuch, wühlte in Carstens Badetasche und legte sich auf die Liege neben Inka Petersen. Die blickte genervt auf, lehnte sich aber wieder zurück, als sie sah, dass es sich um ein kleines Mädchen handelte. Carsten konnte von weitem erkennen, dass Marie irgendetwas in den Händen hielt, aber nicht, was es war. Er sah nur, dass ihre kleinen Finger mit etwas spielten. Okay, dachte er, sie tat wohl beschäftigt und hörte zu, was auf der Liege nebenan gesprochen wurde. Sein Gewissen meldete sich. Wie konnte er Marie nur für so etwas missbrauchen, schalt er sich. Aber zum Nachdenken war keine Zeit, so schnell hatte die Kleine die Initiative ergriffen. Er ließ sich rücklings auf dem Wasser treiben und beobachtete die beiden. Inka Petersen telefonierte noch immer, und Marie streckte sich weiterhin auf der großen Liege aus. Nach ein paar Minuten legte die Petersen ihr Handy weg und Marie schlenderte zum Beckenrand. Als sie näher kam, erkannte Carsten, dass sie sein Smartphone in der Hand hielt. Er schwamm zum Rand und schaute sie fragend an. „Was hast du mit meinem Smartphone vor?“

„Ich sagte doch: Frauen sind cleverer als Männer, nur die da nicht.“ Sie zeigte auf Jannssens Sekretärin. „Die hat nämlich nicht gemerkt, dass ich ihr Gespräch mit deinem Smarty aufgenommen habe!“

„Marie, das darf man nicht! Du kannst doch nicht einfach …“

„Du wolltest doch wissen, was sie spricht! Wie hätte ich mir das denn alles merken sollen, bitteschön?“ Sie tat beleidigt und hielt ihm das Gerät entgegen.

„Bring es schnell wieder in meine Badetasche und komm ins Wasser, du Schlingel“, schimpfte er sie scherzhaft. Er überlegte, ob er Marie einen Vortrag über das Für und Wider von Abhörtechniken und deren Verbot halten sollte, ließ es dann aber bleiben. Clevere kleine Maus, dachte er, und wenn es ihnen half … Vielleicht hatte die Chefsekretärin ja auch nur Privatkram geredet; dann würde er die Aufnahme löschen und keiner würde etwas davon erfahren.

Marie kam angerannt und schrie „Arschbombe!!“ Noch bevor Carsten „nein“ rufen konnte, klatschte sie schon ins Wasser. Der Bademeister in seiner Kabine hob den Kopf und statt eines tadelnden Zeigefingers streckte er lachend den Daumen in die Luft. Ihn hatte sie also auch schon um den Finger gewickelt, dachte Carsten. Er hatte versucht, Marie vorsichtig klarzumachen, dass man Gespräche von anderen nicht einfach aufnehmen dürfe. Ihre Frage, warum denn „einfach nur so“ lauschen erlaubt sei, ließ ihn das Gespräch beenden. Sie tobten noch eine Weile durch das Becken und stiegen dann schweren Herzens aus dem Wasser. Ein Blick auf die Uhr zeigte Carsten, dass sie nur noch 15 Minuten hatten, um zu duschen und sich umzuziehen.

„Bleib cool, Carsten“, meinte Marie auf dem Weg zur Dusche. „Die Frau an der Kasse hat zu Mama gesagt, es gibt fünf Minuten …“ Sie stockte, legte den Finger an die Nase und schaute nachdenklich zur Decke. „Ach, ich weiß es wieder“, fuhr sie fort, „es gibt fünf Minuten Katunzzeit, bevor man nachbezahlen muss.“

„Was gibt es? Ach, du meinst sicher Karenzzeit, mein Schatz!“

„Kann sein“, rief sie, flitzte an ihm vorbei und bog in Richtung ‚Damen‘ ab.

„Langsam, Marie, auf den Fliesen kann man ganz schnell ausrutschen! Und beeil dich!

Carsten hatte es plötzlich sehr eilig. Nicht nur, weil die Badezeit gleich ablief, sondern weil er unbedingt hören wollte, was Inka Petersen am Handy erzählt hatte. In der Umkleidekabine war er versucht, sofort in das Gespräch hineinzuhören, ließ es aber bleiben, da sich in den Kabinen rechts und links Badbesucher befanden. Als er die Umkleidekabine verließ, sah er, dass Marie sich schon die Haare föhnte. Die Uhr am Drehkreuz zeigte zwölf Uhr und vier Minuten – sie hatten also noch genau eine Minute. „Geschafft“, rief Marie, und zu der Mitarbeiterin am Tresen: „Tschüss, Ann-Christin, bis bald!“

„Tschüss, Marie, und liebe Grüße an deine Mama!“

„Carsten, hast du Ann-Christins Haare gesehen?“, seufzte Marie. „Sooo viele Locken! Die will ich auch haben …“

„Also, deine Haare finde ich aber auch ganz besonders schön, Marie.“ Carsten zupfte kurz an einer kleinen Strähne.

Marie quiekte „aua“ und lief über den Parkplatz zum Auto. Als sie sich auf der Rückbank angeschnallt hatte, meinte sie: „Das ist ein Widerspruch in sich.“

Carsten drehte sich langsam um und schaute sie an. „Wie bitte? Was ist ein Widerspruch in sich? Und woher hast du diesen Ausdruck?“

„Du hast im Bad zu mir gesagt: ‚Langsam, Marie, und beeil dich‘. Das ist ein Widerspruch in sich“, triumphierte sie.

Carsten beugte sich nach vorne und schlug mit dem Kopf

mehrmals gegen das Lenkrad. Er musste lachen. „Warte nur, du kleiner Naseweis, gleich komme ich nach hinten und kitzele dich ordentlich durch.“

„Komm doch!“

„Sei froh, dass ich es eilig habe und zur Arbeit muss“, drohte er ihr scherzhaft. „Du hast mir aber noch immer nicht gesagt, woher du diesen Ausdruck kennst.“

„Das sagt Frau Klein, meine Klassenlehrerin, immer zu mir. ‚Marie, das ist ein Widerspruch in sich‘“, äffte sie ihre Lehrerin mit spitzen Lippen nach.

„Na, darüber müssen wir uns mal in Ruhe unterhalten. Jetzt geht es ab nach Hause.“ Carsten hatte inzwischen den Wagen gestartet und fuhr vom Parkplatz. Ein Blick in den Rückspiegel zeigte ihm, dass Marie ganz kleine Augen hatte; sie war müde.

Als er sie bei Michaela ablieferte, meinte er: „Hier bringe ich dir deinen Widerspruch in sich zurück.“

Michaela schaute ihn fragend an: „Was hat sie denn nun wieder losgelassen?“

„Später“, lachte er, „ich muss los, mein Schatz!“ Er reichte ihr die Badetasche, küsste Michaela auf den Mund, Marie auf die Stirn und stieg wieder ins Auto.

Michaela schob Marie die Treppe zur Wohnung hoch und schüttelte den Kopf. „Ich glaube, nach dem Essen ist ein kleiner Mittagsschlaf angesagt, schließlich willst du heute noch zu einer Geburtstagsfeier.“

SONNABEND. AUF DEM REVIER

Bevor Carsten den Motor startete, schaltete er die Wiedergabefunktion seines Smartphones an, um während der Fahrt das aufgenommene Gespräch abzuhören. Er war noch immer verwundert darüber, dass Marie sich mit dem Gerät auskannte und überhaupt auf die Idee gekommen war, damit das Gespräch aufzunehmen. Nach zehn Minuten Fahrt kam er in Wittmund an, schlängelte sich durch den zweiten Kreisel und kam ab sofort nur noch im Schritttempo voran. In der Innenstadt herrschte noch reger Betrieb. Die Wochenendeinkäufer waren unterwegs. Als er endlich am Polizeirevier ankam, nahm er das Smartphone vom Beifahrersitz und stieg aus. Er dachte über das Gehörte nach. Tomke würde sich wundern. So ganz verstanden hatte er die Zusammenhänge des Gespräches nicht, schließlich fehlte ihm der Anfang. Aber es würde ihnen weiterhelfen, da war er sich sicher.

Auf dem Weg zur Eingangsschleuse piepte sein Handy. Eine SMS von Tomke: „Bist du unterwegs? Wir warten dringend auf dich, es gibt Neuigkeiten“, stand da. Nicht nur ihr, dachte er. Das Büro war leer, weder Tomke noch Klein-Hajo waren da. Ach, das „Klein“ wollte er ja weglassen, fiel ihm ein. Er fand seine Kollegen schließlich in jenem fensterlosen Büro, das sie zum Verhörraum umfunktioniert hatten. Er sah, wen die beiden da in der Mangel hatten und stellte sich schweigend neben die Tür. Jojo de Vries war also wieder aufgetaucht. Na, wenigstens lebte er, dachte Carsten.

Tomke stand auf und unterbrach die Vernehmung. „Hajo, bitte bringe Herrn de Vries eine Tasse Kaffee, und vielleicht kann einer der Kollegen ja ein paar belegte Brötchen besorgen.“

„Gute Idee“, warf Carsten ein, für mich auch. Und ihr?“

„Nein, lass mal, Carsten. Oma und Tant‘ Fienchen haben wieder einmal gut für uns gesorgt, schau nur mal rüber ins Büro.“

„Wurst von Schlachter Oldewurtel?“

Tomke nickte und Carsten hob den Daumen.

Im Büro fielen sie alle drei wie ausgehungert über die Proviantdose her. Sie merkten erst jetzt, wie hungrig sie waren. Tomke und Hajo waren schließlich schon früh auf den Beinen gewesen und Carsten hatte das Schwimmen hungrig gemacht. „Wie war es mit Marie im Schwimmbad?“ fragte Tomke kauend.

„Frag nicht! Sie ist nicht aus dem Wasser zu bekommen, macht mich völlig fertig. Und Sprüche hat sie drauf – das ist einfach nicht zu glauben. Aber sie ist ein ganz besonders cleveres Mädchen, und ihretwegen werden wir wohl in unserem Fall ein ganzes Stück weiterkommen. Oder hat de Vries etwa gestanden?“

„Ach was. Er und sein Schätzchen – sie haben wir übrigens auch – sind völlig unschuldig; das will er uns jedenfalls erzählen. Aber da bin ich mir nicht sicher. Seine Bella jedenfalls beschützt er wie eine Raubkatze ihr Junges. Ich traue ihm zu, einen Mord für sie zu gestehen. Aber was war denn mit Marie? Was hat sie mit unserem Fall zu tun?“

„Natürlich nichts. Sie hat im Schwimmbad nur ein Gespräch für mich aufgenommen – eine Idee, auf die wäre ich gar nicht gekommen. Schließlich weiß ich als korrekter Beamter, was sich gehört. Aber erzählt ihr doch erst einmal, wie ihr an den de Vries gekommen seid, und wo ist seine Freundin?“

„Nein, nein, stopp. Welches Gespräch hat Marie, bitteschön, aufgenommen?“ Sie schaute Carsten an.

„Inka Petersen lag im Bad auf einer Liege und hat ewig lange telefoniert, und zwar sehr aufgeregt, mit Händen und Füßen. Das hat mich stutzig gemacht. Außerdem: Was führt die nach Clinsiel? Ich denke, sie wohnt in Wilhelmshaven? Erzählt Ihr jetzt erst einmal, wie ihr die beiden gefunden habt, anschließend hören wir uns dann das Band an.“

„Mach du mal“, winkte Tomke zu Hajo hinüber, „ich muss schnellstens für kleine Mädchen.“ Sie stand auf und tänzelte aus dem Büro.

„Wo ist denn unser Helferlein?“ wollte Carsten wissen und deutete auf den freien Bürostuhl. „Schließlich war der Diensthabende so gnädig, ihn uns noch für zwei Tage zu überlassen.“

Hajo stöhnte auf und zuckte mit den Achseln. „Der muss ‚wochenendfrei‘ machen. Laut seinem Revierleiter hat er schon zwei Wochenenddienste hinter sich, und ein dritter darf nicht sein. Ich kann es wirklich nicht nachvollziehen. Da haben wir drei Mordfälle, und hier wird Dienst nach Vorschrift angeordnet. Tomke war stocksauer. Ich freue mich schon auf die Umstrukturierung, sie wird denen hier ordentlich Beine machen, da bin ich mir sicher.“

Carsten schüttelte den Kopf und bat Hajo, nun zu erzählen.

Als Hajo seinen ausführlichen Bericht über den Morgen im Krankenhaus und die Vernehmung von Jojo de Vries beendet hatte, kam Tomke wieder ins Büro und machte mit dem Arm eine triumphierende Geste. „Er ist jetzt zwar etwas angesäuert, aber das legt sich wieder“, meinte sie.

„Wer?“, riefen Carsten und Hajo wie aus einem Munde.

„Dirk Martens, der neue Revierleiter. Ich habe ihm ein paar Takte erzählt. Es kann doch wohl nicht sein, dass er uns, ohne ein Wort zu sagen, einen Mann abzieht und anschließend mit einer so haarsträubenden Erklärung kommt. Schließlich haben wir drei Tote auf dem Tisch. ‚Dienstvorschrift‘“, äffte sie ihn nach. „Wo kommt der denn her? Nicht mit mir!“

„Bist du wieder dabei, dich unbeliebt zu machen?“, fragte Carsten.

„Die Fronten zu klären ist wichtig. Der beruhigt sich auch wieder und weiß jetzt, woran er mit mir ist.“

Carsten und Hajo mussten lachen. Sie zogen Tomke noch eine Weile wegen ihrer ruppigen und direkten Art auf und säuselten dann scherzhaft: „Wir lieben dich trotzdem!“

Carsten griff nach seinem Smartphone und legte es auf den Schreibtisch. „Gehe ich recht in der Annahme, dass wir uns einig darüber sind, wer Bernd Köhler ermordet hat? Ich denke, mit der Hoffmann-de Vries sitzt die Richtige in Wilhelmshaven.

Vielleicht steckt die Klärung des Mordes an Direktor Jannssen hier in meinem Handy. Wenn das so ist, dann fehlt uns nur noch der Mörder von Henry van Hook, unserer Wasserleiche. Also, meine Herrschaften, nehmen Sie Platz und schnallen Sie sich an." Er schaltete das Gerät ein.

Nach einer guten Viertelstunde war die Aufnahme beendet. Tomke schürzte die Lippen und hob den Daumen in die Luft. „Respekt an Marie, da hatte sie eine geile Idee. Wie alt ist sie? Ich kann es nicht glauben. Und genauso kann ich es nicht fassen, was wir da gehört haben. Die Petersen, sieh an, jetzt wissen wir also, wo sie sich versteckt. Ich habe mich damals schon gewundert, warum sie so herumgedruckst hat, als wir nach ihrer Adresse fragten."

Hajo war aufgesprungen und machte sich an seinem Computer zu schaffen. „Was machst du denn jetzt? Lass uns doch erst einmal …"

„Tomke, willst du nun weiterkommen oder nicht? Ich schaue nochmal, was wir im Computer so über sie haben. Ihre Adresse steht in den Akten. Wo genau das ist, schaue ich mir jetzt mal … Ach, kiek, da haben wir es ja! Kein wirklich feines Viertel. Sie wohnt in einem schäbigen Haus in der Innenstadt. Dort gibt es nur kleine Einraum-Appartements. Diese Adresse würde ich auch nicht gerne preisgeben. Vor allem nicht, wenn ich die Sekretärin eines Bankdirektors bin. Petersen ist übrigens nicht ihr Mädchenname, deshalb haben wir sie nicht gleich mit der alten Nachbarvilla von Jannssen in Verbindung gebracht."

„Aber warum wohnt sie in dieser billigen Absteige?", fragte Carsten verwundert. Sie hat doch dort bei der Bank sicher nicht schlecht verdient. Hast du mal nachgesehen, ob sie Schulden hat?"

„Ja, habe ich. Aber mir kommt da ein anderer Gedanke. Ihrer Familie hat also diese alte Villa neben Direktor Jannssen gehört? Der Vater hat sich und seine Frau getötet. Zurück blieben eine

Tochter und ein Sohn. Die Tochter haben wir, doch wo ist der Sohn? Macht mal alleine weiter, ich muss das jetzt recherchieren."

Carsten drehte sich zu Tomke um, die anerkennend nickte. „Toller Typ, was? Hat was drauf, der junge Kollege", flüsterte er ihr zu. „Nun lass ihn nicht so lange zappeln, was sind schon acht Jahre. Heute macht sich doch darüber keiner mehr einen Kopf."

„Ja, wenn ein Mann sich eine junge Frau sucht, aber anders herum? Ich weiß nicht."

„Bei Mariechen, der Nachbarin deiner Oma, hängt ein altes gesticktes Bild, darauf steht: ‚Do wat du wullt, de Lüd snackt doch'. Das verstehe ich als Hesse sogar. Also: Mach was du willst, die Leute reden doch."

„Woher kennst du Mariechen? Und überhaupt - das ist jetzt nicht das Thema. Ich glaube, wir sind so nah an der Lösung des Falls, wir müssen es dieser Bella nur noch beweisen, dass sie ihren Vater getötet hat, und die Petersen muss als Zeugin her. Und nicht nur als Zeugin. Von wegen: eine Mörderin erpressen und ausnehmen wie eine Weihnachtsgans!"

„Das war schon ein perfider Plan, den die Petersen da ausgeheckt hat. Aber mit wem sie ihn besprochen hat, wissen wir nicht. Vor allem wissen wir nicht, was derjenige am anderen Ende gesagt hat. Das war bei der Abhöraktion nicht zu verstehen. Wie auch."

„Macht nichts. Wenn wir sie abholen, dann haben wir auch ihr Handy und damit sicher auch die Nummer ihres Gesprächspartners."

„Soll ich den Provider anrufen?", schaltete sich Hajo ein.

Tomke schüttelte den Kopf. „Das ist sicher nicht nötig. Mach du mal dein Ding weiter. Wir fahren zu der alten Villa und suchen Inka Petersen."

„Lass uns vorher erst noch einmal mit de Vries sprechen", warf Carsten ein. „Wenn die Petersen tatsächlich Bella Jannssen in der alten Villa eingesperrt hatte, frage ich mich, wie sie sich von dort befreien konnte und wo de Vries sie dann aufgegabelt hat. Dazu hat er sich doch, wie ich euch verstanden habe, nicht geäußert."

„Nein. Er hat nur von seiner Entführung, seiner Befreiung und seiner Flucht und davon erzählt, dass Bella in die Sören-Klaas-Klinik verschleppt wurde. Immer wenn es um die Jannssen geht, macht er zu. Jetzt wissen wir auch warum. Er will sie schützen, denn er weiß, dass sie ihren Vater erschlagen hat, da bin ich mir sicher. Übrigens fehlt auch noch die Tatwaffe. Aber dazu kann uns Bella Jannssen mehr erzählen, wenn sie wieder ansprechbar ist. Die kann uns nicht weglaufen. Du hast recht, gehen wir nochmal zu de Vries, und danach suchen wir Inka Petersen. Ich wusste doch gleich, dass die nicht astrein ist. Mein Bauchgefühl ..."

Hajo war so in seinen Computer vertieft, dass er, als die beiden sich verabschiedeten, nur kurz die Hand hob.

Als Jojo de Vries mit der Tatsache konfrontiert wurde, dass sie eine Zeugin dafür hätten, dass Bella Jannssen ihren Vater erschlagen habe, fing er laut an zu lachen und war kaum zu beruhigen. Allerdings war Tomke und Carsten klar, das es eher Hysterie als ein wirkliches Lachen war. In seinen Augen konnten sie das blanke Entsetzen sehen. Was wusste er? Nachdem er sich beruhigt hatte, konfrontierten sie ihn mit weiteren Tatsachen und stellten ihm nochmals gezielte Fragen: Wo hatte er Bella Jannssen wiedergetroffen? Was wusste er über den Mord an ihrem Vater? Was über das alte Haus, in dem Bella gefangen gehalten wurde? Wo war er, als Henry van Hook getötet wurde? Hatte er für die Tatzeit ein Alibi?

„Es geht nicht alleine darum, dass wir Bella jetzt als Mörderin überführen können", trieb ihn Tomke in die Enge. „Wir haben, wie ich Ihnen heute Morgen schon sagte, auch noch den Mord an Henry van Hook aufzuklären. Er wurde auf Ihrem Grundstück getötet und mit ihrem Trailer zur Küste geschafft, das sind eindeutige Indizien."

„Indizien ja, aber keine Beweise", warf de Vries plötzlich ganz ruhig ein. „Jeder kann Henry auf meinem Grundstück getötet haben, schließlich wurde Bernd auch in meinem Haus gefunden. Haben Sie mir nicht gesagt, dass Sie meine Frau als Bernds Mörderin verhaftet haben? Sicher hat sie auch Henry getötet." Er bekam langsam wieder Oberwasser.

Carsten nahm sein Handy aus der Tasche, tippte darauf herum und flüsterte Tomke ins Ohr: „Wir konzentrieren uns jetzt darauf, Bella Jannssen zu überführen. Bei ihr wird er weich, da sind Gefühle im Spiel." Sie nickte.

„Herr de Vries, sagen Sie uns doch jetzt erst einmal, wo sie Bella Jannssen gefunden haben. Wenn Sie von ihrer Unschuld überzeugt sind und ihr helfen wollen, müssen Sie mit uns reden. Wie kam sie aus der Sören-Klaas-Klinik in die alte Villa? Denn dass sie dort war, ist eindeutig. Wir wissen auch, dass sie dort gefangen gehalten wurde. Reden Sie mit uns, helfen Sie ihr." Carsten schaute ihn eindringlich an.

Jojo de Vries stützte seine Ellenbogen auf den Tisch, legte den Kopf in die Hände und fing leise an zu weinen. „Ich bin schuld, dass sie die Fehlgeburt hatte. Ich habe sie geschlagen und bin dann abgehauen, weil ich ihren Vater umbringen wollte. Er hat mich immer wieder ausrasten lassen, und ich habe es dann an Bella ausgelassen. Dann hat mich Henry niedergeschlagen und … Aber das habe ich Ihnen schon alles erzählt. Er hat Bella in die Klinik gebracht, wo sie die Fehlgeburt hatte. Vielleicht war es auch eine Abtreibung, aber das hätte sie nie gewollt. Wie sie von dort weggekommen ist, weiß ich nicht. Ich habe sie eine Woche lang gesucht und durch Zufall in dieser alten Villa gefunden. Gefesselt und geknebelt. Sie hat ihren Vater bestimmt nicht getötet, auch wenn …" Er stockte.

„Auch wenn?“, fragte Tomke. „Auch wenn was?“

„Auch wenn sie allen Grund dazu gehabt hätte. Aber den hatte ich auch, nur dass ich es nicht getan habe, leider. Aber Bella auch nicht. Niemals, das könnte sie gar nicht!“

Tomke ließ nicht locker. „Wir wissen auch, dass Ihre Freundin erpresst und 250 000 Euro Schweigegeld verlangt wurden. Schweigegeld für einen Mord?“, drängte sie ihn.

Jojo de Vries ließ seinen Kopf auf die Tischplatte fallen und fing hemmungslos an zu schluchzen. Plötzlich griff er in seine Hosentasche und zog einen Zettel hervor. Er reichte ihn Carsten. „Lesen Sie. Aber ich glaube das nicht, niemals!“

Carsten faltete den Zettel auseinander und las laut vor, sodass auch Tomke es hören konnte:

„250 000 Euro oder ich sage der Polizei, dass du deinen Vater erschlagen hast! Kein Wort darüber, wo du in den letzten Tagen warst! Melde mich!“

„Warum zeigen Sie uns das erst jetzt? Wir wissen übrigens, wer das geschrieben hat.“

„Wer? Ich bin mir sicher, das ist eine Frau. Bella wurde von einer Frau verschleppt.“

„Wissen wir auch; aber mehr können wir im Moment noch nicht sagen.“

„Gut, Herr de Vries, wir machen hier jetzt Schluss. Ihnen ist sicher klar, dass wir Sie hierbehalten müssen. Jetzt suchen wir unsere Zeugin. So lange dürfen Sie unser Gast hier auf dem Revier sein.“ Tomke erhob sich.

„Ich muss aber ins Krankenhaus zu Bella“, begehrte Jojo auf.

„Das geht jetzt nicht. Aber ich verspreche Ihnen, dass wir dort anrufen und Sie über ihren Zustand informieren werden.“

„Ich muss da hin! Ich kann sie jetzt nicht alleine lassen!“

Carsten versuchte ihn zu beruhigen. „Tut mir leid, dazu ist noch zu viel ungeklärt. Das geht heute wirklich nicht.“

Jojo de Vries ließ sich enttäuscht auf seinen Stuhl zurückfallen. An der Tür wandte sich Tomke noch einmal zu ihm um. „Sie könnten uns helfen, fällt mir gerade ein. Und je eher wir den Fall klären, desto schneller können Sie ins Krankenhaus zu Ihrer Freundin."

In Jojos Augen blitzte es. „Ja? Wie kann ich Ihnen helfen?"

„Sie haben Ihre Freundin aus dem alten Haus befreit. Wie sind Sie denn dort hineingekommen? Stand eine Tür offen? Ein Fenster? Oder sind Sie eingebrochen?"

„Nein, eingebrochen bin ich nicht, nicht im eigentlichen Sinne jedenfalls. Auf der Rückseite des Hauses gibt es einen Kellerabgang. Die Tür dort war nicht abgeschlossen. Da bin ich hinein. Als ich mit Bella das Haus verlassen wollte, stand plötzlich die vordere Eingangstür offen. Wir gingen hinaus, und sie wurde hinter uns zugeworfen und abgeschlossen. Da war also jemand im Haus."

„Also die Kellertür hinten. Gut zu wissen, vielen Dank."

SONNABEND. IN WILHELMSHAVEN

Carsten öffnete die Fahrertür ihres Wagens und stieg ein. Tomke, die sonst gerne selbst fuhr, protestierte nicht, zu sehr hing sie ihren Gedanken nach. Als sie in Wilhelmshaven angekommen waren und in die Nähe der alten Villa kamen, bat sie Carsten, doch ein paar Häuser entfernt zu parken.

„Wenn wir klingeln, macht sie mit Sicherheit nicht auf. Ich habe allerdings auch keine Lust, mich von hinten in das Haus zu schleichen. Warte mal." Sie griff zu ihrem Handy und suchte nach einer Nummer. „Da haben wir sie ja", murmelte sie und drückte den Wählknopf.

„Hallo, Frau Petersen, hier ist Tomke Evers von der Kriminalpolizei. Wir müssten Sie noch einmal sprechen. Wann können wir denn zu Ihnen kommen?“ Sie lauschte kurz auf die Antwort und meinte dann: „Nein, machen Sie sich keine Umstände, wir müssen sowieso nach Wilhelmshaven und fahren hier in Wittmund gleich los. Wo finden wir Sie denn? Sind Sie bei sich zu Hause oder sind Sie in der alten Villa? Hallo, Frau Petersen! Ups, aufgelegt. Dann wollen wir doch mal sehen, wie lange es dauert, bis sie erscheint.“ Tomke schaute zu Carsten hinüber und zwinkerte ihm zu. „Bauchgefühl“, lachte sie.

„Du wieder“, meinte Carsten kopfschüttelnd. „Wie kommst du denn darauf, dass sie hier … Oh, da ist sie ja. Kompliment, Frau Evers.“

Er wollte den Motor starten, doch Tomke hielt ihn zurück. „Stopp, sie kommt auf uns zu.“

Als Inka Petersen auf ihrer Höhe war, öffnete Tomke die Beifahrertür. „Da sind wir. Es ging doch schneller als ich dachte, Frau Petersen. Darf ich Sie bitten einzusteigen?“

Sie öffnete ihr die Tür zum Rücksitz, ließ die total perplexe Sekretärin einsteigen und setzte sich dazu.

„Ja, so ist das mit der Polizei. Die sagt auch nicht immer die Wahrheit. Aber wenn es der Wahrheitsfindung dient …“

Carsten gab vorne auf dem Fahrersitz ein Knurren von sich und warf Tomke einen Blick durch den Rückspiegel zu. Das war wieder einmal ein typischer Tomke-Spruch.

Nachdem sich Inka Petersen von ihrem ersten Schock erholt hatte, begann sie laut zu protestieren. „Was wollen Sie denn von mir? Ich habe nichts getan! Und dass ich mich manchmal in unserem ehemaligen Haus aufhalte, ist kein Verbrechen. Schließlich steht es schon seit Jahren leer. Das Schwein von Jannssen hat meine Eltern um das Haus gebracht, rücksichtslos und skrupellos. Mein Vater hatte ihm vertraut.“

Sie redete, wippte und redete. Tomke lehnte sich im Fahrzeug zurück und ließ sie gewähren. Vielleicht würde sie sich verplappern. Bevor Carsten den Motor startete, rief er bei der Spurensicherung an, bestellte sie in die alte Villa und gab gleichzeitig Anweisungen, worauf zu achten sei.

Nachdem sich Inka Petersen wieder beruhigt hatte, stellte Tomke ganz ruhig ihre Fragen. „Sagen Sie, Frau Petersen, hat Ihr Chef nicht bemerkt, dass Sie die Tochter seiner ehemaligen Nachbarn sind? Ist Petersen Ihr Mädchenname oder sind Sie verheiratet?"

„Nein, bin ich nicht. Vor ein paar Jahren habe ich den Mädchennamen meiner Mutter angenommen. Unser Name war hier in der Gegend bekannt, nachdem mein Vater aus Verzweiflung sich und meine Mutter getötet hatte. Immer wieder wurde ich daran erinnert, dass ich die Tochter eines Mörders und Selbstmörders bin. Irgendwann hatte ich genug und habe eben den Mädchennamen meiner Mutter angenommen. Das war ganz einfach."

„Haben Sie aus Rache Direktor Jannssen getötet?", versuchte Tomke einen Schuss ins Blaue.

„Ich? Nein, das war Bella, und ich habe sie beobachtet."

„Ja, wir haben den Zettel mit Ihrem Erpressungsversuch bekommen. Außerdem wissen wir, dass Sie Bella Jannssen hier im Haus gefangen gehalten haben. Davon abgesehen, dass das eine Straftat ist, Entführung und Erpressung meine ich, haben Sie gewaltiges Glück, dass Ihr Opfer rechtzeitig gefunden und befreit wurde. Nur kurze Zeit später und sie wäre gestorben."

„Hält eben nichts aus, so ein reiches Töchterchen. Einen Versuch war es wert. Das Geld wäre wenigstens eine kleine Wiedergutmachung gewesen. Jetzt ist auch das weg. Ich hasse dieses reiche Volk. Von wegen Opfer, das Opfer bin doch ich! Warum fallen reiche Leute wie kleine Katzen immer wieder auf die Füße?"

„Was haben Sie eigentlich in der Villa Jannssen gemacht? Waren Sie schon im Haus oder sind Sie dazu gekommen?"

Inka Petersens Augen flackerten, sie wippte wieder nervös hin und her und biss sich auf die Lippen.

„Nun?“, hakte Tomke nach.

„Der Alte hatte mich bestellt, weil er dringend wichtige Unterlagen über das Küstenprojekt brauchte, die sollte ich ihm vorbeibringen.“

„Ja, weiter.“

„Das habe ich getan und sonst nichts. Wenn der Alte rief, musste man eben springen.“

„Sie waren also dabei, als Bella ihren Vater getötet hat, sehe ich das richtig?“

„Ja, ich meine, nein. Ich war in der oberen Etage, meine ich. Als ich runter kam, lag der Alte quer über dem Schreibtisch und Bella stand mit der Trophäe in der Hand davor. Die haben Sie doch gefunden, oder?“

Tomke überhörte die Frage und hakte weiter nach. „Was haben Sie in der oberen Etage gemacht? Sind dort nicht die Privaträume?“

„Doch, ich glaube schon. Jannssen wollte etwas aus seinem Schlafzimmer haben, das sollte ich ihm holen.“

„Was war das denn?“, schaltete sich Carsten ein, der während der ganzen Fahrt schweigend dem Gespräch der beiden gefolgt war.

Inka Petersen wippte und rutschte nervös auf ihrem Sitz hin und her. „Papiere, auch Papiere. Was das war, kann ich nicht sagen. Ich habe ihm den ganzen Stapel vom Nachttisch holen müssen. Aber was soll das denn? Bella ist die Mörderin! Die müssen Sie befragen. Haben Sie sie schon verhaftet?“

Tomke überging auch diese Frage. „Und als Sie oben waren, ist Bella ins Haus gekommen und hat ihren Vater erschlagen? Sie müssen entschuldigen, Frau Petersen, aber wir müssen das alles ganz genau wissen; das verlangen Staatsanwaltschaft und Richter von uns. Alles muss hieb- und stichfest sein. Also?“

„Ja, so muss es gewesen sein.“

Carsten war inzwischen auf den Parkplatz des Reviers in Wittmund gefahren und sie stiegen aus.

„So viel fürs erste, Frau Petersen. Wir nehmen das gleich alles zu Protokoll. Dann haben wir natürlich noch die Sache mit der Entführung und der Erpressung. Das heißt, Sie bleiben für eine Weile unser Gast, die Staatsanwaltschaft wird Anklage erheben. Geben Sie mir bitte Ihr Handy. Noch etwas, damit wir hier nichts versäumen, offiziell und für das Protokoll: Sie sind vorläufig festgenommen. Über Ihre Rechte wird Sie der Kollege gleich noch aufklären. Hoffen Sie für sich, dass Frau Jannssen die Notoperation überlebt und sich von den Strapazen erholt."

„Was wollen Sie eigentlich? Ich habe sie doch gehen lassen!", brauste die Sekretärin auf.

„Gehen lassen? Sie wurde befreit, und das fast zu spät", antwortete Tomke kalt.

SONNABENDNACHMITTAG. WIEDER AUF DEM REVIER

Auf dem Revier bat sie Carsten, die Festgenommene in den Verhörraum zu bringen und ihr ihre Rechte vorzulesen.

Die Fahrt nach Wilhelmshaven und zurück hatte nur eine knappe Stunde gedauert. Tomke war neugierig, was Hajo in der Zwischenzeit in Erfahrung gebracht hatte. Außerdem wollte sie ein Gedächtnisprotokoll über das Gespräch, welches sie mit der Petersen im Auto geführt hatte, schreiben. „Dass mir da nichts verloren geht", informierte sie Carsten und machte sich auf den Weg ins Büro. Irgendetwas beunruhigte sie. Ihr Bauchgefühl machte sich bemerkbar.

Als Tomke das Büro betrat, rief Hajo ihr entgegen: „Ich hab ihn! Ich habe den Bruder von Inka Petersen gefunden. Und was soll ich sagen? Fast im selben Moment klingelte hier bei mir das Telefon, und er war dran!

„Wer er?“

„Na, der Bruder, Klaus Ludwig! Was für ein Zufall! Er erzählte mir, dass er den ganzen Vormittag mit seiner Schwester telefoniert habe. Sie hätte ihn von einem Schwimmbad aus angerufen, weil sie glaubte, dass man das Gespräch dort nicht nachverfolgen könne. Irre nannte er sie. Sie hatte ihm von ihrem Plan erzählt, sich an der ganzen Familie Jannssen zu rächen. Darüber wollte er nun die Polizei informieren. Er selbst habe schon lange mit der Sache abgeschlossen, schließlich habe sich sein Vater damals auf Geschäfte mit dem alten Jannssen eingelassen, von denen ihm jeder abgeraten hätte. Wir sollten uns um seine Schwester kümmern und das Schlimmste verhindern, meinte er.“

„Wow, und wo lebt er?“

„Herr Ludwig lebt in der Schweiz. Er ist wohl von seiner Firma vor einigen Jahren dorthin versetzt worden, was ihm damals sehr recht war. Das brachte den nötigen Abstand zu seinem Familiendrama, wie er erwähnte. Ach so, dann hat auch noch das Krankenhaus angerufen. Bella Jannssen ist aufgewacht und ansprechbar. Die Ärzte geben grünes Licht für eine Befragung.“

„Dann melde uns dort bitte an“, bat ihn Tomke und schaute auf die Uhr. „So in zirka zwei Stunden können wir dort sein. Ich möchte schnell das Gedächtnisprotokoll diktieren und ein paar Dinge, die mir aufgefallen sind, recherchieren. Dann können wir hinfahren. Willst du mitkommen oder hast du zu viel zu tun?“

„Lass mich mal hier, ich stecke mitten in einem Stapel Unterlagen, da will ich endlich durchkommen.“

„Gut, dann soll Carsten mitfahren. Wenn du schon dabei bist: Ich habe da auch noch ein paar Dinge, die du für mich tun kannst. Warte, ich schreibe es dir auf. Das Handy der Petersen habe ich übrigens hier.“ Sie reichte es ihm über den Schreibtisch, nahm das Diktiergerät aus der Schublade und sprach das Gedächtnisprotokoll auf Band.

„Warum hast du das Gespräch denn nicht gleich mit deinem Handy aufgenommen, so wie das Marie gemacht hat?“, wollte Hajo wissen.

„Dazu hätte ich Inka Petersens Einverständnis gebraucht, aber ich wollte ihr nicht das Gefühl einer Vernehmung geben, sondern das eines ganz normalen Gesprächs. Ich hatte Angst, dass sie sonst zumacht.“

Tomke nahm die kleine Kassette aus dem Gerät und steckte sie in ihre Hosentasche. Sie würde sie später bei der Sekretärin des Reviers abgeben, die das Protokoll zu Papier bringen sollte.

„Wo finde ich denn den Bericht der KTU über die Durchsuchung der Villa Jannssen? Ich muss da mal etwas nachlesen.“

Hajo griff, ohne aufzusehen, nach rechts und reichte ihr eine Mappe von einem Stapel. „Bitteschön.“

„Dankeschön.“

„Heute Abend bei Marcel?“, fragte er und nahm den Blick nicht von seinen Unterlagen.

„Mal sehen“, antwortete Tomke unverbindlich.

Sie nahm den Bericht der KTU und musste schmunzeln. Hat schon was, der Kleine, mal sehen, wie hartnäckig er ist. Anschließend nahm der Bericht sie gefangen.

Als sie fertig war, legte sie ihn zurück auf den Stapel und unterbrach Hajo bei seiner Recherche.

„Die Petersen bleibt hier, egal was passiert. Sie kann sich einen Anwalt holen, klar, aber lasst sie auf keinen Fall gehen. Da ist etwas ganz komisch, sage ich dir, und ich glaube zu wissen, was es ist. Aber jetzt suche ich Carsten und fahre mit ihm ins Krankenhaus. Herrn de Vries nehmen wir mit, damit er aufhört zu heulen. Wo ist eigentlich Carsten?“

„Nebenan, Berichte schreiben, einer muss es ja tun. Ich bin gegen zehn in der ‚Stechuhr‘!“, rief er ihr noch nach, und: „Morgen können wir ausschlafen, ist schließlich Sonntag!“

„Von wegen Sonntag, bei drei Morden gibt es keinen Sonntag. Aber wie gesagt: mal sehen."

Carsten hatte gerade die letzte Seite seines Berichtes fertig und sendete ihn per E-Mail nach Wilhelmshaven an den Chef. „Geschafft", rief er, als Tomke ins Zimmer kam.

„Wir können Frau Jannssen vernehmen, das Krankenhaus hat angerufen. Kommst du?"

„Ja, ich bin gerade mit dem Bericht an Gerdes fertiggeworden, nun kann er nicht meckern, unser Chef, gell?"

„Gut gemacht, du Hesse. Und nun komm. Wir nehmen de Vries mit, vielleicht redet sie dann eher mit uns."

Auf dem Gang durch das Präsidium zu Jojo de Vries fragte Tomke: „Sag mal, Carsten, hast du Lust, heute Abend mit Michaela in die ‚Stechuhr' zu kommen? Hajo hat mich gefragt und alleine will ich heute nicht. Kommt ihr mit?"

Carsten zückte sein Handy und wählte Michaelas Kurzwahl, sprach ein paar Worte und schickte einen Kuss durch das Telefon. „Erledigt. Marie übernachtet heute bei einer Schulkameradin. Übernachtungsparty, mit sieben, ich fasse es nicht. Du siehst, es passt. Wir kommen und stehen dir bei", zwinkerte er.

„Blödmann", brummte Tomke.

Carsten nahm die Autoschlüssel und bestimmte: „Ich fahre. Basta."

Beide mussten lachen. Bevor sie mit Jojo de Vries ins Auto stiegen, nahm Tomke Carsten noch einmal zur Seite.

„Du, mir ist da bei dem Gespräch mit der Petersen etwas aufgefallen, was nicht so recht in das Bild passt. Der Bericht der KTU hat es mir dann bestätigt. Die Petersen hat nicht die Wahrheit gesagt, als sie von ihrem Besuch in der Villa Jannssen erzählt hat. Wo sind die Papiere, die sie angeblich zu ihrem Chef gebracht hat? Und der Aktenstapel, den sie angeblich aus dem Schlafzimmer im ersten Stock geholt hat, ist auch nirgendwo erwähnt. Was also hat sie im Haus wirklich gemacht? Ich denke, es gibt zwei verdächtige Personen im Fall Jannssen. Warten wir, was die Tochter zu sagen hat. Auf dem Weg in die Klinik lassen wir uns von de Vries die ganze Story nochmal erzählen, vielleicht fällt uns ja etwas auf."

Carsten nickte und sie stiegen ein. Tomke saß auf dem Beifahrersitz und de Vries im Fond. Sie machten ihm klar, dass er, wenn man Bellas Unschuld beweisen wolle, ihnen nochmal alles genau berichten müsste, was er wusste. So erzählte er ihnen ein zweites Mal die ganze Geschichte seiner Entführung, seiner Flucht aus dem Auto, der Suche nach Bella und wie und wo er sie dann gefunden hatte.

Tomke und Carsten schauten sich an. „Die Tatwaffe würde uns weiterhelfen", meinte Tomke. „Dort sind mit Sicherheit Spuren des Mörders drauf. Aber so lange wir die nicht haben ..."

De Vries setzte an, etwas zu sagen, schwieg dann aber. Wenn er verriet, wo die Golftrophäe war, würden sie Bella noch mehr verdächtigen, fürchtete er. Ihre Fingerabdrücke waren mit Sicherheit darauf. Sie hatte ihm doch erzählt, dass sie sie in der Hand gehabt hatte. Was war, wenn sie ihren Vater wirklich damit erschlagen hatte? Er durfte es nicht sagen, also schwieg er.

IN DER KLINIK IN SANDERBUSCH

Im Krankenhaus trafen sie auf eine sehr blasse und ängstliche Bella. Der Arzt gestand ihnen eine halbe Stunde zu, wofür ihm Tomke sehr dankbar war. Sie stellte sich und Carsten vor und kam auch gleich zur Sache.

„Frau Jannssen, wir haben nicht viel Zeit. Lassen sie uns anfangen. Wie Sie sicher wissen, gibt es da jemanden, der Sie beschuldigt, Ihren Vater erschlagen zu haben. Vor der Erpresserin müssen Sie nun keine Angst mehr haben. Was sagen Sie zu der Beschuldigung?“

„Nichts“, antwortete sie mit kraftloser Stimme. „Ich kann Ihnen nichts sagen, denn ich kann mich an fast nichts erinnern.“

„Liebling, möchtest du einen Anwalt dabei haben?“, schaltete sich de Vries ein.

„Nein, das bringt ja doch nichts, ich weiß nichts.“

„Nun mal langsam und der Reihe nach, Frau Jannssen. Wir sind keine Unmenschen und wollen Ihnen auch keinen Mord unterjubeln, aber wir müssen die Sache klären. Vielleicht ergibt sich nach unserem Gespräch ja auch ein ganz anderes Bild. Also erzählen Sie uns, was Sie wissen, von Anfang an.“

„Also gut, aber ich erinnere mich nur an Bruchstücke. Zum Beispiel, dass Henry plötzlich in meiner Wohnung stand. Er hatte Jojos Schlüssel in der Hand. Dann, dass ich in einem Krankenzimmer lag und jemand von einer Fehlgeburt sprach. Ich hatte Angst, mein Baby zu verlieren und wollte nur weg. Erst jetzt weiß ich, dass ich es da schon verloren hatte. Meine Kleider hingen im Schrank. Ich habe mich angezogen, meine Tasche genommen und bin raus aus dem Zimmer und raus aus dem Haus. Ich weiß aber nicht, wo ich war. Vor dem Haus stand ein Wäschefahrzeug, wenn ich mich recht erinnere.“ Sie dachte angestrengt nach. „Als nächstes erinnere ich mich erst wieder daran, dass ich im Haus meines Vaters stand. Wie ich dort hingekommen bin, weiß ich nicht.“

„Und weiter?“, wollte Tomke wissen. Alle hatten Bella Jannssen bisher schweigend zugehört.

„Das sage ich besser nicht.“

„Was? Haben Sie dann Ihren Vater erschlagen?“

„Ich weiß es nicht!“, schrie sie plötzlich. „Ich weiß es wirklich nicht! Und wenn, dann hat er es verdient, mehr als das. Er war ein Tyrann, ein rücksichtloses Schwein, er hat es verdient! Er hat meine Mutter auf dem Gewissen, mich, meine Kindheit, meine Jugend und unser Kind auch." Sie blickte flehend zu Jojo und sank müde in ihr Kissen zurück.

„Bleib ruhig, mein Liebes", schaltete sich de Vries erneut ein, „du musst gar nichts sagen."

„Doch, reden Sie bitte weiter. Und glauben Sie mir, das hilft", meinte Carsten, der sich die ganze Zeit zurückgehalten hatte. „Wir haben noch einen anderen Verdacht, aber dem können wir erst nachgehen, wenn Sie uns alles gesagt haben. Glauben Sie mir, jedes Detail zählt." Er schaute sie eindringlich an.

„Sie waren im Haus, haben Sie die Tatwaffe gesehen? Hatten Sie die Tatwaffe vielleicht sogar in der Hand?"

Bella schaute von einem zum anderen. „Ich weiß es nicht. Auf dem Boden lag sein blöder Golfpokal. Den habe ich aufgehoben und hielt ihn wohl in den Händen, als diese Frau ins Zimmer kam. Plötzlich war sie da. Wie aus dem Nichts stand sie vor mir. Mörderin, rief sie, du hast deinen Vater erschlagen. Ich wollte nur weg. Vaters Hand bewegte sich plötzlich. Er war gar nicht tot, aber das hat sie nicht gesehen, nur ich. Dann bin ich weggelaufen."

„Und der Pokal?", fragte Tomke. „Haben Sie den mitgenommen?"

„Nein, den habe ich vor Schreck fallen lassen, als mein Vater sich bewegte."

„Und wo sind Sie hingelaufen?"

„An ihr vorbei, zur Haustür und nach draußen. Warum?"

„Moment, wie sind Sie dann in die Nachbarvilla gekommen?"

„Ich weiß nur, dass ich aus dem Haus zur Pforte gerannt bin und am Garten und an der Hecke entlang. Plötzlich hat mich jemand am Arm gepackt und durch die Hecke gezerrt. Von da ab weiß ich nichts mehr. Später bin ich dann in diesem Sessel aufgewacht und war gefesselt."

Tomke warf Carsten einen verstehenden Blick zu und nickte.

„Eine Frage noch, und bitte, versuchen Sie sich genau zu erinnern: Als Sie den Pokal aufgehoben haben, wie hielten Sie ihn genau in der Hand? Wie und wo haben Sie ihn angefasst?"

„Das verstehe ich nicht."

Aber Carsten verstand. Er nahm eine Vase von der Fensterbank und machte es der jungen Frau vor. Er hielt sie am unteren Ende mit einer Hand. „So?", fragte er. Dann griff er sie mit beiden Händen. „Oder so?" Schließlich hielt er mit einer Hand den oberen Rand der Vase fest. „Oder so?"

„Ach, jetzt verstehe ich." Bella nahm ihm die Vase aus der Hand und griff sie mit beiden Händen von unten. „So!", meinte sie. „Ich hatte den Sockel in beiden Händen, denn die Trophäe ist schwer. So habe ich sie gehalten."

„Ja", triumphierte Tomke, „wenn wir jetzt den Pokal hätten, könnten wir beweisen, dass Sie nicht die Mörderin sind. Denn", sie setzte sich zu Bella auf die Bettkante, „unsere Rechtsmedizin hat festgestellt, dass Ihr Vater mit dem Sockel erschlagen wurde, also muss die Tatwaffe oben angefasst worden sein. Somit befinden sich die Fingerabdrücke, wenn sie nicht abgewischt wurden, auch oben an der Figur." Sie wusste nicht warum, aber die Tatsache, dass man eventuell beweisen konnte, dass Bella nicht die Mörderin war, ließ sie erleichtert durchatmen. Ihr Bauchgefühl und die Antipathie gegenüber einer anderen Person ließen sie unprofessionell denken. Sie rief sie sich zur Ordnung, sie konnte sich doch schließlich keinen Mörder wünschen. Tomke schaute zu Carsten. Dachte er ähnlich?

„Aber wo ist sie denn, die Trophäe, der Pokal, die Tatwaffe meine ich? Ich habe sie doch fallen lassen, das weiß ich genau!" Bella schaute sich fragend im Raum um.

Betretenes Schweigen im Zimmer, bis Jojo plötzlich flüsterte: „Ich weiß, wo sie ist, ich habe sie weggeworfen."

„Wie bitte?“ Tomke war so schnell hoch geschossen, dass das Krankenbett wackelte.

Carsten packte ihn am Arm und rief: „Wo, um Gottes Willen, wo ist das Ding?“

„Ich hatte Angst, man würde Bella den Mord an ihrem Vater anhängen und …“

„Oder hatten Sie vielleicht Angst, dass sie ihn am Ende doch erschlagen hat?“, fuhr Tomke dazwischen.

„Nein, ja doch, vielleicht. Ach, ich weiß nicht. Auf keinen Fall wollte ich, dass sie wegen dieses Schweins noch einmal leiden muss. Vorsichtshalber habe ich dann den Pokal verschwinden lassen.“

„Wo?“ Carsten war sauer. „Wo, Herr de Vries?“

„In einem Tümpel hinter dieser alten Villa. Ich habe das Ding mitgenommen, konnte aber das Grundstück nicht verlassen, weil so viel Polizei vorne auf der Straße war. Darum habe ich es ganz hinten im Garten in den verwilderten Teich geworfen.“

Carsten lief rot an. Dieser Idiot! Warum hatte er ihnen das nicht schon früher gesagt? Er holte tief Luft und wollte loswettern, aber Tomke hielt ihn zurück. „Langsam Carsten. Ich verstehe dich ja. Aber mal ehrlich“, sie deutete auf de Vries, „ihn verstehe ich auch. Du nicht?“

„Doch, aber merkt er denn nicht, dass wir ihm helfen wollen? Die ganze Zeit schon. Mehr als sagen kann man es doch nicht.“

„Doch“, schaltete sich de Vries ein, „und ich bitte um Entschuldigung. Aber die letzte Zeit war einfach nur ein Albtraum. Ich wusste nicht, wem ich vertrauen konnte.“

Carsten hatte sich wieder beruhigt. Ausrasten war doch sonst Tomkes Part, dachte er und wandte sich wieder de Vries zu. „Das Problem ist, dass man Fingerabdrücke an Gegenständen, die im Wasser lagen, nicht ewig nachweisen kann. Also müssen wir schnellstens die Spurensicherung rufen.“

„Mach das, Carsten", bestätigte Tomke, „aber bei einem Lehrgang in Sachen Spurensicherung habe ich gelernt, dass Fingerabdrücke auch nach einer Weile unter Wasser noch auswertbar sind. Es kommt auf die Liegezeit und auch auf die Wasserqualität an. Die Auswertung kann noch im nassen Zustand …"

„Ja, du Schlaukopf, das weiß ich auch … – im nassen Zustand mit speziellen Sicherungsmitteln erfolgen. Bei getrocknetem Spurenträger dann durch Bedampfen mit Cyanacrylat", dozierte Carsten und klopfte Tomke auf die Schulter.

„Also schnellsten her mit der Spurensicherung, und ab mit dem Teil in die KTU. Die sollen ganz vorsichtig sein, das sage ich ihnen gleich." Er griff nach seinem Handy und verließ das Zimmer.

Kurz darauf wurde die Tür des Krankenzimmers wieder geöffnet und der Stationsarzt trat an Bellas Bett. Er fühlte ihren Puls und bat Tomke, ihr nun Ruhe zu gönnen. „Zwei Minuten, bitte, zwei Minuten, länger brauchen wir nicht. Es ist zu Frau Jannssens Bestem", drängte Tomke. Er blickte auf seine Patientin, die nickte und er meinte streng: „In fünf Minuten komme ich wieder, dann sind Sie weg. Das ist mein letztes Wort." Tomke reichte ihm die Hand. „Danke, vielen Dank, Herr Doktor, ich verspreche es."

In der Tür begegnete der Arzt Carsten, der gerade sein Handy wegsteckte und warf ihm einen fragenden Blick zu. Carsten hob unschuldig die Hände und erklärte: „Ich war zum Telefonieren im Aufenthaltsraum."

„Na dann", brummte der Arzt.

Tomke musste lachen. Das waren ja strenge Sitten hier. Aber gut, sie waren ja gleich durch. Sie wandte sich wieder Bella zu. „Frau Jannssen, erholen Sie sich jetzt erst einmal, aber trotzdem denken Sie darüber nach, ob Ihnen nicht noch ein paar Details einfallen. Ich glaube inzwischen, dass Sie unschuldig sind, aber um Sie zu entlasten, wäre es gut, wenn wir mehr wüssten. Sie haben hier in Ihrem Krankenbett die beste Gelegenheit zum Nachdenken. Das einzige, was man Ihnen vielleicht vorwerfen könnte, ist unterlassene Hilfeleistung. Schließlich haben Sie gesehen, dass Ihr Vater sich bewegte. Herrn de Vries müssen wir leider wieder mitnehmen, denn der Verdacht gegen ihn, Henry van Hook getötet zu haben, besteht noch immer. Kommen Sie bitte, Herr de Vries."

Jojo zuckte zusammen. Dieses Kapitel hatte er aus lauter Sorge um Bella total verdrängt. Umso präsenter wurde es nun wieder. Er nickte und bat Tomke und Carsten, noch ein paar Minuten mit Bella alleine sein zu dürfen, was die beiden ihm dann auch gewährten. Auf dem Flur vor dem Krankenzimmer besprachen sie die weitere Vorgehensweise und hofften, dass die Untersuchung der Tatwaffe Neuigkeiten ergeben würde. Aber auch so waren sie sich sicher, mit Inka Petersen die Mörderin von Direktor Jannssen bereits auf dem Revier zu haben.

Jojo setzte sich zu Bella auf das Bett und umarmte sie. „Nun wird alles wieder gut, mein Liebling, glaube mir", flüsterte er ihr ins Ohr und küsste sie.

„Nein, Jojo gar nichts wird gut. Ich bin zwar entlastet, aber was ist mit dir? Hast du Henry getötet? Nein, nein, sage jetzt nichts. Ich wünsche mir so sehr, dass du es warst, denn dann wärest du mein großer Held. Aber wenn, dann darfst du nicht dafür bestraft werden. Henry war ein Schwein und er hat es verdient, genauso wie mein Vater. Ich hoffe nur, dass man dir nichts nachweisen kann. Bitte, lieber Gott, mach, dass man ihm nichts nachweisen kann", flehte sie mit einem Blick zur Decke.

Sie fasste Jojo am Arm, zog ihn zu sich herunter und hob die rechte Hand. „Ich schwöre bei Gott, wenn wir beide als freie Menschen zusammenleben dürfen, gebe ich das gesamte Vermögen, das ich ja nun sicher von meinem Vater erben werde, in eine Stiftung. Alles das, was er sich erpresst und ergaunert hat, soll Gutes tun. Ich weiß noch nicht genau wie, aber wir werden gemeinsam einen Weg finden. Bist du dabei, Liebling?"

„Immer, Bella, alles was du willst. Nur werde schnell wieder gesund."

„Das ist das Nächste, was nie wieder gut wird. Der Arzt hat mir gesagt, dass ich keine Kinder mehr bekommen kann, endgültig. Willst du mich trotzdem?"

„Hör auf, Bella, bitte hör auf. Du bist das Wichtigste in meinem Leben. Außerdem kann man ja auch Kinder adoptieren. Die Hauptsache ist, wir sind zusammen." Es klopfte, und er gab ihr einen Kuss auf die Stirn. „Ich muss los, den letzten Akt werden wir auch noch durchstehen. Ich hoffe, alles geht gut aus."

„Bitte, sei vorsichtig mit dem, was du bei den Vernehmungen sagst und nimm dir einen guten Anwalt. Die beiden Kommissare machen einen fairen Eindruck auf mich, aber Sie müssen ihren Job machen. Also bitte, sei vorsichtig", sprach sie eindringlich auf ihn ein. Als er schon fast an der Tür war, rief sie ihm zu: „Was ist mit deiner Frau? Hat sie Bernd Köhler wirklich getötet?"

„Ja, hat sie. Aber sie ist mir egal, weißt du, einfach nur egal. Wo haben diese Geier uns nur hingetrieben?"

Draußen war es inzwischen schon lange dunkel. Carsten eröffnete Jojo de Vries, dass er noch immer im Verdacht stand, Henry van Hook ermordet zu haben. Die Beweise seien allerdings noch nicht ausreichend, um ihn zu verhaften und in Untersuchungshaft zu nehmen. „Ich habe vor fünf Minuten mit der Staatsanwaltschaft telefoniert. Dort hat man Ihre Entlassung wegen fehlender Beweise angeordnet. Vorerst! Wir fahren jetzt zurück nach Carolinensiel. Wo sollen wir Sie absetzen?"

„Ich werde in mein kleines Haus am Mittelweg gehen. Aber zuerst muss ich nochmal in das Haus meiner Noch-Ehefrau, um ein paar persönliche Dinge zu holen. Wirklich nur Persönliches. Kleidung, Papiere und so, mehr will ich nicht. Ich möchte mich durch nichts an diese Zeit meines Lebens erinnert wissen."

„Gut. Bitte, verlassen Sie die Gegend nicht und kommen Sie

am Montag aufs Revier nach Wittmund. Punkt zehn Uhr. Kann ich mich darauf verlassen?"

„Ja, ich komme."

Als sie ihn abgesetzt hatten, meinte Tomke zu Carsten: „Das ist ein sehr eigenartiger Fall. Ich bin mir zwar ziemlich sicher, dass de Vries diesen Henry getötet hat, aber tief im Inneren hoffe ich, dass wir es ihm niemals nachweisen können."

„Tomke, das darfst du nicht einmal denken, und das weißt du auch. Wenn du solche Gefühle laut aussprichst, läufst du Gefahr, von dem Fall abgezogen zu werden."

„Ich weiß, Carsten, aber wir sind doch auch nur Menschen. Was denkst du?"

„Das sage ich nicht, ich möchte schließlich nicht von dem Fall abgezogen werden", schmunzelte er. „Nichtsdestotrotz werden wir den Fall ordentlich zu Ende bringen, ist das klar?"

„Klar, Chef", salutierte Tomke im Sitzen.

Sie nahm ihr Handy und versuchte Hajo auf dem Revier zu erreichen. Im Büro ging keiner mehr an den Apparat und so versuchte sie es auf dem Handy. Er war schon auf dem Weg nach Carolinensiel in die ‚Stechuhr', wo er hoffte, Tomke zu treffen.

Sie bat ihn um etwas Geduld, da sie vorher noch unter die Dusche steigen wollte. „Carsten setzt mich gerade zu Hause ab. In einer Stunde bin ich im Hafen. Übrigens, Carsten und Michaela kommen auch."

Inka Petersen befand sich in der einzigen Zelle des Reviers in Wittmund; für Jojo de Vries wäre also gar kein Platz gewesen, dachte Tomke. Gut so. Wichtig war, dass die Petersen nicht abhauen konnte, denn sie war die Mörderin von Direktor Jannssen, dessen war sie sich sicher. Hajo hatte alles Bürokratische geklärt und so war es ausreichend, wenn sie am morgigen Sonntag erst gegen Nachmittag zum Revier fuhren.

Der Abend mit Hajo, Carsten und Michaela war sehr lustig,

und die Zeit verflog wie nichts, bis Marcel, der Wirt, plötzlich „Feierabend“ rief. Sie waren die letzten im Lokal und saßen zu viert an der Theke. Marcel reichte noch eine letzte Runde „Böses Obst“ aufs Haus, um dann endlich zu kassieren. Es wurde auch Zeit, wie Michaela bemerkte, denn es war schon nach ein Uhr. Michaela umarmte Tomke zum Abschied und flüsterte ihr etwas ins Ohr. Sie und Carsten gingen in Richtung Brücke, Hajo bestand darauf, Tomke nach Hause zu bringen. Heute konnte der Alkohol bei ihr nicht viel anrichten, denn sie hatte zwischendurch etwas gegessen und auch immer wieder Mineralwasser getrunken. Sie konnte ohne Hilfe laufen, was Hajo allerdings nicht zuließ.

„Traut euch endlich“, hatte Carsten ihnen noch nachgerufen, woraufhin Hajo sie um die Taille fasste.

„Wem sagst du das“, murmelte er.

SONNTAG

Es war schon fast zehn Uhr, als Tomke die steile Treppe zur Küche hinunterstieg. Von unten kam ihr der Geruch von frisch gebrühtem Kaffee entgegen. Den brauchte sie jetzt. Oma hantierte am Herd und zwinkerte sie von der Seite an. Was die wohl dachte … Tant‘ Fienchen hatte sich hinter ihrer Sonntagszeitung versteckt und brummte nur, als Tomke ihr, zusammen mit einem Kuss auf die Wange, einen guten Morgen wünschte.

„Rosinenstuten und Kaffee, wie ich euch liebe.“ Tomke schnupperte.

Als sich die Küchentür nochmals öffnete und Hajo eintrat, rief Fienchen entsetzt: „Ihr habt doch nicht etwa?“

„Frau Fienchen“, Hajo kannte ihren Nachnamen nicht, „ich würde mir niemals erlauben ...“

„Warum denn nicht?“, war Omas lakonische Frage. „Ein bisschen Spaß muss sein“, sang sie kichernd und tänzelte im Rhythmus dazu.

„Henriette“, stieß Fienchen entsetzt aus, hob die Sonntagszeitung wieder hoch und war nicht mehr zu sehen.

Oma schüttelte beschwichtigend den Kopf „Lass sie schnacken“, sollte das heißen. „Sie beruhigt sich auch wieder, du kennst hör doch, Deern“, flüsterte sie den beiden zu. Und zu ihrer Schwester gewandt: „Ich habe dem jungen Mann übrigens angeboten, hier zu übernachten, also beruhige dich.“

Fienchen murmelte etwas hinter ihrer Zeitung, was aber keiner verstand. Als die beiden ihren Kaffee getrunken und den Sonntagsstuten gegessen hatten, half Tomke ihrer Oma noch beim Abwasch. Fienchen rührte sich nicht von der Stelle.

„Fienchen, umblättern nicht vergessen“, spottete Oma von der Spüle herüber.

„Ach, macht doch, was ihr wollt, auf mich hört ja keiner.“ Sie faltete das Blatt umständlich zusammen und legte es auf einen großen Zeitungsstapel, der auf der Eckbank lag.

„Wir müssen das Essen vorbereiten, das macht sich nicht von alleine. Also, alle raus aus der Küche, ihr steht uns nur im Weg.“ Sie schob Tomke unsanft zur Küchentür und Hajo hinterher. „Kennst mich doch, dummes Ding“, flüsterte sie.

Tomke schaute auf die Uhr. „Wir haben noch ein paar Stunden, lass uns die freie Zeit nutzen und zum Strand fahren. Im Schuppen müssten noch Fahrräder stehen, die hat Oma ihren Feriengästen immer zur Verfügung gestellt. Ein Blick zum Himmel ließ sie erkennen, dass die Mitnahme von Regenjacken angebracht war. Hajo gab auf alle vier Reifen Luft und so fuhren sie los. Der schwache Sonntagsverkehr erlaubte ihnen, auf der Straße zu fahren. An anderen Tagen benutzen viele Radfahrer lieber den Bürgersteig, was eigentlich nur Kindern gestattet war. Egal, Sicherheit ging vor.

Sie fuhren an der Tankstelle vorbei in Richtung Goldene Linie, über den Deich an der alten Bahnlinie entlang, am kleinen Flugplatz von Harlesiel vorbei bis zum Strand. Die frische Luft tat beiden gut. Der Abend war lang gewesen, auch wenn sie beide relativ nüchtern geblieben waren. Die Anspannung der letzten Tage, der Druck, dem sie ausgesetzt gewesen waren, und der Mangel an Schlaf forderten ihren Preis. Und es war noch nicht vorbei, wusste Tomke. Mein Gott, konnte sie denn nicht einmal für ein paar Minuten abschalten, schalt sie sich, als sie an der Fundstelle des Bootstrailers vorbeikamen.

Schweigsam genossen sie die Fahrt. Tomke wünschte sich, dass sie niemals endete, denn sie wusste genau, irgendwann mussten sie reden, sich entscheiden. Carstens Worte „Traut euch endlich" spukten ihr immer wieder durch den Kopf. Hatte sie den Mut, zu diesem jungen Mann zu stehen und er zu ihr? Er war acht Jahre jünger als sie – was wollte er mit ihr alter Frau? Seine Worte gestern Abend auf dem Nachhauseweg waren eindeutig gewesen, sein Kuss auch. Aber im Moment ging gar nichts; er machte einen achtwöchigen Durchlauf in ihrer Abteilung. Also abwarten? Hielt das eine Beziehung, die noch gar nicht begonnen hatte, aus?

Sie stellten ihre Räder ab und gingen schweigend nebeneinander her bis ans Wasser. Es war Hochwasser, und der Wind peitschte die Gischt immer wieder hoch.

Hajo nahm ihre Hand, und als hätte er ihre Gedanken lesen können, meinte er: „Ich will es, Tomke. Egal was kommt, egal was passiert, ich will es ganz offiziell und ohne Heimlichkeiten. Lass es bitte zu." Er nahm sie in den Arm und küsste sie. „Ich weiß aber auch, dass es im Moment nicht sein darf. Nicht solange ich meine restliche Ausbildungszeit bei dir verbringe. Ich will nicht, dass du deshalb Schwierigkeiten bekommst. Es sind noch ungefähr sechs Wochen, und die stehen wir durch, oder?"

Sie küsste ihn und meinte: „Mal sehen, aber Heimlichkeiten können doch auch ganz spannend sein, meinst du nicht?"

„Das ist meine Tomke", lachte er. Sie gingen mit festen Schritten am Steindamm entlang, querten die Drachenwiese und liefen am Campingplatz entlang zurück zu ihren Rädern. Kopf freipusten lassen, dachte Tomke, das tat gut.

Unterwegs stieg sie plötzlich vom Fahrrad ab und rief Hajo zu: „Warte mal, ich habe eine Idee!“ Sie zog ihr Handy hervor und tippte auf das Adressbuch. Kurz darauf fragte sie nur: „Cappuccino?“ und „ Okay, wir sind unterwegs.“ Sie deutete Richtung Schwerinsgroden. „Da vorne rechts. Wir sind zum Cappuccino eingeladen. Nun lernst du Swantje kennen“, kicherte sie, trat in die Pedale und rief: „Wer zuerst am Deichtor ist!“

Als sie völlig außer Atem bei Michaela und Carsten ankamen, meinte Hajo: „Wieso Swantje? Heißt Michaelas Tochter nicht Marie?“

„Doch, aber du wirst sehen“, lachte Tomke.

Die Zeit zu viert war wieder so kurzweilig, dass sie nicht bemerkten, wie schnell sie verging. Marie, die immer wieder in die Küche gelaufen kam und ihre Kommentare abgab, tat das ihre dazu. „Tante Tomke, bist du verliebt?“ oder „Tante Tomke, bekommst du dann auch eine Swantje?“

„Wie kommt sie nur auf die Idee, dass wir …?“, fragte Tomke.

„Die einzigen, die nichts bemerkt haben, seid doch wohl ihr beiden“, meinte Michaela trocken.

Gegen 15 Uhr kamen die drei Kollegen auf dem Revier an und Tomke beschloss: „Zwei Stunden, mehr nicht, höchstens drei, dann ist Feierabend. Wir nehmen die Petersen in die Mangel, soweit es geht. Vielleicht gesteht sie ja.“ Sie schaltete ihren Computer an und durchforstete die E-Mails.

„Ja!“, rief sie aufgeregt. „Die KTU hat Spuren von Inka Petersen an der Tatwaffe gefunden. Wir haben sie! Die Kristallsplitter im Kopf des Opfers passen zu der Tatwaffe, ein halber Fingerabdruck kann ihr zugeordnet werden. Was jedoch ausschlaggebend ist, kommt jetzt. Ich zitiere: ‚Am Facettenschliff des Pokales wurden minimale Hautpartikel und Blutspuren gefunden.

Die DNA konnte auch nach Tagen im Wasser mit höchster Sicherheit der inhaftierten Inka Petersen zugeordnet werden. Ein weiterer Beweis ist eine Verletzung am inneren Handgelenk der Frau Petersen, die von dem Rechtsmediziner Dr. Hans-Joachim Manninga diagnostiziert wurde.' Wow, die Kollegen waren sehr eifrig während unserer Abwesenheit. Jungs, sind wir gut oder sind wir gut? Das muss gefeiert werden!"

„Macht ihr das mal alleine. Ich gehe und kümmere mich um meine Familie. Jemand was dagegen?"

„Langsam, Carsten", stoppte ihn Tomke, „wir haben noch kein Geständnis, sondern nur Indizien. Du weißt, das reicht nicht."

„Ich weiß, aber ihr macht das schon. Hollt jo munter, wie der Ostfriese sagt. Ich bin dann mal weg".

„Okay, wir schaffen das auch ohne dich."

Sie nahm den Telefonhörer auf und bat den diensthabenden Kollegen, Inka Petersen aus der Arrestzelle in ihr Büro bringen zu lassen. Das Verhör nahm den Verlauf, den Tomke sich gedacht hatte. Die Verdächtige stritt ab, Direktor Jannssen getötet zu haben. Fast zwei Stunden redeten Tomke und Hajo auf sie ein, konfrontierten sie mit ihren Beweisen, DNA, Fingerabdrücken und dem Motiv.

Die angeblich so wichtigen Unterlagen, die Jannssen bestellt haben soll, der Stapel Unterlagen aus dem Schlafzimmer – wo war das alles abgeblieben? Tomke und Hajo drängten sie immer mehr in die Ecke. Sie verwickelte sich in Widersprüche und wurde immer unsicherer.

In der Kanzlei ihres Anwalts meldete sich nur der Anrufbeantworter, er war erst ab Montag wieder erreichbar. Tomke bot ihr einen Pflichtverteidiger an, der sofort erscheinen würde, doch das Angebot lehnte sie ab.

„Frau Petersen", schaltete sich Hajo plötzlich ganz ruhig und mit sanfter Stimme ein, „es ist vorbei. Alles was sie jetzt sagen und tun, macht es nur noch schlimmer. Sie sind die Mörderin von Direktor Jannssen und Sie haben seine Tochter entführt, eingesperrt und fast getötet. Ihre Motive kann das Gericht vielleicht sogar ein wenig nachvollziehen. Machen Sie dem Ganzen ein Ende und gestehen Sie."

Inka Petersen erhob sich ganz langsam und bat mit leiser Stimme: „Bringen Sie mich zurück in meine Zelle, ich will alleine sein. Ich habe das vollendet, was ich schon seit Jahren vorhatte. Ganz alleine, ich war dabei ganz alleine. Mein Bruder war zu feige, ich nicht. Das mit Bella tut mir leid, ich wollte einfach nur ein bisschen Wiedergutmachung, mehr nicht. Und wissen Sie, was das Schlimmste ist? Das Haus wollte Jannssen gar nicht wirklich. Er war nur hinter dem Grundstück her. Das würde ihm zur rechten Zeit Geld bringen, sagte er einmal. Deshalb ist das Haus auch so heruntergekommen, keiner hat sich dafür interessiert, und ich konnte ungestört darin wohnen. Gehen wir, bitte."

„Moment, setzen Sie sich nochmal, Sie werden gleich abgeholt."

Tomke hatte inzwischen den diensthabenden Staatsanwalt erreicht und einen Haftbefehl beantragt. Er sagte ihr zu, diesen innerhalb der nächsten Stunde auf das Revier zu schicken. Eine Beamtin holte Inka Petersen ab und Tomke gab die Anweisung, dass Frau Petersen, sobald der Haftbefehl da sei, in die Justizvollzugsanstalt nach Wilhelmshaven überstellt werden solle.

„Wir sind dann weg, über Handy jedoch immer erreichbar. Aber wenn ihr uns nicht anruft, sind wir auch nicht böse", zwinkerte sie der Beamtin zu.

„Und jetzt?", fragte Hajo mit einem breiten Grinsen. „Zu mir oder zu dir?"

„Lass uns essen gehen, dann sehen wir weiter."

Gegen neun Uhr am Abend rief Tomke bei ihren beiden alten Damen an und meinte zu Oma: „Ich schlafe heute auswärts. Das ist nur eine Information, damit ihr euch keine Gedanken um mich macht. Ich will keinen Kommentar hören." Dann legte sie auf.

„Siehst du, hättest du mal deinen dummen Schnack gelassen, jetzt schläft die Deern auswärts“, raunzte Jettchen ihre Schwester an.

MONTAG AUF DEM REVIER

Tomke war mit Hajo schon früh im Büro, obwohl beide in der letzten Nacht wenig geschlafen hatten. Einen Kaffee mit Croissant hatten sie sich in der Bäckerei neben dem Revier gegönnt – fast schweigend, der Beruf hatte sie wieder. Als Carsten dazu stieß, besprachen sie die Strategie des kommenden Verhörs, denn der Mord an Henry van Hook musste noch aufgeklärt werden.

Heike Hoffmann-de Vries wurde kurz nach acht Uhr gebracht. Das Gespräch war sehr einseitig; ihr Anwalt redete, sie kein Wort. Hier mussten wohl Indizien sprechen.

Jojo de Vries erschien pünktlich um zehn Uhr. Er gab nur zu, was man ihm nachweisen konnte. „Ja“, meinte er schließlich, nachdem sie ihn mit den Indizien konfrontiert hatten, „ich habe ihn mit meinem Boot in den Außenhafen von Harlesiel gebracht. Es war ein schweres Stück Arbeit. Aber was sollte ich machen? Als ich zu meinem Haus kam, lag er tot auf der Auffahrt, direkt hinter seinem Auto. Sie hätten doch sofort mich verdächtigt, oder? Schließlich hatte er mich niedergeschlagen und in seinem Kofferraum durch die Gegend gefahren. Bella hatte er ebenfalls entführt. Keiner hätte mir geglaubt, dass ich ihn nur gefunden habe. Also habe ich ihn weggeschafft. Sicher war es Heike, die ihn erschlagen hat. Vielleicht wollte sie den Mitwisser am Mord von Bernd Köhler loswerden. Das würde ich ihr ohne weiteres zutrauen“, log er und glaubte es fast selbst.

Sie hakten nach, stellten immer wieder dieselben Fragen, aber Jojo de Vries ließ sich nicht verwirren, sondern beharrte weiter auf seiner Geschichte. Einen Anwalt wollte er nicht. „Ich brauche keinen“, beschloss er. Nach mehr als vier Stunden ließen sie ihn gehen.

„Vorerst", wie Tomke ihm versicherte. „Seien Sie sich sicher, wir lassen nicht nach, und wir suchen nach weiteren Zeugen für die Tat."

„Suchen Sie", meinte er trotzig. „Das ist gut, dann finden Sie auch seinen Mörder. Ich glaube jedoch, Sie haben die Mörderin schon gefasst." Sollte Heike doch ruhig für zwei Morde verurteilt werden, sie war ihm egal.

„Ob wir ihm die Tat jemals nachweisen können?", fragte Hajo.

„Ich weiß es nicht. Wir wissen ja noch nicht einmal, ob er es war. Und wenn ...?" Manchmal war das Recht ziemlich ungerecht, aber das durfte sie nicht laut sagen, schließlich war sie Beamtin. Tomke stand auf und ging zu ihrem Computer. „So, Kollegen, ich schlage vor, wir schreiben noch unsere Berichte und dann ist Schluss für heute. Fälle innerhalb von zwei Wochen gelöst! Was wollen wir mehr?"

„Fast", schaltete sich Carsten ein, „fast. Aber vielleicht gesteht bei den weiteren Vernehmungen Heike Hoffmann-de Vries ja auch den Mord an Henry van Hook. Die Zeit wird es zeigen, warten wir ab."

Nach einer Stunde waren die Berichte zur Vernehmung von Jojo de Vries geschrieben und sie verließen das Büro. Tomke fuhr mit Carsten nach Carolinensiel, setzte ihn bei Michaela ab und fuhr selbst direkt zu ihrer Familie. Als sie die Deichauffahrt hochfuhr, sah sie, dass die hölzerne Tür zum Garten halb offen stand und vom Wind hin und her geschlagen wurde. „Das geht nicht lange gut", murmelte sie, stieg aus und versuchte sie zu schließen. Gegen den Wind war das nicht einfach. Dann fiel ihr Blick auf eine Schubkarre, die hinten im Garten stand. Darin stapelten sich vier oder fünf rot-weiß gestreifte Absperrbaken. Was sollte denn das? Was wollten die beiden damit? Beim genaueren Hinsehen erkannte sie darunter auch noch Umleitungsschilder.

„Ich glaub es nicht!" rief sie. „Oma, Tant' Fienchen, was habt ihr denn nun schon wieder vor?"

***

NACHWORT

Heike Hoffmann-de Vries wurde wegen Mordes an Bernd Köhler verurteilt. Ein Geständnis legte sie nie ab, die Indizien jedoch waren ausreichend. Den Mord an Henry van Hook bestritt sie, diesen konnte man ihr nicht nachweisen.

Auch **Johannes de Vries** konnte man nichts nachweisen, außer dass er die Leiche hatte verschwinden lassen. Er kam mit einer Bewährungsstrafe davon.

Inka Petersen wurde wegen Mordes an Direktor Jan Jannssen und wegen der Entführung seiner Tochter Bella verurteilt. Die Richter verzichteten auf das Urteil „lebenslänglich“, da ihr Motiv im Tod ihrer Eltern und der aufgestauten Verzweiflung begründet war. Sie hatte ihr Leben, im Gegenteil zu ihrem Bruder, nicht in den Griff bekommen.

Die Anklage gegen **Bella Jannssen** wegen unterlassener Hilfeleistung an ihrem Vater wurde fallengelassen. Sie ließ die Tourist-Immo-Invest-Bank auflösen und stellte die Gelder einer Stiftung zur Verfügung, die sich die Erhaltung und Pflege von ostfriesischen Sielorten und Dörfern zur Aufgabe gemacht hatte. Die Stiftung kaufte renovierungsbedürftige Häuser, restaurierte sie und schaffte so bezahlbaren Wohnraum für Einheimische, vor allem für junge Leute.

Hinrich und Karl Harms, die beiden Bauern, die ihre Ländereien nicht verkaufen wollten, blieben unauffindbar. Die Suche nach ihnen verlief ergebnislos. Waren sie freiwillig verschwunden oder lag ein Verbrechen vor? Die Polizei ermittelt.

Die Autorin

Gabriele (Gaby) Kaden stammt aus Hessen, wo sie auch über 50 Jahre lebte, ist mit ihrem Mann 2011 an die geliebte Nordsee „ausgewandert". „Veränderungen sind mein Ding, nur sie bringen mich weiter", sagt sie. „Die einzige Konstante in meinem Leben ist und war meine Familie, mein Mann und mein Sohn". Beruflich war sie lange im kaufmännischen Bereich zuhause, war Betriebsrätin, Schiedsfrau in ihrer alten Heimat und folgte zusätzlich ihrer Berufung, der spirituellen Arbeit mit Menschen. Nach diversen Ausbildungen stand dann die nächste Veränderung in Form einer Praxis für Körper, Geist und Seele an. Sie schrieb Kurzgeschichten und Meditationen und veröffentlichte ihr erstes Buch „Schluss mit Angst und Panik", entstanden aus eigenem Erleben und ihrer Arbeit mit Menschen. Nun erfüllte sie sich ihren Traum einen Kriminalroman in und um ihre neue Heimat Carolinensiel zu schreiben. Hier sammelt sie wahre, dem Volk vom Munde abgeschaute Geschichten, die mit erfundenen verschmelzen.
Neue Geschichten „spuken" schon in ihr und so ist mit weiteren Kriminalromanen zu rechnen.

Mehr Informationen im Internet: www.gaby-kaden.de

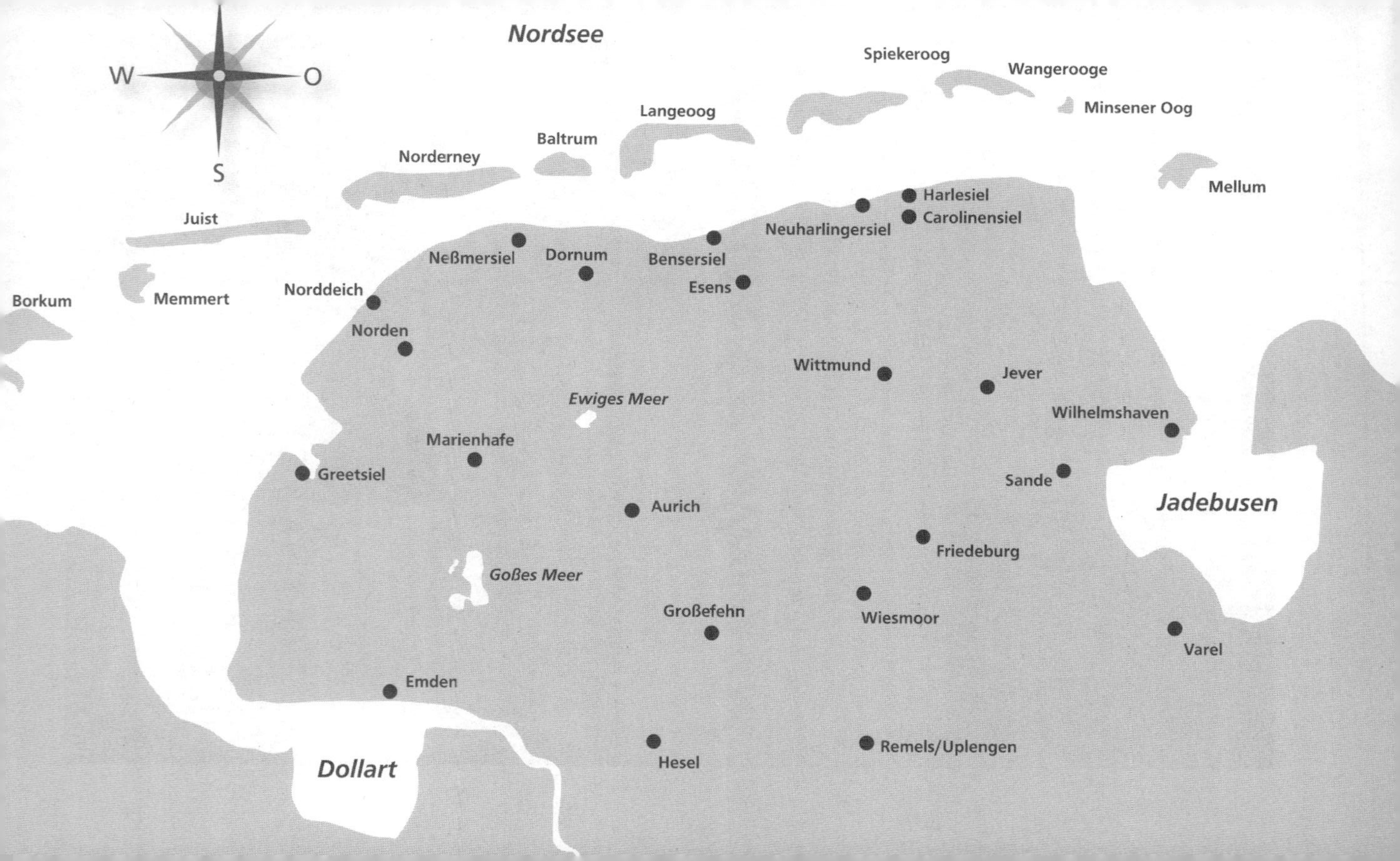
W
O
S
Nordsee
Borkum
Memmert
Juist
Norderney
Baltrum
Langeoog
Spiekeroog
Wangerooge
Minsener Oog
Mellum
Harlesiel
Carolinensiel
Neuharlingersiel
Neßmersiel
Dornum
Bensersiel
Esens
Norddeich
Norden
Wittmund
Jever
Ewiges Meer
Wilhelmshaven
Marienhafe
Greetsiel
Sande
Jadebusen
Aurich
Friedeburg
Goßes Meer
Wiesmoor
Großefehn
Varel
Emden
Hesel
Remels/Uplengen
Dollart